GOLDMANN

Marie Louise Fischer, 1922 in Düsseldorf geboren, studierte nach dem Abitur Theaterwissenschaft, Philosophie, Psychologie und Kunstgeschichte. 1951 schrieb sie ihr erstes Buch, dem viele andere folgten. Mit ihren großen Familienromanen hat sie Millionen Leserinnen und Leser in aller Welt begeistert. Heute zählt sie zu den erfolgreichsten deutschen Schriftstellerinnen.

Außer dem vorliegenden Band sind von Marie Louise Fischer als Goldmann-Taschenbücher erschienen:

Aus Liebe schuldig. Roman (3990)
Des Herzens unstillbare Sehnsucht. Roman (3669)
Diese heiß ersehnten Jahre. Roman (3826)
Ehebruch. Roman (6468)
Mit einer weißen Nelke. Roman (3508)
Schwester Daniela. Roman (3829)
Tödliche Hände. Roman (3856)

Die Deinharting-Trilogie:
Das Dragonerhaus. Roman (3869)
Die Rivalin. Roman (3706)
Die Frauen vom Schloß. Roman (3970)

Die Julia-Severin-Trilogie:
Zu viel Liebe. Roman (6625)
Das eigene Glück. Roman (6778)
Mehr als ein Traum. Roman (8376)

Die Senta-Trilogie:
Das Mädchen Senta. Roman (8598)
Die Ehe der Senta R. Roman (8619)
Für immer. Senta. Roman (8656)

Die Geschichte der Millers:
Da wir uns lieben. Roman (8468)
Bleibt uns die Hoffnung. Roman (8800)

Alle Bände sind in sich abgeschlossen.

Marie Louise Fischer

Süßes Leben, bitteres Leben

Roman

GOLDMANN VERLAG

Ungekürzte Ausgabe

Der Goldmann Verlag
ist ein Unternehmen der Verlagsgruppe Bertelsmann

Made in Germany · 8/91 · 12. Auflage
Genehmigte Taschenbuchausgabe

Umschlagentwurf: Atelier Adolf & Angelika Bachmann, München
Umschlagfoto: Four by Five, New York
Druck: Elsnerdruck, Berlin
Verlagsnummer: 3642
Lektorat: Ria Schulte/SD · Herstellung: Klaus Voigt
ISBN 3-442-03642-9

Als Trude Samt aus dem Bus stieg und die Prinzregentenstraße entlang eilte, sah sie ihre Kollegin Sibylle Kern, die mit elastischen, weit ausholenden Schritten auf das Verwaltungsgebäude der European Insurance Company zustrebte, einer internationalen Versicherungsgesellschaft, bei der sie beide als Phonotypistinnen angestellt waren.

Beim Anblick des jungen Mädchens fühlte Frau Samt sich schlagartig dick, unelegant und verbraucht, und das, obwohl sie noch zu Hause vor dem Spiegel mit ihrem Aussehen ganz zufrieden gewesen war.

Sibylle Kern war so schmalhüftig, so langbeinig, und wirkte durch die Art, wie sie den Kopf mit dem seidigblonden, schulterlangen Haar hoch erhoben trug, so selbstsicher, daß ein gewöhnliches weibliches Wesen Minderwertigkeitskomplexe bekommen mußte.

Jetzt verhielt sie einen Augenblick, um den Sitz ihres rechten Strumpfes zu begutachten, und es gelang Trude Samt, die Jüngere einzuholen.

»Sagen Sie nur, wie machen Sie das, so schlank und so schick auszusehen?« fragte sie neidvoll.

Sibylle Kern blickte wohlgefällig an ihrem knapp sitzenden braunseidenen Hemdblusenkleidchen herab. »Ich stecke das, was andere vielleicht fürs Essen ausgeben, in meine Garderobe!«

»Ja, Sie können das! Aber wenn man wie ich eine Familie versorgen . . . wenn man täglich kochen muß . . .«

»Ach, ärgern Sie sich nicht«, erwiderte Sibylle unbefangen, »in Ihrem Alter spielt das doch gar keine Rolle mehr!«

Sie hatte ihre Bemerkung ganz ohne Bosheit gemacht, nur sachlich und nüchtern ihrer Überzeugung Ausdruck gegeben, aber das machte die Sache für Trude Samt auch nicht besser; sie schnappte nach Luft.

Sibylle merkte, daß sie die Kollegin gekränkt hatte, aber sie tat keinen Rückzieher. »Ist doch wahr«, bestätigte sie statt dessen, »Sie haben Ihr Rennen schon hinter sich, wir stehen noch am Start. Wäre doch Blödsinn, mit uns konkurrieren zu wollen.« Begütigend legte sie ihren Arm um die Schultern der jungen Frau.

Trude Samt hatte sich schon wieder gefaßt. »Eines muß man Ihnen lassen, ehrlich sind Sie!«

»Auch nur da, wo ich's mir leisten kann«, behauptete Sibylle, »ich bin gerne ehrlich, stimmt. Aber damit kommt man in der Geschäftswelt wohl nicht weiter.«

»Und Sie wollen weiterkommen?«

»Na klar! Sonst wüßte ich etwas Besseres, als mich an einem so schönen Frühlingstag in den gräßlichen Schreibsaal einsperren zu lassen, und das acht Stunden lang. Am Montag fällt's mir immer besonders schwer. Und Ihnen?«

»Einerseits. Andererseits kann man übers Wochenende auch wieder neue Kräfte schöpfen.«

»Sie Glückliche!« Sibylle lachte und entblößte dabei regelmäßige, etwas zu kleine Zähne. »Ich verausgabe mich immer total!«

Plaudernd gingen sie weiter, und je näher sie dem Versicherungsgebäude kamen – einem fast quadratischen, siebzehnstökkigen Bau, dessen Fassade, ausschließlich aus Glas und Aluminium bestehend, in der Sonne schimmerte –, desto mehr verdichtete sich der Menschenstrom, der demselben Ziel zustrebte. Es waren hauptsächlich Frauen und Mädchen; sie gehörten zum Hauptsekretariat, arbeiteten im Verwaltungsservice, als Locherinnen in der computergesteuerten Buchhaltung, in der Registratur, im Archiv, in der Kantine.

Die Männer waren durchweg unter vierzig und trugen den traditionellen grauen Anzug, Hemd, Krawatte und korrekten Haarschnitt. Es waren Sachbearbeiter der einzelnen Ressorts. Die Abteilungsleiter pflegten erst eine halbe oder auch eine Stunde später zu kommen, und ihre Sekretärinnen, an Überstunden gewöhnt, richteten sich danach.

Dort, wo der plattenbelegte Zugang zum Hauptportal das schmale, geradezu verschämt wirkende Stückchen Rasen überbrückte, der das Gebäude ringsum umgürtete, stießen sie auf Carola Anders.

Carolas langes, rotes Haar leuchtete geradezu in der Sonne, und ihre blauen Augen strahlten; sie war so langbeinig wie Sibylle, aber nicht ganz so schmal.

»Hallo, Carola!« rief Sibylle. »Du siehst aus wie eine Katz, die die Maus verschluckt hat!«

»Im Gegenteil! Stell dir vor . . .« Jetzt senkte Carola ihre Stimme. »Ich habe den Mann meines Lebens kennengelernt!«

Die kleine Betty Troll, so dünn, daß es schon nicht mehr schön war, und mit Pickeln geplagt, drängte sich zwischen sie. »Hast du mit ihm geschlafen?«

Carola wurde blutrot.

Sibylle packte Betty beim Hals und schüttelte sie wie einen jungen Hund. »Mensch, du hast 'ne Art!«

»Na, man wird doch wohl noch fragen dürfen! Wenn ich 'nen Mann kennenlerne, der mir gefällt, steige ich mit ihm sofort ins Bett, denn woher sollte ich sonst wissen . . .«

»Ach, halt die Klappe!« Sibylle ließ die Kleine unsanft los und nahm Carolas Arm. »Du, das mußt du mir später haargenau erzählen!«

Trude Samt fühlte sich ausgeschlossen.

Der Schreibsaal – von der Firmenleitung beschönigend »Hauptsekretariat« genannt – lag in der dritten Etage des Hauses und nahm diese fast völlig ein; außer dem Großraumbüro befanden sich hier nur noch die Toiletten, die Garderobe und ein Erholungsraum für die Phonotypistinnen.

Man hätte glauben sollen, daß für die sechzig jungen Frauen, die jetzt lachend, eifrig oder schlecht gelaunt, je nach Temperament und Stimmung, im Büro eintrudelten, am frühen Montagmorgen kaum Arbeit vorliegen konnte, und das um so weniger, als Frau Wally Hagen, die Abteilungsleiterin, am Freitag ihre Schäfchen immer wieder zur Eile angetrieben hatte. »Das muß unbedingt heute noch raus!« hatte es dauernd geheißen. »Sehen Sie zu, daß Sie mit dem Band fertig werden!« – Geübte Finger waren über die Tasten der elektrischen Schreibmaschine gesaust.

Aber dennoch wartete auf jeder der mit Kunststoff beschichteten Schreibtischplatten schon wieder eine besprochene Kassette; es gehörte zu den Aufgaben und den Fähigkeiten der Chefin, die Arbeit so einzuteilen, daß niemals Zwangspausen entstanden.

Sie saß hinter ihrem Schreibtisch, der, größer als die anderen und aus Stahl, ihrer gehobenen Position Ausdruck gab, blickte den Ankommenden lächelnd entgegen und erwiderte freundlich jeden Gruß. Gut gekleidet, das schon ergrauende Haar braun getönt und sorgfältig frisiert, wache intelligente Augen in einem beherrschten, ein wenig zu harten Gesicht, glich sie dem Urbild einer erfolgreichen Frau. Ruhig ließ sie die Phonotypistinnen schwatzen, ohne sie mit einem Wort zur Arbeit zu drängen. Obwohl Frau Hagen persönlich es haßte, Zeit zu vergeuden, wußte sie doch, daß einige der Frauen sich nicht konzentrieren konnten, ehe sie ihre Wochenenderlebnisse nicht losgeworden waren.

Es bestand auch schon deshalb kein Grund, sie auf Trab zu bringen, weil jede für sich das Ausmaß ihrer Arbeit in gewissem Rahmen selber bestimmen konnte. Für ein Grundgehalt von rund 1300 DM brutto mußte jede 40000mal täglich in die Tasten schlagen, ungefähr also 33 DIN-A-4-Briefe sauber getippt in die Unterschriftenmappe stecken. Das war das Soll, das aber von den meisten ohnehin überschritten wurde. Mit jeden weiteren Tausend Anschlägen konnten sie sich eine 40-Pfennig-Prämie verdienen.

Frau Helga Gruber, die Tüchtigste, hatte schon ihre Stenorette laufen und einen Hörclip ins Ohr gesteckt; sie pflegte an guten Tagen bis zu 150000 Anschläge zu schaffen.

Es dauerte nicht lange, und ihr gutes Beispiel wirkte anstekkend. Die jungen Frauen begaben sich an ihre Plätze, drückten die Magazine in die Stenoretten, legten sich Briefpapier und Durchschläge zurecht, schoben sie auf die Walzen und begannen zu tippen.

Plötzlich ein Aufschrei. »Ich verstehe kein Wort! Was ist das!?

Es ist nichts zu verstehen!« Frau Möhner riß sich ihren Clip aus dem Ohr und sprang auf.

Nur wenige nahmen von dem Zwischenfall Notiz, und selbst diejenigen, die sich Frau Möhner für Sekunden zugewandt hatten, widmeten sich gleich wieder ihrer eigenen Arbeit.

Alma Möhner war nach der Abteilungsleiterin die Älteste im Schreibsaal. Mehr als zwanzig Jahre hatte sie als Sekretärin in der Kaskoschadenabteilung gearbeitet, bis ihr Chef nach London in die Zentrale der Versicherungsgesellschaft versetzt wurde. Man hatte ihr einen wesentlich jüngeren Mann vor die Nase gesetzt. Er empfand Groll über ihre Anwesenheit, ihre Besserwisserei, die er auch dann zu spüren glaubte, wenn sie nichts sagte. Sie hatte versucht, ihn zu gängeln, und es hatte zahllose Reibereien gegeben, unter denen die Zusammenarbeit gelitten hatte. Die anderen hatten mit ihm und nicht mit ihr sympathisiert. Schließlich war es ihrem jungen Chef gelungen, sie abzuschieben.

Zuerst war sie im Verwaltungsservice gelandet, in dem an die zwanzig Mädchen und Frauen damit beschäftigt waren, für die Sachbearbeiter des Unternehmens Termine festzusetzen, Flug- und Bahnkarten zu buchen und Reservierungen in Hotels vorzunehmen. Aber sie hatte sich an die Arbeit im Großraumbüro nicht gewöhnen können, an das dauernde Klingeln der Telefone und das gleichzeitige Sprechen vieler Stimmen. So war sie in das ruhigere Hauptsekretariat versetzt worden. Doch auch hier fühlte sie sich todunglücklich und ging ihren jüngeren Kolleginnen mit ihrem Lamentieren auf die Nerven.

Bei jeder anderen hätte Frau Hagen sich selber von der Qualität des Diktats überzeugt; in diesem Fall aber schlug sie einen anderen Weg ein. »Fräulein Anders«, stellte sie fest, »Sie haben noch nicht angefangen! Würden Sie so liebenswürdig sein und mit Frau Möhner tauschen? Alma, bitte, tausch mit Fräulein Anders ... ja, den Schreibtisch und alles, was dazugehört!«

Nach einem bedauernden Blick zu Sibylle Kern hinüber, neben der sie bisher gesessen hatte, erhob sich Carola und trat an den anderen Schreibtisch. Frau Möhner griff nervös nach ihrer Handtasche, die ihren Fingern entglitt und auf den hochflorigen Perlonteppichboden fiel. Der Verschluß sprang auf, und der Inhalt ergoß sich auf den Boden: Puderdose, Pillenschachtel und Lippenstift rollten. Carola bückte sich und half der älteren Kollegin artig beim Aufsammeln, wofür sie nur ein beleidigt klingendes »Danke« erntete.

Hinter ihrem Rücken zog Carola eine komische Grimasse, die von einigen Mädchen, die den Zwischenfall beobachtet hatten, mit einem kleinen Gelächter belohnt wurde. Dann setzte sie sich an den neuen Arbeitsplatz, ließ das Band zurückspulen, stellte es ein und begann zu tippen.

Frau Hagen war zu ihr getreten. »Na, was ist?« fragte sie.

»Ganz gut.« Carola nickte.

Wally Hagen unterdrückte jeden Kommentar.

Dennoch war Frau Möhner nicht bereit, die Sache auf sich beruhen zu lassen. »Das begreife ich nicht . . . bei mir eben . . .«

»Laß es gut sein.«

»Aber ich suche nach einer Erklärung!«

»Bitte, Alma, wenn du schon nicht arbeiten willst, dann störe wenigstens nicht die anderen!«

»Das ist eine Unverschämtheit!« Vom Hals her stieg eine häßliche, ungesunde Röte in Alma Möhners graues Gesicht. »Du unterstellst mir . . .«

»Alma, bitte!«

Aber Frau Möhner war nicht fähig, sich zu beruhigen; sie drehte sich auf dem Absatz um und stürzte aus dem Raum. Die Abteilungsleiterin machte einen Schritt, als wollte sie ihr nacheilen, verzichtete dann aber doch darauf und ging zu ihrem Schreibtisch.

Zwanzig Minuten später kam Frau Möhner zurück; ihre Augen waren von Tränen gerötet.

Nur die wenigsten der Phonotypistinnen suchten die Kantine zum Essen auf. Beliebter war es, im Erholungsraum Gebäck, ein Schinkenbrötchen, eine Flasche Limo oder Wasser aus dem Automaten zu ziehen.

Carola Anders und Sibylle Kern richteten es so ein, daß sie gemeinsam Pause machten.

»Wann siehst du ihn wieder?« fragte Sibylle.

Carola wußte sofort, wer gemeint war. »Spätestens am Wochenende. Er hat eine Yacht auf dem Chiemsee. Er will mit mir segeln.«

»Na, wenigstens scheint er nicht verheiratet zu sein.« Sibylle entschied, nur einen Apfel zu sich zu nehmen, und trat an den Obstautomaten.

»Verheiratet!? Wie kommst du darauf?« rief Carola entsetzt.

»Na, deiner Beschreibung nach scheint die Type ja mindestens dreißig zu sein, und in dem Alter sind nun mal die meisten verheiratet.«

»Peter nicht!«

»Woher willst du das wissen?«

»Er würde seine Frau nicht betrügen!«

»Junge, Junge, dich scheint's ja schön erwischt zu haben!« Sibylle biß krachend in ihren Apfel.

Der Erholungsraum war geschmackvoll, ja, geradezu gemütlich eingerichtet. Es gab kleine runde Tische, Sessel und Couchen; Vorhänge und Teppichboden waren in warmen Tönen gehalten, und aus den Fenstern konnte man auf das Prinzregentenbad mit seinen Grünflächen sehen.

Die beiden Mädchen machten es sich gemütlich, und Sibylle hörte sich noch einmal an, wie Carola zufällig, als sie bei einem plötzlichen Regenguß beide auf das gleiche Taxi zugeschossen waren, dem Mann ihres Lebens begegnet war, und was er gesagt und was sie erwidert hatte und wie er sie zuerst ins »P 1« zum Tanz und anschließend in seine Junggesellenwohnung geführt hatte. Sibylle wußte, daß sie diese Geschichte nicht zum letztenmal hörte.

»Junggesellenwohnung, da hast du es!« rief Carola triumphierend. »Wie kann er denn da verheiratet sein!?«

»Vielleicht wohnen seine Frau und seine Kinder außerhalb Münchens und . . . nein, laß nur, ich will dich nicht ärgern, wirklich nicht. Du weißt doch, daß ich dir alles Glück wünsche!«

*

Als sie in den Schreibsaal zurückkehrten, winkte Frau Hagen Sibylle zu sich; sie war dabei, die inzwischen fertiggestellte Post auf die Zahl der Anschläge und eventuelle Tippfehler zu überprüfen, unterbrach aber jetzt ihre Tätigkeit.

»Sie sind jetzt über ein Jahr bei uns, Fräulein Kern«, sagte sie nachdenklich.

»Im September werden es zwei Jahre!«

»Es ist Ihnen sicher nicht immer leichtgefallen, durchzuhalten.«

»Bestimmt nicht. Ich hatte mir meinen Beruf ganz anders vorgestellt!«

»Das kann ich mir denken. Trotzdem ist es gut, daß Sie bei der Stange geblieben sind. Ich habe Sie jetzt für das SK vorgeschlagen.«

»Das Sekretärinnen-Kolleg?!« Sibylles leicht gebräunte Wangen röteten sich. »Soll das heißen, daß ich in die Chefetage komme?«

Frau Hagen lächelte über Sibylles Eifer. »Ziehen Sie bitte keine voreiligen Schlüsse. Es hängt davon ab, wie Sie sich im Kolleg bewähren. Und natürlich, ob eine Stelle als Sekretärin vakant wird.«

»Aber ich bin vorgesehen?!«

»Das waren Sie von Anfang an. Sonst hätte ich Sie gar nicht ermutigt, bei uns zu bleiben.«

»Frau Hagen, ich bin so glücklich! Sie sind ein Schatz! Wann kann ich anfangen?«

»Wenn Sie wollen, melde ich Sie sofort an. Schulgeld und Gebühren übernimmt die Company. Aber arbeiten müssen Sie selber!« Frau Hagen reichte ihr einen Prospekt. »Daraus entnehmen Sie alle Einzelheiten!«

Den Prospekt über den Kopf schwenkend, wandte sich Sibylle dem Schreibsaal zu und rief: »Kinder, was sagt ihr dazu! Ich hab's geschafft! Ich komme ins SK!«

Ihre Kolleginnen, die den Hörclip im Ohr, mehr erraten als verstanden hatten, gratulierten; einige sprangen sogar auf, um Sibylle die Hand zu drücken.

Frau Hagen duldete den Aufruhr lächelnd. Sie wußte, daß dies einer der Momente war, der den Ehrgeizigen unter den Phonotypistinnen Auftrieb gab, die tägliche Fron weiter durchzustehen.

»Du, da mußte aber einen ausgeben!« verlangte Betty Troll.

»Mach ich«, gab Sibylle gutgelaunt zurück, »gleich morgen. Heute werd' ich abgeholt.«

Kurz nach fünf stoben die jungen Mädchen und Frauen in einem Schwarm aus dem Portal des Versicherungsgebäudes auf die Prinzregentenstraße.

Sibylle Kern entdeckte Hans Kiesewetter, der schräg gegenüber am Rand des Bordsteins wartete, löste sich von den anderen und eilte auf ihn zu. »Fein, daß du schon da bist!«

»Ich werd' dich doch nicht warten lassen!« Mit einer besitzergreifenden Geste schob er seine Hand unter ihren Arm.

Hans Kiesewetter war einen halben Kopf größer als Sibylle, ein kräftiger junger Mann mit halblangem, blondem Haar und sehr blauen, hell bewimperten Augen. Der Blazer, den er über sein buntkariertes, am Hals offenes Baumwollhemd gezogen hatte, spannte ein wenig an den Schultern.

»Du, ich habe tolle Neuigkeiten!« platzte sie heraus. »Ich geh ins Sekretärinnen-Kolleg!«

»Ausgerechnet!« Er ließ sie los.

»Da staunst du, was? Und du hast immer behauptet, daß ich es nicht schaffen würde!«

Hans Kiesewetter blickte düster, mit gerunzelter Stirn auf Sibylle herab. »Erwartest du etwa, daß ich jetzt jubele?«

»Ja, warum denn nicht? Das ist doch wunderbar. Für uns beide! Ich werde mehr Geld verdienen, wir werden uns mehr leisten können . . .« Sie unterbrach sich. »Aber darüber brauchen wir uns doch nicht auf der Straße zu unterhalten. Wo steht dein Auto?«

»In der Holbeinstraße.«

»Komm!« Sie nahm seinen Arm und wollte ihn mit sich ziehen.

Aber er blieb stehen und hielt sie fest. »Im Ernst, Billy, konntest du das nicht verhindern?«

»Verhindern?« Sie riß die großen braunen Augen auf.

»Tu nicht so, als ob ich chinesisch spräche. Du hast mich sehr gut verstanden. Sag mir nicht, daß du nicht genauso gut hättest ablehnen können.«

»Ablehnen, Hans? Aber warum? Warum sollte ich so was denn tun!?«

»Na, zum Beispiel, weil du 'ne Menge Zeit damit vertrödelst, die wir für was Besseres nutzen könnten!«

»Du bist ja nicht bei Trost! Seit wann vertrödelt man Zeit, wenn man was lernt?«

»Ich weiß schon, was man in solchen Sekretärinnenkursen lernt: Wie man seinem Chef um den Bart gehen muß!«

»Du bist eifersüchtig! Das ist ja zu blöd!« Sibylle riß sich los und stürmte davon.

Er hatte sie mit wenigen großen Schritten eingeholt und packte sie bei der Schulter. »Billy!«

»Au, verdammt! Du tust mir ja weh!« schimpfte Sibylle, blieb aber stehen. »Und überhaupt, was soll denn das? Du kannst mir doch nicht auf offener Straße eine Szene machen. Und ausgerechnet neben der Company! Hier wimmelt's ja von Kolleginnen. Was, glaubst du, wie die mich morgen aufziehn!«

»Tut mir leid«, murmelte er schuldbewußt, »ich wollte bloß in aller Ruhe mit dir drüber reden.«

»Das ist dir ja auch prächtig gelungen!« Mit geradem Rücken, den Kopf mit dem schulterlangen Haar hoch erhoben, ging sie weiter, aufreizend langbeinig und schmalhüftig.

Eine Weile hielt er sich stumm an ihrer Seite. Dann fragte er: »Mal ganz sachlich gefragt: Wie lange soll dieser Kurs denn nun dauern?«

»Sechsunddreißig Wochen.«

»Das ist ja mehr als ein halbes Jahr!«

»Doch nur samstags.«

»Auch das noch! Das heißt also sechsunddreißig verkorkste Wochenenden! Hör mal, lieber will ich schwarzarbeiten, damit wir so bald wie möglich heiraten können.«

Sibylle wirbelte zu ihm herum. »Darum geht's ja gar nicht! Ich möchte raus aus dem Schreibsaal. Raus aus dem Stumpfsinn! Endlich das werden, was ich gewollt habe: eine richtige Sekretärin!«

Er gab nach, aber es war zu spät. Sie war zu enttäuscht, weil er sich nicht mit ihr gefreut hatte. Ein Schatten war über ihre Liebe gefallen.

Wie immer war Frau Hagen noch zurückgeblieben, als der Großteil der Phonotypistinnen das Haus bereits verlassen hatte. Sie berechnete die Zahl der Anschläge – über jede einzelne der ihr unterstellten Frauen führte sie Listen –, überflog die Briefe auf Tippfehler hin und sortierte verschiedene Seiten aus. Ihr gutgeschnittenes Gesicht zeigte einen konzentrierten Ausdruck.

Das Großraumbüro wirkte jetzt sehr leer und sehr still. Außer Frau Hagen war nur noch die unermüdliche Helga Gruber am Werk. Aber auch sie machte Schluß, stellte ihre Stenorette ab und brachte der Abteilungsleiterin die prall gefüllte Unterschriftenmappe.

»Das wär's für heute«, sagte sie erschöpft, »ich wette, daß ich hundertvierzigtausend geschafft habe!«

»Ich denke nicht daran, die Wette anzunehmen!« Frau Hagen betrachtete die junge Frau aufmerksam. »Sie sehen müde aus.«

»Kein Wunder!« Helga Gruber fuhr sich mit der Hand über die Stirn; sie war sehr schlank, fast mager, hatte ein schmales Gesicht mit grauen, tief umschatteten Augen, und trug das dunkle Haar glatt und kurz geschnitten.

»Ich habe Sibylle Kern heute ins SK geschickt!«

»Ach, deshalb der Trubel! Ich hatte es nicht richtig mitbekommen.«

»Üblicherweise schicken wir zwei Damen, aber ich weiß diesmal nicht . . .« Frau Hagen sprach den Satz nicht zu Ende.

»Wie wär's mit Carola Anders? Sie ist hübsch und intelligent.«

»Ja, aber sie hat keine Handelsschule. Sie hat ihre Mittlere Reife am Gymnasium gemacht und ist dann gleich bei uns angelernt worden.«

»Soll das heißen, daß sie überhaupt keine Chance hat, weiterzukommen?«

»O doch. Wenn sie durchhält. Man kann schließlich alles lernen. Vorläufig ist sie noch zu jung. Aber wie wäre es mit Ihnen selber, Frau Gruber? Hätten Sie immer noch keine Lust?«

»Lieb, daß Sie an mich denken.« Helga Gruber, die den ganzen Tag gesessen hatte, begann mit kleinen Schritten vor dem Schreibtisch auf und ab zu gehen. »Sie wissen doch, ich habe einen sehr anspruchsvollen Mann. Als Sekretärin müßte ich Überstunden machen. Nein, das kann ich mir nicht erlauben.« Sie lächelte und wirkte auf einmal sehr jung und sehr charmant. »Seien Sie mir nicht böse, Frau Hagen, auch jetzt hab' ich's eilig!«

Frau Hagen hob die Hand. »Einen Augenblick noch, bitte! Sie sind jetzt sechsundzwanzig, nicht wahr?«

»Stimmt.«

»Wenn Sie sich jetzt nicht schnell entscheiden, haben Sie den Absprung verpaßt! Und wie lange, glauben Sie, können Sie die Arbeit hier in diesem Tempo durchhalten?«

»Keine Ewigkeit, das weiß ich.«

»Keine drei Jahre mehr. Und was dann?«

»Ich hoffe, daß mein Mann bis dahin seine eigene Karriere geschafft haben wird. Er ist Schauspieler und ...«

»... und bis dahin müssen Sie für ihn mitverdienen?«

Helga Grubers Gesicht verschloß sich.

»Ich will mich nicht in Ihr Privatleben mischen«, behauptete Frau Hagen, »aber das eine möchte ich Ihnen doch sagen: Nur die wenigsten Menschen können Aufopferung ertragen. Denken Sie mal darüber nach.«

»Ja, danke, das werde ich«, versprach Helga Gruber.

Aber Frau Hagen wußte, daß sie es nur tat, um dem Gespräch ein rasches Ende zu bereiten; noch bevor sie den Büroraum verlassen hatte, würde sie ihre Warnung vergessen haben.

Die Abteilungsleiterin überprüfte und rechnete Helga Grubers Post durch und kam auf 148000 saubere, fehlerfreie Anschläge: eine eindrucksvolle Leistung.

Mit einem tiefen Seufzer öffnete sie dann die Unterschriftenmappe, die Alma Möhner abgegeben hatte. Hier genügte kein flüchtiges Überfliegen der Zeilen, sondern es mußte Wort für Wort, Buchstabe für Buchstabe gelesen werden.

Alma Möhner hatte einen besonders schlechten Tag gehabt. Immer wieder stieß Frau Hagen auf verstellte Buchstaben, fehlende Satzzeichen, und nahm behutsam Korrekturen vor. Zwei Briefe waren völlig unbrauchbar; sie konnten so nicht zur Unterschrift vorgelegt werden.

Normalerweise hätte Frau Hagen sie aus der Mappe heraus genommen und der nachlässigen Phonotypistin zur Abschrift auf den Schreibtisch gelegt. Aber im Fall Alma Möhner entschied sie sich anders. Sie wollte nicht schon wieder eine Szene heraufbeschwören. Obwohl sie wußte, daß Alma Möhner sich auf die Dauer nicht im Hauptsekretariat würde halten können – nicht, solange sie nicht bereit war, sich anzupassen.

Frau Hagen war sich darüber klar, daß ihre ehemalige Kollegin sie haßte, so wie sie jede Chefin und jeden jüngeren Chef gehaßt haben würde. Es lag nichts Persönliches in diesem Haß. Alma Möhner fühlte sich, seit sie ihren Status als Sekretärin verloren hatte, degradiert und gedemütigt. Frau Hagen verstand sie. Sie wußte nicht, ob sie selber in einer ähnlichen Situation weiser und beherrschter reagiert hätte.

So nahm sie sich die Briefe vor und schrieb sie selber noch einmal ins reine.

Danach vergewisserte sie sich, daß genügend Kassetten für den Beginn des morgigen Tages im Aufzug lagen, nahm sie heraus und schloß sie in einen eigens dafür vorhandenen Stahlschrank und die Listen in ihren Schreibtisch ein.

Die Unterschriftenmappen stapelte sie in dem kleinen Wagen, fuhr ihn zum Aufzug und sortierte sie, nach Abteilungen getrennt, hinein.

Damit ging ihr langer Arbeitstag zu Ende. Im Waschraum erfrischte sie sich und betrachtete dann ihr Gesicht in dem zu kleinen Spiegel über dem Becken. Mit Puder und Lippenstift versuchte sie, ihre etwas harten Züge zu mildern.

Nein, sie hatte keinen Grund, unzufrieden mit ihrem Leben zu sein. Sie verdiente gut und hatte es zu etwas gebracht. Nach menschlichem Ermessen würde sie ihren Posten bis zur Pensionierung behalten können.

Und zu Hause wartete ihr Sohn auf sie.

Alma Möhner wohnte mit ihrer Mutter in der sehr lauten und verkehrsreichen Richard-Strauß-Straße. Aber die Wohnlage hatte für sie den Vorteil, daß sie, um zur European Insurance Company zu kommen, kein Verkehrsmittel zu benutzen brauchte, und an den Lärm hatte sie sich längst gewöhnt. Nachts wurde es ruhiger, und man konnte sogar die Fenster öffnen.

Heute hatte sie sich Zeit für einen Umweg genommen. Sie hatte bei »Feinkost-Käfer« frische, pikant angemachte Salate und drei Semmeln gekauft.

Als sie die Wohnungstür aufschloß, tönte ihr eine vorwurfsvolle Stimme entgegen: »Daß du jetzt erst kommst, Kind! Der Tee ist schon ganz schwarz geworden.«

»Macht nichts! Dann trinken wir eben Bier!«

Ihre Mutter saß am gedeckten Wohnzimmertisch, eine zierliche Frau mit weißem Haar und sehr lebendigen Augen in einem kleinen verrunzelten Gesicht, eine graue, selbstgehäkelte Stola um die schmalen Schultern gelegt.

Alma Möhner beugte sich über sie und küßte sie leicht auf die Schläfe. »Guten Abend, Mutter!« – Sie legte ihre Paketchen und die Tüte mit den Semmeln auf den Tisch.

»Oh, hast du uns was mitgebracht?« Eifrig machte sich die alte Dame ans Auspacken.

Alma Möhner nahm das Papier weg und stopfte es in den Mülleimer in der kleinen Küche; sie holte eine Flasche Bier aus dem Eisschrank und brachte sie, zusammen mit zwei entsprechenden Gläsern, in das Zimmer. Ihre Mutter hatte inzwischen die Semmeln in den Brotkorb gelegt und die Pappschälchen mit dem Salat auf dem Tisch arrangiert. »Na, wie war's?« fragte sie, während sie sich einen Löffel Teufelssalat auf den Teller klackste. »War dein Chef nett zu dir?«

»Wie üblich.«

Alma Möhner hatte versucht, die alte Dame über ihre veränderte Stellung in der Company zu informieren; besonders damals, als ihr Chef nach London versetzt worden war und es täglich Ärger mit seinem sehr viel jüngeren Nachfolger gegeben hatte. Die Mutter hatte ihren Schilderungen und Berichten begierig gelauscht, ohne sich je von ihrer optimistischen Überzeugung abbringen zu lassen, daß »doch noch alles gut« werden würde. Als es dann trotzdem schlecht lief, hatte sie es nicht zur Kenntnis genommen. Zuerst hatte Alma um ihr Verständnis gekämpft, sehr rasch aber hatte sie eingesehen, daß es doch ganz tröstlich für sie war, wenigstens in den Augen ihrer Mutter nicht als gescheiterte Existenz dazustehen.

»Früher hast du mir mehr erzählt«, quengelte die alte Dame.

»Früher war auch mehr los.« Alma öffnete die Flasche und ließ Bier in die Gläser fließen. »Oder es ist mir auch nur so vorgekommen. Auf die Dauer wird eben alles zur Routine.«

»Das würdest du auch sagen, wenn du diesen ... diesen ... na, wie hieß er doch ... diesen Itaker geheiratet hättest!«

»Josef Greindl. Und er war kein Itaker, sondern ein Südtiroler.«

»Na, und sind die Südtiroler etwa keine Italiener?«

Alma verzichtete auf eine Antwort. Sie hatte keine Lust, ein hundertmal durchgesprochenes, längst erledigtes Kapitel ihres Lebens noch einmal durchzuhecheln.

»Diese Ehe wäre für dich heute auch schon längst Routine. Wenn nicht was noch Schlimmeres!«

»Ich mache dir ja keinen Vorwurf, Mutter«, sagte Alma müde.

»Das ist das Neueste!«

»Wenn er der Richtige gewesen wäre, hätte ich mich nicht davon abhalten lassen, ihn zu nehmen – auch von dir nicht!«

»Na, siehst du! Dann habe ich dich also richtig beraten!«

Alma blickte in die triumphierenden Augen ihrer Mutter, und plötzlich war es ihr, als ob die alte Dame alles, aber auch alles über sie wüßte.

»Ja, Mutter«, sagte sie ergeben und fragte dann, um dem Gespräch eine Wendung zu geben: »Was gibt es heute abend im Fernsehen?«

Am nächsten Morgen stürmte ein junger Mann in den Schreibsaal. Er war jung, braungebrannt und hatte blondes, ziemlich kurzgeschorenes Haar.

Es war neun Uhr vorbei, die Phonotypistinnen waren mitten in der Arbeit und wären normalerweise blind oder doch zumindest taub gewesen für alles, was sich in ihrer Nähe zutrug. Aber das Erscheinen eines Mannes in dieser Etage, in der es nur Frauen gab, war etwas so Ungewöhnliches, daß einige sofort, andere durch einen Anstoß ihrer Kolleginnen aufmerksam wurden.

Der Schreibtisch von Frau Hagen stand, etwas erhöht, am Ende des großen Raumes, den der junge Mann in seiner ganzen Länge durchqueren mußte. Sein Alleingang wurde mit Gekicher und spöttischen Bemerkungen begleitet.

»Schicker Junge, wie?«

»Nicht meine Kragenweite.«

»Noch ein bißchen feucht hinter den Ohren.«

Leises Gekicher.

»Aber die Krawatte ist gut!«

Wieder verhaltenes Gekicher.

Er hatte rote Ohren, als er vorne ankam.

»Ja, Sie wünschen?« fragte die Abteilungsleiterin mit ruhiger Distanz.

»Der Brief . . . dieser Brief hier . . .« Er wedelte ihr ein Schriftstück unter die Nase. »Unerhört! Einen Tippfehler lasse ich mir ja noch gefallen, aber das ist sinnentstellend . . . sinnentstellend, meine ich!«

Wie eine Schildkröte zog Frau Hagen den Kopf zurück. »Sie täten mir einen Gefallen, wenn Sie ruhiger und deutlicher sprechen würden!«

Die Mädchen und Frauen lachten, als hätte sie einen prächtigen Witz gemacht.

»Da, sehen Sie selber!« Er klatschte den Brief vor Frau Hagen auf den Schreibtisch. »Hier, dies Wort! Eine irrsinnige

Tippo . . .«

»Erlauben Sie!«

»Entschuldigen Sie, ich wollte sagen, eine Irrsinnige hat hier Tippographie geschrieben.«

Wieder brandete Gelächter auf.

»Was?!«

»Ja, lesen Sie selber! Tippographie, nein, entschuldigen Sie, Typographie, wo ich ganz sicher bin, Topographie diktiert zu haben!« Der junge Mann war jetzt über und über rot geworden; er tupfte sich mit einem sehr weißen Taschentuch den Schweiß von der Stirn.

»Ihr Name, bitte!« forderte Frau Hagen kalt.

»Wozu?«

»Ich brauche Ihren Namen und Ihre Abteilung, um das entsprechende Band kontrollieren zu können«, erklärte Frau Hagen in einem Ton, wie ihn vielleicht eine Lehrerin einem geistig zurückgebliebenen Kind gegenüber anwenden würde.

»Aber wozu brauchen Sie das zu kontrollieren, wenn ich Ihnen doch sage . . .«

»Es ist Vorschrift!«

»Doktor Mayr«, stellte sich der junge Mann unbehaglich vor.

Frau Hagen ließ sich von dem Titel nicht beeindrucken; die meisten Sachbearbeiter in der Schadensabteilung waren ausgebildete Juristen. »Und Sie arbeiten in der Kraftfahrzeug-Schadensabteilung?«

»Ja, das steht doch da!«

Frau Hagen schenkte ihm ihr charmantestes Lächeln. »Reizend von Ihnen, mich darauf aufmerksam zu machen.« Sie blickte an ihm vorbei in das Sekretariat. »Fräulein Kern, Sie haben diesen Brief geschrieben. Seien Sie doch so freundlich und kommen Sie einmal her.«

Sibylle kam, und ihr Anblick trug dazu bei, Doktor Mayr noch mehr zu verwirren. Sie hatte ein knappes, zweiteiliges Kleidchen an – weißer Faltenrock, Oberteil in einem blau-roten Hahnentrittmuster, dazu Kragen, weiße Manschetten und weiße Blenden aus dem Stoff des Faltenrockes. Diese Aufmachung unterstrich nicht nur ihre blonde Schönheit, sondern ließ sie gleichzeitig sehr anständig und sehr wohlerzogen erscheinen.

Dr. Mayr, den man als Jungen gelehrt hatte, daß es sich nicht gehört, kleine Mädchen zu ärgern, wurde noch unsicherer.

»Fräulein Kern«, forderte Frau Hagen, »natürlich können wir nicht verlangen, daß Sie sich an diesen Brief erinnern, aber vielleicht sagen Sie uns, was die Worte Typographie und Topographie bedeuten?«

»Ja, gerne!« Sibylle entblößte beim Lächeln ihre regelmäßigen, etwas zu kleinen Zähne. »Typographie hat was mit Buchdruckerei zu tun ... und Topographie bedeutet so was wie Ortsbeschreibung durch Landvermessung. Im übrigen würde ich nie etwas anderes schreiben, als diktiert worden ist, wenn ich auch nur eine einfache Tippse bin!«

Jubel hallte gegen die schallschluckende Wabendecke des Hauptsekretariats. Die Phonotypistinnen klatschten ihrer kekken Kollegin Beifall. Die picklige kleine Betty Troll kreischte geradezu vor Vergnügen.

Dr. Mayr, Sachbearbeiter in der Kfz.-Schadenabteilung, stotterte vor Verwirrung. »Ent ... entschuldigen Sie, ich ... ich wollte wirklich nicht ...«

Sibylle Kern lächelte undurchdringlich.

»Möchten Sie das Band jetzt noch abhören?« fragte die Abteilungsleiterin. »Es ist noch nicht gelöscht.« Sie stand auf und trat an den Stahlschrank, in dem sie die Magazine aufbewahrte.

»Nein, nein, danke!« Dr. Mayr hatte nur noch den einen Wunsch, so schnell wie möglich aus dem Brennpunkt des Interesses zu rücken. »Ich ... es hat wohl an mir gelegen ... ich muß mich verirrt ... ich meine, versprochen haben.«

»Das glaube ich auch, Herr Doktor«, erklärte Frau Hagen mit Bestimmtheit. »Achten Sie bitte in Zukunft darauf, deutlich und fehlerfrei zu diktieren.« Sie kam an den Schreibtisch zurück. »Bitte, Fräulein Kern, schreiben Sie den Brief mit der gewünschten Verbesserung noch einmal ins reine.« Dr. Mayr zugewandt fügte sie hinzu: »Wir schicken ihn dann gleich hinauf. Guten Tag, Herr Doktor.«

Damit war Dr. Mayr entlassen und mußte den Rückweg durch den Saal antreten, der ihm diesmal noch länger erschien als bei seinem Eintritt.

Das Gelächter der Frauen dröhnte ihm noch in den Ohren, als er schon den rettenden Lift erreicht hatte.

Obwohl durch den Zwischenfall Zeit verloren war, hatte er die allgemeine Stimmung doch ungemein gehoben. Alle, selbst Alma Möhner, die abgesägte Sekretärin, hatten es genossen; denn die zukünftigen jungen Chefs waren ihr ein noch größerer Dorn im Auge als die Abteilungsleiterin.

Auch die anderen Frauen neigten nicht dazu, sich von den Männern, für die sie arbeiteten, beeindrucken zu lassen. Die Chefs erschienen ihnen als entfernte Wesen, die, wenn sie gelegentlich zur Erde herabstiegen, den Status quo gewöhnlich unheilvoll durcheinanderbrachten. Ein junger Mann wie Dr. Mayr, mit wenig Autorität im Rücken, bot ihnen, wenn er sich in ihr Schußfeld wagte, eine willkommene Zielscheibe.

Frau Hagen wußte das. Sie verstand auch, daß ihre Schützlinge hin und wieder Dampf ablassen mußten, und hatte ihnen deshalb die Gelegenheit gegeben.

Wenn es immer wieder passiert, daß eine Phonotypistin mitten im Diktat zu hören bekommt: »Ach, entschuldigen Sie, ich vergaß . . . von diesem Brief brauche ich vier Kopien, Fräulein!« – von undeutlichem Gemurmel und falsch konstruierten Sätzen einmal ganz abgesehen –, dann sammeln sich im Lauf der Zeit schon einige Aggressionen an.

So wurde noch nach Feierabend, als sich die Gruppe der jungen, ledigen und durch keine Haushaltspflichten gebundenen Phonotypistinnen aus dem Hauptsekretariat in der Schenke von »Feinkost-Käfer« zusammenfand, von nichts anderem als diesem erhebenden Zwischenfall geredet.

Sibylle hatte telefonisch in dem Feinschmecker-Restaurant einen großen Tisch bestellt. Ihr Eintritt in das Sekretärinnen-Kolleg war es ja, der gefeiert werden sollte. Wie eine Schar zwitschernder Schwalben ließen sich die jungen Damen auf den

Bänken und Stühlen nieder. Sibylle, die Heldin des Tages, spendierte einen Cocktail für jede. Betty Troll, die Jüngste, überreichte ihr im Namen der Kolleginnen einen prächtigen Blumenstrauß. Man ließ sie hochleben, aber dann wandte sich das Gespräch wieder dem Ereignis des Tages zu.

»Die Hagen war wirklich gut!« erklärte Betty Troll zum hundersten Mal. »Die hat es ihm richtig gegeben!«

»So ein Schnösel!« rief eine andere.

»Aber du warst auch nicht schlecht, Billy!« erinnerte Carola.

»Pah, was war schon dabei! Er hat mir ja selber das Stichwort gegeben.«

»Wie der rot bis in die Ohren geworden ist! Das war doch zum Quieken.«

»Dabei war er eigentlich eine ganz nette Type!« sagte Betty Troll plötzlich.

»Nette Type!« rief Sibylle. »Du bist wohl nicht bei Trost! Du hast doch gehört, was wir für den sind: billige Tippsen. Laß dir bloß nicht einfallen, so einen anzuhimmeln!«

»Ich will ihn ja nicht heiraten.«

»Da hättest du auch Pech. Was willst du sonst mit ihm?«

»Na, man braucht doch jemanden, der einen aus dem Schreibsaal rausholt. Wir hätten vielleicht doch netter zu ihm sein sollen.«

Carola Anders beugte sich vor. »Zu Doktor Mayr? Jetzt hör aber mal! Bis der es zum Abteilungsleiter gebracht hat, sind wir längst alt und schäbig geworden!«

»Auch wieder wahr«, räumte Betty ein, weniger aus Überzeugung, sondern weil sie begriff, daß sie gegen die anderen doch nicht aufkommen konnte.

Als die Cocktails ausgetrunken waren, wurde der Kreis noch kleiner. Nur eine Handvoll Mädchen blieb, um sich ungewohnte Genüsse zu gönnen: Crevetten, Hummerschwänze, Austern, Scampis in Dillsauce oder Lammkotelettchen.

Zu guter Letzt waren nur noch Sibylle und Carola übrig, jede vor einem Rieseneisbecher; sie löffelten mit Hingebung.

»Danach muß ich aber mindestens drei Tage fasten«, stöhnte

Sibylle.

»Macht ja nichts«, tröstete Carola, »schließlich hast du Grund zu feiern. Deine Zukunft ist geritzt.«

»Ach, weißt du, die größte Freude ist schon dahin. Es ärgert mich furchtbar, daß mein Verlobter überhaupt nicht begeistert ist.«

»Kleinkarierter Mensch!« Carola warf mit Schwung ihr langes rotes Haar in den Nacken. »Aber andererseits . . . wenn du ihn wirklich liebtest, würdest du sicher ihm zuliebe verzichten.«

»Würdest du das tun? Für deinen Peter?«

»Den kenne ich zuwenig.«

»Hans kenne ich wahrscheinlich schon zulange. Seit Kindesbeinen sozusagen.« Sibylle seufzte. »Es war ein Fehler, sich so früh zu binden.«

Carola war, wie meist, mehr an ihren eigenen Problemen interessiert. »Ich jedenfalls, wenn ich den Richtigen fände, würde meinen Beruf ohne weiteres an den Nagel hängen.«

»Warten wir's ab. Es kommt ja auch darauf an, ob er sich eine Ehe mit einer Nur-Hausfrau überhaupt leisten kann.«

»Peter bestimmt.«

»Damit wären wir also wieder beim Thema.« Sibylle lächelte gutmütig. »Hat er inzwischen von sich hören lassen?«

»Nein. Damit habe ich auch gar nicht gerechnet.«

»Aber daß er sich wieder melden wird, da bist du ganz sicher?«

»Na klar. Und ich weiß ja auch, wie er heißt und wo er wohnt. Im Arabellahaus. Peter Karpenter stand auf dem Türschild. Wenn alle Stricke reißen, gehe ich einfach hin.«

»Peter Karpenter?« Sibylle leckte nachdenklich ihren Löffel ab. »Du, das ist komisch . . . wir haben nämlich einen Peter Karpenter in der Company.«

»Das ist bestimmt nicht derselbe.«

»Woher willst du das wissen?«

»Meiner ist Filmregisseur.«

»Und unserer ist Chef der Lebensabteilung. Sag mal, wie hat er denn darauf reagiert, daß du in der Company . . .?«

»Das habe ich ihm doch gar nicht erzählt.«

»Was dann?«

»Na ja.« Carola wurde ein bißchen verlegen. »Weil er mir doch gleich gesagt hat, daß er Regisseur ist, da dachte ich, was wird er sich da für eine, eine . . .«

»Tippse!« half Sibylle ein.

»Für eine Tippse interessieren! Und deshalb habe ich ihm eben weisgemacht, ich sei Schauspielerin. Schauspielschülerin, genau gesagt!«

Sibylle lachte. »Du bist schon eine Marke!«

Helga Gruber, die Spitzenverdienerin im Hauptsekretariat, die sich pro Tag bis zu 50 DM Prämie ertippte, hatte, wie alle anderen verheirateten Frauen, zwar für Sibylles Blumenstrauß mitgespendet, ihre Einladung aber dankend abgelehnt. Da sie sich kaum je eine Erholungspause oder einen kleinen Schwatz mit ihren Kolleginnen gönnte, hatte sie auch sehr wenig Kontakt zu ihnen. Aber das machte ihr nichts aus. Sie lebte und arbeitete nur für ihren Mann.

So hatte sie auch heute gleich nach Feierabend die Straßenbahn an der Ecke genommen und war die zwei Stationen bis zum Max-II.-Denkmal gefahren. Unterwegs hatte sie, ohne die belustigten oder auch mißbilligenden Blicke der Mitfahrenden zu beachten, ihre Lippen mit einem orangeroten Stift nachgezogen, ein wenig Rouge im gleichen Ton auf die Wangenknochen verteilt und die langen dunklen Wimpern mit dem befeuchteten Zeigefinger hochgebogen, denn ihr Mann liebte es nicht, wenn sie abgehetzt oder gar erschöpft wirkte.

Die Grubers wohnten am Anfang der Maximilianstraße im Dachgeschoß eines hohen alten Eckhauses. Die Wohnung hatte den Vorteil, daß sie im Herzen der Stadt in nächster Nähe der Theater lag – wichtig für Thomas Gruber, der bei ihrer Eheschließung noch ein Engagement an den Kammerspielen gehabt hatte –, und das bei verhältnismäßig niedriger Miete. Aber man mußte sechs hohe Treppen hinaufsteigen, bis man oben anlangte.

Die schlanke junge Frau schaffte es fast ohne Anstrengung. Daß ihr Herz klopfte, als sie die Tür aufschloß, rührte nur von der freudigen Erwartung, gemischt mit einer leisen Furcht, er könnte nicht da sein.

Aber Thomas Gruber war zu Hause. Er lag lang ausgestreckt im bequemsten Sessel, hatte die Beine auf der Onyxplatte des Couchtisches liegen und schmökerte in einem Krimi.

»Liebster!« rief sie.

»Na, da bist du ja!« Er ließ den Krimi aus der Hand fallen, schwang die Füße auf den Boden und stand auf. Er war mehr als zwanzig Zentimeter größer als sie, ein athletisch gebauter Mann mit großen, etwas ausdruckslosen Augen und langen blonden Locken.

Sie warf sich in seine Arme. Er küßte sie flüchtig auf den Mund, um sie dann gleich wieder von sich zu schieben.

Ein wenig enttäuscht, denn sie hatte sich eine lebhaftere Begrüßung erhofft, versuchte sie, sich interessant zu machen. »Du, beinahe hätte ich mich verführen lassen!«

Er hob die dichten blonden Augenbrauen. »Doch nicht im Ernst?«

»Ach, du weißt schon . . .« Sie lief in die Küche, um sich zu vergewissern, wie es um das Essen stand. »Ich habe dir doch gestern erzählt . . . Sibylles Party!«

»Was willst du schon bei den Gänsen?« Er kam ihr nach und lehnte sich gegen den Rahmen der Tür; er füllte die Öffnung fast völlig aus.

»Einen Cocktail gratis!«

»Den kriegst du auch bei mir, und du weißt, meine Martinis sind unübertroffen.«

»Du, das ist lieb, daß du daran gedacht hast!« Helga öffnete den Backofen und begutachtete den Braten. »In zehn Minuten können wir essen.«

Sie gehörte zu den Frauen, die ihren Haushalt organisieren. So war ihre kleine Küche ganz modern und mit den praktischsten Geräten eingerichtet. Sie hatte die Mahlzeit am Abend vorher zubereitet und in der Früh die Automatik von Herdplatte und

Backrohr so eingestellt, daß sie sich zur genau vorausberechneten Zeit einschalteten, während sie selber noch im Schreibsaal saß und tippte.

»Zeit genug für einen Drink.« Er holte den Mixbecher aus dem Gefrierfach, nahm zwei Gläser aus dem Schrank und schenkte ein. »Obwohl wir nichts zu feiern haben.«

Sie hatte gewußt, daß er sich heute bei einem Regisseur hatte vorstellen wollen, der dabei war, eine Boulevardkomödie zu besetzen; erst in diesem Augenblick wurde ihr klar, daß sie an seine Mißerfolge schon so gewöhnt war, daß sie mit einer guten Nachricht gar nicht mehr rechnete. »Mach dir nichts draus«, sagte sie.

»Tu ich auch nicht. Es war eh eine Wurzenrolle.«

Sie ließ in jedes Glas eine Olive plumpsen und trank ihm zu. »Du, der ist aber stark.«

»Ich habe eine kleine Stärkung bitter nötig.«

Er legte den Arm um ihre Schultern, und sie gingen in den Wohnraum zurück, der mit seinen weißen Schränken, Regalen und Sesseln, den bunten Polstern, dem kreisrunden Teppich und den Postern an den Wänden ebenfalls sehr modern eingerichtet war; die abgeschrägten Wände verliehen ihm Gemütlichkeit. Thomas Gruber ließ sich wieder in seinen Sessel sinken, und sie schwang sich auf seinen Schoß, eine federleichte Last.

»Ich bin ziemlich deprimiert, weißt du«, murmelte er.

Zärtlich fuhr sie ihm mit der freien Hand durch die Locken. »Das legt sich auch wieder.«

»Ich müßte hier weg.«

»Weg?« Jetzt war sie alarmiert. »Wohin?«

»Ich weiß noch nicht. Es ist nur so: Hier in München kann ich nichts werden. Das sind doch alles Cliquen. Homos. Die halten zusammen und lassen niemand rein.«

Wie schon oft wollte sie ihm widersprechen, unterließ es dann aber, weil sie ihm den Trost nicht nehmen wollte, an dem er sein Selbstbewußtsein aufrichtete. »Vielleicht gelingt es eines Tages doch«, sagte sie nur.

»In der Provinz«, behauptete er, »könnte ich natürlich jederzeit ein Engagement bekommen.«

»Wo?«

»Na, irgendwo.« Er machte eine vage Handbewegung. »Aber das kann ich dir ja nicht antun.«

»Du, das wäre aber doch zu überlegen.« Sie nippte an ihrem Glas.

»Wirklich?« Er richtete sich auf. »Du würdest mir das erlauben?«

»Jetzt tust du gerade so, als ob du mein Gefangener wärst!«

»Du würdest mich wirklich fortlassen?«

»Irgendwie ließe sich schon eine Regelung finden. Ich könnte an den Wochenenden zu dir kommen.«

»Helga!« Er zog sie eng an seine Brust. »Du bist wirklich die großzügigste, wundervollste ...«

»Paß auf! Mein Drink!« protestierte sie, obwohl sie seine Erregung genoß.

»Trink ihn aus, dann kann nichts mehr damit passieren!«

»Du willst wohl, daß ich beschwipst werde?«

»Warum nicht?« Er bedeckte ihren Mund mit kleinen Küssen. »Und jetzt sag ich dir was ... Da wir uns nun durchgerungen haben, machen wir es auch gleich richtig: Ich gehe nach Rom.«

»Rom?« wiederholte sie ernüchtert. »Aber von Rom war doch keine Rede!«

»Du ahnst nicht, wie lange ich davon träume. Bei den Italienern würde ich bestimmt ankommen. Schon vom Aussehen her.«

»Du meinst wohl ... bei den Italienerinnen?«

Er sprang so heftig auf, daß sie keine Zeit hatte, sich in Sicherheit zu bringen, und von seinem Schoß fiel. »Das ist also deine vielgerühmte Großzügigkeit!« brüllte er. »An was anderes kannst du also nicht denken!«

Rasch kam sie wieder auf die Beine; der Rest des Drinks hatte ihren Rock benetzt, und die Olive kullerte über den Teppich. »Bitte, Tommy, bitte, nimm doch Vernunft an! Was willst du denn in Rom? Du kannst ja nicht einmal Italienisch!«

»Was spielt das denn für eine Rolle? Die meisten Filme werden ja sowieso synchronisiert.«

»Wie willst du denn mit den Produzenten verhandeln? Wie die

Regisseure verstehen? Dein Englisch taugt ja auch nichts. Nein, Thomas, nein, nach Rom lasse ich dich nicht ... nicht bevor du die Sprache beherrschst oder ein Angebot für dich vorliegt.«

»Wer hat eben noch gesagt, daß ich nicht dein Gefangener sei?«

»Du bist mein Mann, Thomas. Als mein Mann kannst du nicht eine so wichtige Entscheidung ohne mein Einverständnis treffen.«

»Nicht ohne dein Geld, meinst du wohl?«

Wortlos drehte sie sich um und lief in die Küche, und während sie völlig unsinnigerweise – es konnte nichts anbrennen, denn die Platte hatte sich schon ausgeschaltet – im Topf rührte, schüttelte ein trockenes Schluchzen ihren Körper.

Jeden Abend, wenn Carola Anders in das Mädchenwohnheim in der Ainmillerstraße zurückkehrte, fragte sie als erstes an der Pforte, ob ein Anruf für sie gekommen wäre. Und jeden Abend erhielt sie einen negativen Bescheid.

Allmählich schlug ihre Hochstimmung in ein Gefühl von Hoffnungslosigkeit um. Natürlich hätte sie Peter Karpenter von sich aus anrufen oder in seiner Wohnung im Arabellahaus aufsuchen können, aber das hätte doch sehr aufdringlich gewirkt.

Am Samstagmorgen endlich – sie hatte im Speisesaal beim Frühstück gesessen – wurde sie zum Telefon gerufen. Mit klopfendem Herzen sprang sie auf und rannte zur Pforte. Fast wagte sie nicht mehr zu hoffen, daß es der Mann war, der ihr so imponierte.

Aber dann war er es doch.

»Hallo, Kleines!« Peter Karpenters Stimme klang so sympathisch und männlich, wie Carola sie in Erinnerung hatte. »Ich wollte dich bloß an unsere Verabredung erinnern. In zehn Minuten hole ich dich ab.«

»So schnell? Aber ich bin noch gar nicht angezogen!« Carola warf einen raschen Blick zu der Heimleiterin hinüber, die in der Pforte dabei war, die Post zu sortieren. »Ich meine ... ich habe bloß lange Hosen und einen Pulli an.«

»Genau richtig«, behauptete Karpenter, »nimm eine warme Jacke mit und ein Kopftuch, auf dem See ist es oft sehr windig, und einen Badeanzug. Zum Schwimmen ist es zwar noch zu kühl, aber vielleicht können wir uns sonnen.«

»Peter, das klingt wunderbar!«

»Es wird wunderbar. Also beeil dich. Verlier keine Zeit mit Schönheitspflege.«

»Ja, Peter, ja«, versicherte Carola atemlos; sie kam nicht dazu, noch etwas zu sagen, denn Karpenter hatte schon aufgehängt.

Sie wandte sich an die Heimleiterin. »Frau Hugendahl, ich brauche, bitte, einen Hausschlüssel.«

Frau Hugendahl betrachtete mit wissendem Blick das strahlende junge Mädchen. »Du kommst also heute nacht zurück?«

Carola errötete. »Ja, ich denke doch. Wenn nicht, werde ich von unterwegs anrufen.«

»Ja, tu das, Carola.« Frau Hugendahl händigte ihr einen der Schlüssel aus. »Viel Spaß, und . . . paß auf dich auf!«

»Das werd' ich schon, bloß keine Bange!«

Den Schlüssel in der Hand, rannte Carola nach oben auf ihr Zimmer, das sie mit einer jungen Bankangestellten teilte, die, wie jedes Wochenende, zu ihren Eltern gefahren war. Mit raschen Griffen steckte sie Bikini und Kopftuch in eine resedagrüne Badetasche, fügte Hausschlüssel, ihr Portemonnaie, ihr Beauty case und eine Sonnenbrille hinzu.

Dann sah sie an sich herunter. Die alte Flanellhose, die sie trug, war in keinem einwandfreien Zustand. Einen Augenblick überlegte sie, ob sie entgegen Karpenters Rat doch einen Rock anziehen sollte, dann aber entschied sie sich für ihre schneeweißen, blütensauberen Jeans. Jeans gehörten für sie einfach zur Freizeit.

In der European Insurance Company wurde es nicht gern gesehen, wenn die Mädchen lange Hosen trugen. Es war zwar nicht ausdrücklich verboten, aber wer in der Firma vorwärtskommen wollte, durfte sich einen solchen Anflug von Emanzipation nicht erlauben. Deshalb verzichteten die ehrgeizigen Mädchen freiwillig auf das bequeme Kleidungsstück, und die anderen, die wußten, daß sie keine Chance hatten, taten es ihnen nach, weil sie sich nicht selber als anspruchslose Arbeitskräfte bloßstellen wollten.

Kaum aber kamen sie von der Arbeit nach Hause, schlüpften sie aus ihren Strumpfhosen, wuschen sie aus – auch bloße Beine waren in der Firma verpönt – und schlüpften in ihre geliebten Jeans.

Noch ein letzter Blick in den Spiegel. Karpenter hatte zwar ausdrücklich verlangt, daß Carola sich nicht schön machen sollte, aber ohne getuschte Wimpern konnte sie einfach nicht gehen; erst wenn ihre Wimpern pechschwarz waren, bekamen ihre grünen Augen Ausdruckskraft. Immerhin verzichtete sie auf Lidschatten, die Wasser, Wind und Sonne wohl doch kaum standgehalten hätten, bestrich sich nur die Lippen mit einem kräftigen roten Stift, bürstete und kämmte sich die langen roten Haare, hängte sich die weiße Jacke über die Schultern, ergriff die Leinentasche und rannte nach unten.

Genau in dem Augenblick, als sie aus dem Wohnheim stürmte, stieg Peter Karpenter aus seinem Porsche, den er auf der anderen Straßenseite geparkt hatte. Mit wehenden Locken rannte sie auf ihn zu und hätte sich am liebsten in seine Arme geworfen. Aber etwas an seiner Haltung verriet ihr, daß es klüger sei, ihm nur die Hand zu reichen.

Er ging um das Auto herum und öffnete ihr die Tür, nahm ihr die Badetasche ab, die er nach hinten warf. Glücklich ließ Carola sich auf die Lederpolster sinken.

Peter Karpenters Jacht entpuppte sich als Jolle, ein leichtes kleines Sportsegelboot mit Schwert, das vom Eigner allein bedient werden konnte. Wenn er Carola helfen ließ, dann mehr, um ihr ein Gefühl von Wichtigkeit zu geben, als daß er ihrer Unterstützung wirklich bedurft hätte.

Bei kräftigem Südwind und klarem, ein wenig föhnigen Himmel verbrachten sie einen herrlichen Tag auf dem Chiemsee.

Für Carola war Karpenter ein Gott. Seit sie im vorigen Herbst nach München gekommen war, hatte sie einen Freund gesucht, und es gab genug Jungen in der Gegend des Wohnheims. Aber alle erschienen ihr unfertig, die einen mundfaul, die anderen stets übertrieben aufgekratzt, alle gar nicht anders als die Jungen in ihrer Heimatstadt Überlingen. Sie aber suchte einen Mann, der sie beschützen und zu dem sie aufsehen konnte.

In Peter Karpenter glaubte sie ihn gefunden zu haben, wenn sie auch einen Rest von Unsicherheit ihm gegenüber nicht überwinden konnte. Er sah so glänzend aus, schlank und groß und gut gewachsen, mit braunem, leicht gelocktem Haar, das an den Schläfen schon den ersten grauen Schimmer zeigte, braunen Augen, von Lachfalten umgeben und einem festen, schönen Mund. Es war überwältigend, daß ausgerechnet bei ihr ein solcher Mann angebissen haben sollte.

Auch erfuhr sie gar nichts über ihn. Während sie selber munter von sich erzählte – von der Scheidung ihrer Eltern, den Spannungen zwischen ihr und ihrer Mutter, die sich noch verstärkt hatten, als ein Stiefvater ins Haus kam, von ihren Schwierigkeiten auf dem Gymnasium und ihrer erst nach zweimaligem Anlauf bestandenen Mittleren Reife –, schwieg er sich aus. Aber gerade diese Zurückhaltung machte ihn ihr noch interessanter.

Sie liebten sich auf den sonnenwarmen Planken der Jolle, und auch das war eine neue und herrliche Erfahrung für sie.

»Du bist fabelhaft«, murmelte sie und bedeckte seine nackte Brust mit vielen kleinen Küssen.

»Hm, hm«, machte er nur.

»Du bist der fabelhafteste Mann, den ich kenne!«

»Sprich dich nur aus!«

Sie richtete sich auf dem Ellbogen hoch und blickte in seine leicht zusammengekniffenen spöttischen Augen. »Glaubst du mir etwa nicht?«

»Doch, doch. Ich warte nur.« Er zauste sie in ihrem roten Haar, das in der Sonne sprühte.

»Auf was?«

»Daß du mich darum bittest, dir eine Rolle zu verschaffen!«

Sie brauchte eine Sekunde, um zu verstehen, auf was er hinauswollte. »Aber, Peter«, rief sie dann, »so etwas würde ich doch nie tun!«

»Es wäre aber ganz normal.«

»Für mich nicht! Und außerdem . . . ich stecke ja noch mitten in der Ausbildung!«

»Vernünftiges kleines Mädchen!« Er zog ihren Kopf zu sich herab und küßte sie heftig.

Als er sie wieder freigab, sagte sie und wußte selber nicht warum: »Weißt du eigentlich, daß du einen Doppelgänger in München hast? Ich meine, einen Mann, der genauso heißt wie du?«

»Wäre denkbar«, erwiderte er gleichmütig.

»Ich bin ganz sicher! Er ist Abteilungsleiter bei einer großen Versicherungsgesellschaft, der European Insurance Company!«

»Du kennst dich aber aus«, sagte er mit undurchdringlichem Gesicht.

»Ja, weißt du . . .« Sie fühlte sich in die Verteidigung gedrängt und suchte nach einer glaubhaften Erklärung. »Das ist so, eine bei uns im Heim . . .« Sie merkte, daß sie dabei war, sich in ein Lügengespinst zu verwickeln, und brach ab.

»Sprich nur weiter!« ermunterte er sie.

Mit einer plötzlichen Aufwallung legte sie ihren Kopf auf seine Brust, so daß er nur noch ihren roten Haarschopf vor Augen hatte. »Ach, Peter, ich schäme mich ja so.«

»Was ist los?« Er packte sie im Haar und zwang sie, ihm in die Augen zu sehen.

»Ich habe dich belogen!«

»Du hast mir nachgeschnüffelt?«

»Nein, nein, wie kommst du denn auf so was?! Ich habe gelogen, als ich dir erzählte, daß ich Schauspielschülerin sei. Ich wollte mich wichtig machen, verstehst du?«

»Und was bist du wirklich?«

»Sekretärin.«

»So?«

»Bei der European Insurance Company eben. Ich arbeite im Hauptsekretariat. Also eigentlich bin ich nur Phonotypistin, aber wir dürfen uns Sekretärin nennen, und dann mache ich ja auch einen Kurs in Steno.«

»Du liebe Güte!« Er richtete sich auf.

»Ist es sehr schlimm?« fragte sie ängstlich.

Er sprang auf die Beine. »Was soll denn schlimm daran sein?«

»Ich meine, habe ich dich enttäuscht?«

»Dummes Zeug. Glaubst du, ich steh nur auf Schauspielerinnen? Aber jetzt Schluß damit. Hilf mir lieber, den Kahn wieder flottzukriegen. Der Wind frischt auf. Wir können noch gute Fahrt machen.«

Am Samstagabend erwartete die Familie Samt Gäste in ihrem Häuschen am Stadtrand, für dessen Abzahlung Trude Samt täglich eine halbe Stunde Zeit verfuhr und 80000 Silben auf der elektrischen Maschine tippte. Eigentlich konnten sie sich eine solche Einladung gar nicht leisten, aber was hat man schon von einem Besitz, wenn man ihn Freunden und Bekannten nicht im rechten Licht zeigen kann?

Alle Vorbereitungen waren getroffen, kalte Platten, hübsch dekoriert, waren in der Küche aufgebaut, Weinflaschen und Bierflaschen kalt gestellt, und in den Zimmern waren Schälchen mit süßem Gebäck, mit Mandeln und Käsecracker verteilt. Den Kindern, die zur Feier des Tages länger aufbleiben durften, hatte Frau Samt je eine Flasche Cola und ein dickes Butterbrot spendiert, damit sie der Versuchung zu naschen leichter widerstehen konnten.

Jetzt saß Trude Samt im Schlafzimmer – einem großen und auf Raten elegant eingerichteten Raum; die Betten hatten Buchablagen, und es gab Einbauschränke – an dem praktischen Toilettentisch und war dabei, sich schön zu machen, während ihr Mann sich im Bad noch einmal rasierte. Sie wirkte abgehetzt. Kein Wunder, die blonde Lockenfrisur wollte nicht sitzen, obwohl sie noch am Vormittag beim Friseur gewesen war. Aber nachher war sie ins Schwitzen geraten. Nervös überlegte sie, ob sie in Zukunft nicht auf die Locken verzichten und sich einen glatten Kurzhaarschnitt zulegen sollte. Aber das konnte ihr im Augenblick auch nichts nutzen. Verzweifelt arbeitete sie mit Kamm und Rundbürste.

Endlich gab sie sich zufrieden, schlüpfte in ihr kleines Schwarzes und verrenkte sich, um an den Zip des Reißverschlusses zu kommen. Es gelang ihr nicht.

»Erhard«, rief sie, »kannst du mir bitte mal helfen!«

Ihr Mann erschien auf der Schwelle, den elektrischen Rasierer noch in der Hand. Mit einem Blick überschaute er die Situation. »Immer mit der Ruhe, Trudchen, das werden wir gleich haben.« Er stellte den Rasierer ab und legte ihn im Bad auf den Rand des Beckens.

»Bauch rein und Luft anhalten!« befahl er, während er sich an dem Reißverschluß zu schaffen machte.

»Ich bin wieder dicker geworden, nicht wahr?« jammerte sie. »Ist das nicht schrecklich? Dabei halte ich mich beim Essen doch so zurück!«

»Du bist genau richtig, so, wie du bist!« Nachdem er sich über die Taille nach oben gearbeitet hatte, gelang es ihm, den Reißverschluß mit einem Ruck zuzuziehen.

Sie strich sich über die Hüften. »Aber sieh mal, das Kleid spannt doch!«

»Denk mal nach, wie lange es her ist, daß du es gekauft hast. Du brauchst einfach mal was Neues . . . Warte nur ab, bis wir einigermaßen von den Schulden runter sind!«

»Ach, Erhard!« Sie wandte sich mit schwimmenden Augen zu ihm um. »Du bist so lieb zu mir!«

»Du wirst doch nicht heulen, Trudchen? Denk an deine Wimperntusche.«

»Manchmal bin ich so verzweifelt!«

Jetzt war er ernsthaft besorgt. »Wächst dir die Arbeit über den Kopf?«

»Das nicht, nein, das schaffe ich schon. Nur, es ist so deprimierend, den ganzen Tag mit lauter jungen Dingern zusammenzusein.«

»Ich dachte immer, es wären auch 'ne Menge älterer Frauen dort.«

»Siehst du! Jetzt sprichst du ganz genauso! Erhard, ich bitte dich, ich bin doch keine ältere Frau, ich bin ja erst zweiunddreißig, und meine Schulfreundinnen geben sich alle noch als neunundzwanzig aus.« Trotz aller Anstrengung begannen ihre Tränen zu fließen.

»Aber, Trudchen!« rief er erschrocken. »Bist du verrückt geworden? Ältere Frauen ... das habe ich doch nicht so gemeint! Älter als du sollte das heißen! Natürlich bist du noch jung!« Er nahm sie tröstend in die Arme. »Jung und schön, eine schöne junge Mutter und Ehefrau!«

»Ich verschmiere dir dein ganzes Hemd«, schluchzte sie.

»Dann ziehe ich mir eben ein frisches an. Trudchen, sag mir, was ist los mit dir?«

»Nichts! Bloß daß ich mich eben jeden Tag mit den jungen Dingern vergleichen muß. Die sind so schlank und so ... so selbstsicher, ich kann's dir nicht erklären. Man kann einfach nicht mit ihnen konkurrieren.«

»Aber, Trudchen, das hast du ja auch gar nicht nötig! Du hast ja einen Mann ... Die sind erst noch auf der Suche, und mal abwarten, was dabei aus ihrer schönen Selbstsicherheit wird. Du hast einen fabelhaften Mann, das bin ich, und du hast zwei pumperlgesunde Kinder, ein eigenes Haus, bedenke ... Wie kannst du ein junges Mädchen beneiden, das noch bei ihren Eltern lebt oder in einer möblierten Bude haust? Die warten doch alle noch auf das große Glück, und du hast es! Oder bist du nicht glücklich mit mir?«

Sie schnüffelte. »Doch, Erhard, natürlich!«

»Nur?«

»Ich habe solche Angst, daß ich dir nicht mehr gefalle!«

»Ausgerechnet! Ich würde dich mit keiner Frau der Welt tauschen. Und schon gar nicht mit einem so jungen spillerigen Ding aus deinem Schreibsaal!«

Er küßte sie mit zärtlicher Leidenschaft, und für eine Weile vergaßen sie Zeit und Raum.

Als er sie freigab, war ihr sorgfältiges Make-up zerstört, und die mühsam zurecht gelegten Locken waren zerzaust. Aber das machte ihr jetzt nichts mehr aus.

*

Am Montagmorgen gab es im Schreibsaal wieder einmal viel zu erzählen. Aber Frau Hagen, die Abteilungsleitern, brauchte nicht einzuschreiten, denn schon bald hatten alle wieder den Hörclip im Ohr und konzentrierten sich auf ihre Arbeit; sie wußten nur zu gut, daß jede verschwatzte Minute sie bares Geld kostete.

Nur Alma Möhner verschwand kaum eine halbe Stunde nach ihrer Ankunft im Erholungsraum und kam lange nicht wieder. Frau Hagen entschloß sich, die Gelegenheit zu der längst fälligen Aussprache zu nutzen.

Sie ging ihr nach und fand sie lang ausgestreckt auf einer der Couchen liegen.

»Bist du krank, Alma?« fragte sie, nicht ohne Mitgefühl.

»Kann man denn nicht fünf Minuten seine Ruhe haben?« rief die Möhner aufgebracht.

»Du bist zwanzig Minuten draußen.«

»Na wenn schon. Hauptsache ist doch, daß ich mein Pensum bewältige.«

»Das eben tust du nicht!«

Jäh richtete Alma Möhner sich auf. »Wie kannst du behaupten . . .« Sie legte die Hand auf die Stirn und sank auf die Liege zurück. »O Gott, mein Kopf!«

Frau Hagen zog sich einen Sessel heran und setzte sich neben sie. »Tut mir leid, daß du dich nicht gut fühlst, Alma. Aber wir beide müssen uns einmal aussprechen.«

Außer den beiden Frauen war niemand in dem freundlichen Erholungsraum neben dem Schreibsaal. Aus unsichtbaren Lautsprechern ertönte leise Instrumentalmusik.

»Worüber denn?« murmelte Alma Möhner mit geschlossenen Augen.

Sie tat Wally Hagen leid, wie sie so dalag, das graue, müde Gesicht, in das der Lippenstift nicht passen wollte, ihrem prüfenden Blick preisgegeben; die scharfen Falten um die herabgezogenen Mundwinkel ließen sie älter erscheinen, als sie tatsächlich war.

»Ich verstehe sehr gut, daß dich deine jetzige Arbeit nicht befriedigt, Alma, daß du dich von der Firmenleitung oder vom Schicksal, was ja wohl auf dasselbe herauskommt, schlecht behandelt fühlst.«

»Wie edel von dir«, sagte die Möhner bitter.

»Aber du mußt versuchen, deine Arbeit anständig zu machen«, fügte Frau Hagen hinzu, ihre Bemerkung überhörend, »ich weiß, daß du es könntest, Alma. Mit ein bißchen gutem Willen.«

Alma Möhner öffnete die Augen und sah die Abteilungsleiterin haßerfüllt an. »Dir könnte ich es doch nie recht machen! Du hackst doch pausenlos auf mir herum!«

»Das ist einfach nicht wahr, Alma!«

»Was willst du dann von mir? Ich weiß, daß ich mein Pensum schaffe. Glaube nur nicht, du kannst mir was einreden. Einen gewissen Überblick habe ich selber.«

»Du schaffst es, weil ich Abend für Abend ein paar deiner Briefe stillschweigend neu tippe.« Frau Hagen sagte es sachlich, ohne Vorwurf in der Stimme.

Aber die Möhner war nicht bereit es hinzunehmen. »Das ist eine unverschämte Lüge!« kreischte sie, und eine ungesunde Röte stieg vom Hals her in ihr graues Gesicht.

»Aber, Alma, ich bitte dich, wie kannst du denn so etwas annehmen! Wir kennen uns jetzt seit mehr als zwanzig Jahren . . .«

»Ja, du hast es zu etwas gebracht, und ich nicht! Das ist es doch, was du mir dauernd unter die Nase reiben willst!« Die Möhner stieß Frau Hagens Hand zurück und sprang auf. »Aber das lasse ich mir nicht bieten . . . du wirst schon sehen!«

»Beruhige dich, bitte!«

»Ich denke nicht daran!« Alma Möhner warf den Kopf in den Nacken. »Ich gehe zur Personalabteilung!« Damit stürmte sie zum Ausgang.

Betty Troll war hereingekommen, um schnell eine Zigarette zu rauchen; verwundert blickte sie der Möhner nach. »Die spinnt wohl, die Alte!«

Frau Hagen seufzte. »Ach, Betty, wenn das so einfach wäre!«

*

Dr. Helmut Schmitt, der Leiter der Personalabteilung, residierte im siebten Stock des Versicherungsgebäudes und wurde für das niedrige Fußvolk so gut wie niemals sichtbar. Seine Sekretärin Frau Hertha Helferich, eingeschworene Junggesellin, umhegte und pflegte ihn nicht nur aufopferungsvoll, sondern schirmte ihn auch gegen alle Unbilden bis zur äußersten Grenze des Möglichen ab.

Böse Zungen in der Firma behaupteten seit Jahren, daß die beiden ein intimes Verhältnis unterhielten. Aber dem war nicht so. Frau Helferich liebte ihren Chef nicht, sondern sie betete ihn an, und er genoß es. Zwar hatte es ihn, solange sie noch jung und knusprig war, durchaus gereizt, ihre Hingabe auszunutzen, aber er war klug genug, um zu begreifen, daß es seinem Nimbus nur schaden konnte, wenn sie ihn ein einziges Mal in Unterhosen oder Pyjama gesehen hätte. Möglicherweise hätte das eine kritischere Einstellung ihm gegenüber bewirkt, und das wollte er unter allen Umständen verhindern. Er bewahrte Distanz und erhielt sich so eine Mitarbeiterin, die ihre ganze unverbrauchte Leidenschaft in die Arbeit für ihn fließen ließ.

Frau Helferich war zweiundvierzig Jahre alt, wirkte aber nicht einen Tag älter als fünfunddreißig. Ihre Haut war glatt, ihre Augen blickten klar und gespannt, und das goldbraune, immer wohlfrisierte Haar fiel in anmutigen Wellen bis auf die Schultern. Mit Vorliebe trug sie kleine, sportliche Kostüme, und das einzige, was man an ihr hätte aussetzen können, war, daß sie im Laufe der vielen, meist sitzend verbrachten Jahre figürlich ein wenig aus der Form geraten war, was sie aber durch ein Korsett und lose fallende Jacken gut zu kaschieren wußte.

Als die Möhner, immer noch mit hochrotem Kopf, das Haar vom Liegen verdrückt, hereinstürmte, begriff sie sofort, daß Unannehmlichkeiten zu erwarten waren, ließ es sich aber nicht anmerken. »Hallo, Frau Möhner«, grüßte sie freundlich, »wie nett, daß Sie mal bei uns hereinschauen! Kann ich Ihnen irgend etwas anbieten? Eine Tasse Kaffee vielleicht? Oder eine Limo?«

»Nein, danke. Ich wünsche Doktor Schmitt zu sprechen.« Die Möhner baute sich vor Frau Helferichs Schreibtisch auf. »Und zwar auf der Stelle!«

»Das tut mir unendlich leid«, log die Helferich mit klaren Augen, »er ist momentan in einer Sitzung.« Sie wies mit dem Daumen zur Decke, in die Richtung, in der sich die Etagen der leitenden Herren befanden.«

»Dann verlange ich einen Termin!«

»Aber selbstverständlich!« Ein liebenswürdiges Lächeln umspielte Frau Helferichs Lippen. »Sollen Sie haben . . . ich werde gleich mal sehen.« Einen Kugelschreiber in der Hand, überflog sie die Eintragungen im Terminkalender. »Das sieht nicht gut aus!«

»Ich habe ein Recht . . .«

»Aber, Frau Möhner, Sie verstehen mich ganz falsch! Ich wäre die letzte, die Ihnen das bestreiten würde. Es ist nur . . . wollen Sie mir nicht schon mal erzählen, was los ist?«

»Ich will zu Doktor Schmitt!«

»Sie arbeiten im Hauptsekretariat, nicht wahr? Da kann ich mir schon denken. Es hat Ärger mit Frau Hagen gegeben!«

Jetzt konnte die Möhner den Sturzbach ihrer Empörung nicht länger stauen. »Diese unverschämte Person! Sie behauptet . . . So etwas ist mir in meinem ganzen Leben noch nicht passiert!« Ausführlich und sehr einseitig berichtete sie von den angeblichen Beleidigungen, die ihr zugefügt worden waren.

Frau Helferich hörte, nur hin und wieder ein Wort der Teilnahme und des Verständnisses einwerfend, aufmerksam zu. »Ja, das ist schlimm«, sagte sie endlich, »was machen wir denn da? Ich könnte dem Herrn Doktor natürlich vorschlagen, daß er Sie in die Registratur versetzt . . . aber da würden Sie natürlich weniger verdienen.«

»Ich!?« Die Möhner erblaßte. »In die Registratur?!«

»Warum nicht? Soviel ich weiß, geht's da recht gemütlich zu. Ein angenehmer Umgangston . . .«

»Aber haben Sie denn gar nichts begriffen? Ich will nicht versetzt werden. Ich verlange, daß die Hagen zur Rechenschaft gezogen wird!«

»Dafür werde ich sorgen, das verspreche ich Ihnen. Aber das

wird doch das Klima zwischen Ihnen und Frau Hagen nicht verbessern.«

»Das . . . ja, das natürlich nicht«, stammelte die Möhner.

»Na, sehen Sie! Frau Hagen wird ihren Denkzettel kriegen, aber ohne zu erfahren, daß Sie dahinterstecken. Sie sind zu klug, sich was anmerken zu lassen, nicht wahr? Es wird wirken, das verspreche ich Ihnen!« Frau Helferich verschwendete an die Möhner noch ein reizendes Lächeln. »Aber jetzt entschuldigen Sie mich bitte, ich habe leider rasend viel zu tun.«

Damit war Alma Möhner entlassen, und erst als sie im Lift nach unten sauste, wurde ihr klar, daß sie keinen Termin bei Doktor Schmitt bekommen, sondern statt dessen mit vagen Versprechungen abgespeist worden war.

Aber sie hatte nicht die Kraft, noch einmal hochzufahren. Für diesmal, das spürte sie, war ihre Energie verpufft.

Als Alma Möhner das Vorzimmer verlassen hatte, hob Frau Helferich den Kopf und blickte nachdenklich ins Leere.

Alma Möhners Schicksal ließ sie nicht unberührt. Sie wußte, daß die andere, mit etwas mehr Glück, heute noch auf ihrem Posten als Sekretärin sitzen könnte. Zweifellos entsprach das stumpfsinnige Tippen von Geschäftsbriefen nach Diktat nicht ihrer Ausbildung, ihren Fähigkeiten und Kenntnissen, zweifellos war aber auch die Möhner selber und nicht die beherrschte und stets um Gerechtigkeit bemühte Frau Hagen schuld an den Reibereien im Hauptsekretariat.

Hertha Helferich hätte Alma Möhner gern geholfen, nur wußte sie nicht wie. Vielleicht würde Dr. Schmitt eine Möglichkeit wissen, ihr eine einigermaßen befriedigende Arbeit zuzuschanzen, vielleicht würde er sogar einen Posten eigens für sie schaffen können.

Aber sollte sie ihn wirklich damit belasten? Er hatte ohnehin Ärger und Arbeit genug und sah in letzter Zeit gar nicht gut aus; er war zu schwer geworden und hatte Schatten um die Augen.

Nein, entschied Frau Helferich, es war besser, ihn mit einer so dummen Geschichte zufrieden zu lassen. Sollte die Möhner doch sehen, wie sie zurecht kam. Schließlich war sie eine erwachsene Frau.

Damit zog die Sekretärin innerlich einen Strich unter das Geschehnis und vergaß es sofort, und mit bestem Gewissen. Es war ihr nicht bewußt, daß sie damit die Belange einer Kollegin verriet, um ihrem Chef besser dienen zu können.

Im Zweifelsfall würde sie sich, ohne nachzudenken, stets auf die Seite ihres Chefs geschlagen haben.

Wie immer richteten es Carola Anders und Sibylle Kern so ein, daß sie sich gleichzeitig zu einer kleinen Erfrischung in den Erholungsraum zurückzogen; diesmal entschieden sie sich beide für ein Joghurt und ein Knäckebrot.

Sie machten es sich in einer Ecke gemütlich, und Carola gab, wohl zum siebtenmal, die Geschichte ihres erlebnisreichen Wochenendes mit Peter Karpenter zum besten, als Betty Troll zu ihnen stieß. Vor Betty, die bekannt war für ihre sexuelle Neugier und unverschämten Kommentare, mochte Carola nicht weitersprechen, und so unterbrach sie sich hastig.

»Laßt euch nur nicht stören, ihr beiden«, bemerkte Betty gönnerhaft und zündete sich eine Zigarette an.

»Willst du denn gar nichts essen?« fragte Sibylle.

»Essen? Was ist das?«

»Sei nicht albern. Wir sind ja auch fürs Kalorieneinsparen. Aber irgendwas muß der Mensch doch in den Magen bekommen, sonst klappt er zusammen.«

»Ich esse ja. Aber nur zu Hause, wo es mich nichts kostet.«

»Dabei gibst du wer weiß was für Zigaretten aus!«

»Ohne Zigaretten kann ich nicht leben!« Betty paffte provozierend.

Die Freundinnen wären sie gerne losgeworden, wußten aber nicht, wie sie es anfangen sollten, denn geradezu beleidigen mochten sie sie doch nicht.

»Was hast du denn gestern gemacht, Sibylle?« fragte Carola.

Wären sie allein gewesen, hätte Sibylle erzählt, wie sie sich mit ihrem Verlobten gekracht und wieder versöhnt hatte; so aber sagte sie ausweichend: »Ach, nichts Besonderes.«

Betty nahm es als Stichwort. »Also, wenn ihr mich fragt . . .«

»Aber dich fragt niemand«, fuhr Carola ihr über den Mund, denn Betty war dafür berüchtigt, daß sie frei erfundene, haarsträubende Geschichten zum besten zu geben pflegte.

»Na, denn nicht«, sagte Betty eingeschnappt.

»Du warst doch am Samstag zum erstenmal im SK?« fragte Carola.

»Ach das!« Sibylle schob sich ein Löffelchen Joghurt in den Mund.

»Wie war's denn? Werden große Anforderungen gestellt?«

»Kann man nicht behaupten. Sie bleuen uns zwar ein, daß wir noch viel zu lernen hätten, und das mag ja auch stimmen. Aber jedenfalls sind es lauter Sachen, die man mit dem gesunden Menschenverstand begreifen kann. Keine doppelte Buchführung oder so.«

»Was denn?«

»Na ja. Umgang mit Menschen. Menschenkenntnis. Manieren. Das Empfangen von Besuchern. Wie man sie an den Chef weiterreicht oder höflich abweist. Das Entwerfen von routinemäßigen Antworten auf Briefe und Memoranden. All so was.«

»Könnte ich nicht!« platzte Betty heraus.

»Kriegst du auch noch raus, wenn du erst älter bist!« tröstete Sibylle. »Es wird wirklich nichts Unmögliches verlangt. Nur eines ist komisch.«

»Was?« fragten Betty und Carola fast gleichzeitig.

»Na, auf der einen Seite wird uns eingetrichtert, daß wir immer hinter dem Chef zurückstehen sollen, alles vorbereiten, versteht ihr, ihm die Routinearbeiten abnehmen, ihn erinnern und so weiter, ihm nie widersprechen, ihn bei guter Laune halten . . . also feste immer die zweite Geige spielen. So habe ich jedenfalls den Einführungsvortrag verstanden.«

»Was denn sonst?« warf Carola ein.

»Auf der anderen Seite«, fuhr Sibylle, ohne sich stören zu lassen, nachdenklich fort, »wird besonderer Wert darauf gelegt, daß wir ganz sicher in der deutschen Sprache sind – Englisch haben wir natürlich auch, aber das ist ja selbstverständlich. Nein, wir müssen Deutsch büffeln, um die Diktate des Chefs bei der Übertragung korrigieren zu können. Was sagt ihr dazu?«

Betty kratzte sich an einem Pickel. »Wahrscheinlich können sie kein Deutsch. Das habe ich mir immer schon gedacht. Warum müßten sie sonst überhaupt diktieren? Es ginge doch viel schneller, wenn jeder seinen Quatsch selber schreiben würde.«

Sibylle und Carola lachten.

Betty, erfreut, Beifall zu finden, mußte noch einen Drücker drauftun: »Die Männer tun so, als könnten sie nicht tippen, tatsächlich aber haben sie keine Ahnung von Grammatik und Interpunktion!«

»Kann schon stimmen«, gab Sibylle nachdenklich zu, »nur, leider, es nutzt uns nichts.«

Helga Gruber fühlte sich elend. Zum Frühstück, das sie in der Küche einzunehmen pflegte – ihr Mann stand nie zusammen mit ihr auf –, hatte sie nur eine trockene Semmel herunter gewürgt. Den ganzen Morgen spürte sie einen schweren Druck im Magen, und als sie mittags eine Flasche Cola trank, konnte sie gerade noch in den Waschraum stürzen, bevor sie erbrach. Sie sah leichenblaß aus, und Frau Hagen schickte sie, trotz ihres Widerstandes, nach Hause.

Es war zwei Uhr, als sie die Wohnungstür aufschloß. Die frische Luft hatte ihr gutgetan, dennoch fühlte sie sich immer noch sehr schwach. Sie hoffte, daß ihr Mann zu Hause sein und ihr einen Kamillentee kochen und vielleicht eine Wärmflasche zurechtmachen würde. Sie sehnte sich nach etwas Trost und Zärtlichkeit.

»Thomas«, rief sie, »Thomas!«

Aber sie bekam keine Antwort; der Wohnraum war leer.

Jetzt hatte sie nur noch den einen Wunsch, so schnell wie möglich ins Bett zu kommen. Sie öffnete die Schlafzimmertür.

Ihr Mann hatte sich im Bett aufgerichtet und blickte ihr mit einem Ausdruck von Bestürzung entgegen. Neben ihm lag eine blonde junge Frau.

Die Situation war eindeutig und hatte dennoch für Helga Gruber etwas Unwirkliches; es war ihr, als spielte sich dies alles in einem Alptraum ab.

Sekunden, endlos lange Sekunden voll entsetzlichen Schweigens vergingen.

Dann angelte Thomas Gruber nach seiner Hose. »Helga, laß dir erklären . . .«

Sie drehte sich um und verließ den Raum. Ihr schwindelte. Schwer ließ sie sich im Wohnzimmer in einen Sessel fallen. Sie hätte sich gern auf der Couch langgestreckt, aber sie wußte, daß sie sich jetzt aufrecht halten mußte.

Von nebenan hörte sie unterdrückte Stimmen, Geräusche, dann Schritte auf dem Flur und das Zufallen der Wohnungstür.

Ihr Mann kam herein. Er hatte sich hastig angezogen, war barfuß, aber in Hemd und Hose. »Es tut mir unendlich leid, Liebling . . .«

Sie fiel ihm ins Wort. »Was tut dir leid! Daß du erwischt worden bist? Oder daß ich dich gestört habe?«

»Helga, ich verstehe ja, daß du jetzt wütend bist . . .«

»Wütend? Du hast Begriffe!«

». . . aber wie konnte ich denn auch ahnen, daß du mitten am Tag nach Hause kommen würdest!«

»Nein, das konntest du nicht. Es war gegen die Abmachung, nicht wahr? Ich habe eisern hinter der Maschine zu sitzen, damit du freie Bahn für deine Vergnügungen hast. Wie lange geht das schon so?«

Er fuhr sich glättend durch die langen blonden Locken. »Mit der Kleinen? Nun hör doch auf, die Sache dermaßen zu dramatisieren! Ich kenne sie ja kaum. Eine ganz flüchtige Bekanntschaft.«

»Dann enden wohl deine meisten flüchtigen Bekanntschaften im Bett.«

»Wo denn sonst?« entfuhr es ihm. »Ich meine . . . das ist doch ganz natürlich. Wenn man ein Mädchen kennenlernt, das einem gefällt, dann möchte man mit ihr ins Bett. Sieh mich nicht so an, als ob ich ein Unmensch wäre. Alle Männer denken so.«

»Mag sein. Aber nur die wenigsten können es sich erlauben,

das dann auch zu tun.«

»Was habe ich denn schon vom Leben? Verlangst du etwa, daß ich den ganzen Tag nur herumlungere und darauf warte, daß du nach Hause kommst? Ist es denn meine Schuld, daß ich keine Arbeit finde?«

»Du hast es noch nie in einem anderen Beruf versucht.«

»Nein, und das werde ich auch nicht! Ich bin Schauspieler, ich war Schauspieler, als wir geheiratet haben, und ich werde Schauspieler bleiben!«

Helga strich sich mit der Hand über die schmerzende Stirn. »Ach, Thomas, warum willst du denn nicht verstehen?«

»Aber ich verstehe dich sehr gut! Du bist die besitzgierigste Person, die ich kenne. Du willst über mich mit Haut und Haar verfügen. Ich darf nicht so sein, wie ich bin, sondern soll so sein, wie du mich haben willst.«

»Das ist ja gar nicht wahr.«

»Warum machst du dann wegen einer belanglosen Eskapade so ein Mordstheater? Was nehme ich dir denn weg, wenn ich mir ein bißchen Spaß mache? Du bist ja doch meist zu müde. Und sag jetzt bloß nicht wieder: weil du für mich Geld verdienen mußt. Das hängt mir nachgerade zum Hals heraus.«

»Mir auch, Thomas«, sagte sie mit schwacher Stimme, »ich mag nicht mehr. Pack deine sieben Zwetschgen und verschwinde.«

»Das hast du dir so gedacht! Ich bin dein Mann! Du kannst mich nicht wie einen aufgelesenen Köter auf die Straße jagen!«

»Ich werde dir einen Scheck geben.«

Er wechselte die Farbe.

»Das gefällt dir schon besser, nicht wahr?« fügte sie bitter hinzu. »Dreitausend Mark. Damit wirst du bis nach Rom kommen, nehme ich an. Oder sonst wohin. Aber laß mich deine Adresse wissen, damit die Scheidung durchgeführt werden kann.«

Während er seine Koffer packte – sie mußte ihm ihre noch dazugeben, denn er verfügte über reichlich Garderobe –, zog sie die Betten ab, lüftete die Matratzen, nahm frische Wäsche aus dem Schrank und bezog sie neu.

»Verdammt, daß dies alte Haus keinen Lift hat«, schimpfte er, als er fertig war, »das wird eine schöne Schlepperei werden!«

»Erwartest du etwa, daß ich dir dabei helfe?«

»Mach nicht so ein Gesicht, altes Mädchen. Es hat alles so kommen müssen. Eines Tages wirst du es einsehen.« Er zog sie in seine Arme.

Aber sie blieb steif und abwehrend.

»Na, dann nicht. Habe ich noch was vergessen?« Er sah sich in der gemütlichen, liebevoll eingerichteten Dachwohnung um wie in einem Hotelzimmer. »Ach ja, die Schlüssel!« Er knallte sie auf die Onyxplatte. »Also dann, mach's gut!«

Eine Weile hatte er noch damit zu tun, seine Koffer vor die Tür zu transportieren. Dann war sie allein, allein mit ihrem Elend, ihrer Enttäuschung und ihrer Einsamkeit.

Sie zog sich aus und hätte gern ein heißes Bad genommen, aber sie fühlte sich zu schwach dazu. Im Apothekenschrank fand sie ein Röhrchen mit Schlaftabletten. Die Versuchung war stark, sie alle zu nehmen. Aber lohnte es sich denn um einen Mann wie Thomas?

Helga schüttelte drei auf die flache Hand, spülte sie mit einem Glas Wasser herunter und legte sich im verdunkelten Schlafzimmer ins Bett.

»Morgen«, dachte sie, »werde ich weiterdenken. Morgen wird schon alles anders aussehen.«

Er hatte nicht einmal daran gedacht, sie zu fragen, warum sie früher als sonst nach Hause gekommen war.

Während die jungen Mädchen und Frauen im Schreibsaal scheinbar so eifrig und konzentriert ihrer Arbeit nachzugehen pflegten, waren die meisten von ihnen mit ihren Gedanken ganz woanders. Sie besaßen die erstaunliche Fähigkeit, gleichzeitig dem Diktat zu horchen, zu tippen und zu träumen.

Wenn sie auf einen schwierigen Brief stießen, einen mit Fremdwörtern, über die man nachdenken mußte, oder Satzkonstruktionen, die sich nicht ohne weiteres zusammenfügten, so wanderte das angefangene Schreiben erst mal in den Papierkorb.

Man ließ das Band vorlaufen und nahm das nächste Diktat vor. Den schwierigen Brief bewahrte man sich für den nächsten Morgen oder für die Zeit kurz vor der Mittagspause auf.

Die schläfrigen Nachmittage gehörten Traumdrehbüchern – mit Jean Paul Belmondo an der Riviera oder mit James Bond in den Alpen.

Die berüchtigste Tagträumerin war Betty Troll. In ihrer Phantasie war sie schön, ganz ohne Pickel, elegant und immer von einer Schar Bewunderer umgeben.

Aber nicht sie allein träumte. Trude Samt sah sich mit ihrem Mann auf einer Mittelmeerreise, in dem eleganten Cocktailkleid, das sie sich seit Jahren nicht hatte kaufen können und das sie so jung und schlank machte. Carola Anders schritt ganz in Weiß an der Seite von Peter Karpenter zum Traualtar, und sogar Alma Möhner fand in ihren Träumen ein spätes Glück.

Was Sibylle Kern betraf, so ertappte sie sich immer häufiger dabei, daß sie sich nach einem eleganten, klugen, selbstsicheren Mann sehnte, der nicht ihr Verlobter war, und sie hatte dann ein schlechtes Gewissen, als würde sie ihn tatsächlich betrügen.

Sie zuckte zusammen – nicht weil sie aus ihrer Arbeit, sondern aus ihren Träumen gerissen wurde –, als Frau Hagen ihr auf die Schulter tippte.

»Ja?«

»Fräulein Kern, Doktor Schmitt möchte Sie sprechen.«

Das Interesse der Personalabteilung konnte, falls man sicher war, nicht unter der Norm geblieben zu sein, nur Gutes bedeuten.

Wie elektrisiert sprang Sibylle hoch. »Persönlich?«

Frau Hagen lächelte. »Fahren Sie gleich rauf. Er erwartet Sie.«

Aber so eilig es Sibylle auch hatte, sie nahm sich doch die Zeit, den Waschraum aufzusuchen und ihr Äußeres zu prüfen – in einem der Spiegel, über die sie sich zum hundertstenmal ärgerte, weil sie zu klein waren. Mit Hingabe kämmte sie ihr langes hellblondes Haar, verbesserte ihre Lidschatten und zog die Lippen nach. Dann zupfte sie den Rock ihres maisgelben Kleidchens zurecht und hoffte, daß er hinten keine Sitzfalten bekommen hatte.

Die helle hauchdünne Strumpfhose saß faltenlos. Sibylle konnte mit ihrem Aussehen zufrieden sein, und sie war es auch.

Dennoch klopfte ihr Herz, als sie im Lift nach oben fuhr, weniger vor Angst, daß etwas schieflaufen könnte, als vor freudiger Erwartung.

Der eiskalt prüfende Blick von Frau Helferich wirkte auf sie wie eine kalte Dusche. »Sie wünschen?« fragte die Sekretärin des Leiters der Personalabteilung distanziert.

Sibylle spürte, daß ihr Charme hier verschwendet sein würde, und entgegnete im gleichen Ton: »Ich bin Sibylle Kern. Herr Doktor Schmitt erwartet mich.«

»Sie kommen aus dem Hauptsekretariat?«

Sibylle hatte den Eindruck, daß diese Frage nur gestellt wurde, um sie noch länger unter die Lupe nehmen zu können. »Das sollten Sie doch wissen«, erwiderte sie keck.

Frau Helferich kniff die Lippen zusammen. Sie wußte, daß sie selber einen hübschen, gepflegten Anblick bot, aber die Konfrontation mit einem der jungen Mädchen, die so selbstsicher und mit so großen Ansprüchen ins Leben traten, brachte sie aus der Fassung; neben ihnen kam sie sich alt und verbraucht vor. »Wenn Sie im Berufsleben weiterkommen wollen, mein liebes Fräulein Kern, werden Sie noch viel lernen müssen«, erklärte sie böse.

»Oh, ich bin gerade dabei!« sagte Sibylle fröhlich.

»Vor allem Manieren!« behauptete Frau Helferich bissig.

Sibylle wäre es nicht schwergefallen, auch hierauf eine Antwort zu finden, aber gerade noch rechtzeitig wurde ihr bewußt, daß es nicht zweckmäßig sein konnte, sich mit der Sekretärin des Personalleiters zu überwerfen. Zwar dachte sie nicht daran, sich zu entschuldigen – für was auch –, aber sie schwieg zumindest und bemühte sich, eine höflich abwartende Haltung einzunehmen.

Frau Helferich drückte auf die Taste der Sprechanlage und meldete: »Fräulein Kern ist hier, Herr Doktor. Ihre Unterlagen habe ich Ihnen auf den Schreibtisch gelegt.«

»Schicken Sie sie rein!« dröhnte eine Stimme aus dem kleinen Lautsprecher.

Frau Helferich wies auf eine dunkel gebeizte Tür.

»Danke«, sagte Sibylle und schenkte ihr nun doch ein kleines Lächeln.

»Sie brauchen nicht anzuklopfen.«

Sibylle trat in das Arbeitszimmer des Personalleiters, das schon durch seine Größe auf die Bedeutung dieses Amtes hinwies. Es hatte zwei Fenster, einen Teppich auf dem Teppichboden, einen mächtigen Schreibtisch und einen Wandschrank mit eingebautem Waschkabinett, das Sibylle allerdings nur ahnen konnte. An der Wand gegenüber dem Platz des Personalleiters hing das Original eines sehr farbenfrohen abstrakten Ölgemäldes.

Mit einem umfassenden Blick nahm Sibylle das in sich auf und war beeindruckt, unwillkürlich verhielt sie den Schritt nahe der Tür.

»Na, kommen Sie schon näher!« dröhnte Dr. Schmitt; er war ein schwerer Mann Mitte fünfzig, dessen hohe Stirn durch das zurückweichende Haar noch betont wurde. »Setzen Sie sich!«

Sibylle kam der Aufforderung nach, wobei sie bewußt darauf achtete, die Beine nicht übereinanderzuschlagen – das hatte man ihr schon im Sekretärinnen-Kolleg beigebracht – und die Füße eng nebeneinanderzusetzen; den Rücken hielt sie, wie immer, sehr gerade.

»So sieht sie also aus, das junge Fräulein Kern!« stellte Dr. Schmitt nicht ohne Wohlgefallen fest. »Ich habe mich mal mit Ihren Papieren befaßt.«

»Das war sehr nett von Ihnen.«

Jetzt lächelte er. »Ich bin sehr nett, Sie werden schon sehen. Es wird höchste Zeit, daß wir beide uns mal unterhalten. Erzählen Sie mir etwas über sich, etwas, das ich nicht hier nachlesen kann.« Er schlug mit der flachen Hand auf den Aktenhefter.

»Ich möchte gern im Beruf weiterkommen!« erklärte Sibylle prompt.

»Ehrgeizig also?«

»Ja.«

»Und was haben Sie sich als Ziel gesteckt?«

»Ich möchte Sekretärin werden, eine richtige Sekretärin. Nicht bloß Briefe tippen.«

»Sie hatten einen guten Abschluß auf der Handelsschule, ich weiß, aber das ist jetzt schon wieder über zwei Jahre her.«

»Das ist nicht meine Schuld!«

Dr. Schmitt hob warnend den Zeigefinger. »Hoppla, hoppla, immer langsam!«

»Entschuldigen Sie bitte«, bat Sibylle, über sich selber erschrocken, »das ist mir nur so rausgerutscht.«

»Einer guten Sekretärin passiert so etwas nicht, das sollten Sie sich gleich merken. Wie steht's mit der Stenographie? Völlig eingerostet, wie?«

»Aber nein! Ich habe jeden Abend geübt ... fast jeden Abend!«

»Das hört man gern. Sie würden sich also zutrauen, einzuspringen?«

»Einzuspringen?« Vor Verblüffung blieb Sibylle der Mund offenstehen; sie merkte es selber und klappte ihn rasch zu. »Jetzt ... sofort?«

»Am Ersten.«

Sibylle hatte sich wieder gefaßt. »Selbstverständlich. Mit Vergnügen.«

»Na fein. Ins Sekretärinnen-Kolleg gehen Sie natürlich weiter. Sie haben es gerade erst angefangen, ich weiß, aber das spielt keine Rolle. Sie machen etwa sechzigtausend Anschläge pro Tag. Danach werden wir Ihr Gehalt berechnen. Jedenfalls im ersten Monat. Nachher bekommen Sie eine Aufbesserung ... falls Sie es schaffen, heißt das natürlich.«

»Ich werd's schon.« Sibylle wurde es nun doch etwas mulmig zumute, aber sie wollte es sich auf keinen Fall anmerken lassen; dies war ihre große Chance, und die wollte sie nicht verspielen.

»Melden Sie sich also am Ersten in der Haftpflichtschadenabteilung bei Doktor Alexander Grummet. Seine Sekretärin, Fräulein Scharp, wird Sie in Ihre Arbeit einführen.«

Jetzt konnte Sibylle ihre Erleichterung nicht verbergen. »Seine Sekretärin ist also noch da?«

Dr. Schmitt leistete sich ein Lächeln. »Ja, und sie wird bleiben, bis Sie eingearbeitet sind ... Sie oder eine andere.«

»O nein, Herr Doktor«, erklärte Sibylle jetzt ganz sicher, »nur keine Bange! Ich schaff's schon!«

Carola Anders fiel es nicht leicht, sich mit Sibylle zu freuen. Natürlich gönnte sie der Kollegin den Aufstieg, aber sie wußte doch, daß es das unwiderbringliche Ende ihrer Bürofreundschaft bedeutete. Wie immer in solchen Fällen würden sie sich gegenseitig beteuern, einander nicht aus den Augen zu verlieren. Aber die Erfahrung lehrte, daß, wer immer in die höheren Regionen entschwebte, sehr bald jegliches Interesse für die Zurückgebliebenen verlor.

Andererseits aber nahm Carola den Anlaß doch auch als gutes Omen für sich selber. Auch sie würde eines Tages aus dem Schreibsaal ausbrechen.

Aber das war ihr im Augenblick nur ein schwacher Trost. Sibylles aufmunterndes Lächeln über die Schreibmaschinentische hinweg, ihr aufmerksames Zuhören bei Carolas Problemen waren die Lichtblicke in den langen Bürotagen gewesen.

Ziemlich niedergeschlagen kam sie im Jugendwohnheim an. Dort erwartete sie eine Überraschung: sieben langstielige rote Rosen mit einem Briefchen von Peter Karpenter.

Carola riß die Klarsichthülle auf, um an das kleine Kuvert zu gelangen, das darunter steckte.

»Ich wußte nicht, ob ich die Rosen schon ins Wasser stellen sollte«, sagte Inge, ihre Stubengenossin, »sie sind gerade erst gekommen.«

»Ja, ja, schon gut!« Carola hörte gar nicht richtig hin; mit zitternden Fingern öffnete sie das Kuvert und zog die Briefkarte heraus.

»Der muß dich sehr lieben, du! Die sind wirklich wunderschön!« sagte die andere.

»Mein Kleines«, las Carola, »leider muß ich fort. Ein Regieauftrag. Es kam ganz plötzlich. Aber es war schön mit Dir. Ich werde Dich so bald nicht vergessen. Dank für alles. Dein Peter.«

Carola mußte die knappe Mitteilung zweimal lesen, und auch dann war sie außerstande, sie ganz zu verstehen.

»Was ist los?« fragte Inge. »Was schreibt er denn?«

»Er ist fort«, sagte Carola tonlos.

»So'n Pech!«

»Aber er kommt wieder!« rief Carola leidenschaftlich. »Er muß wiederkommen . . . ich liebe ihn doch!«

Sibylle Kern war an diesem Abend mit ihrem Verlobten bei Freunden zu einer Party eingeladen; er holte sie mit seinem VW Porsche – Jahrgang '69 und gebraucht gekauft – von zu Hause ab. Auf sein Klingeln kam sie gleich heruntergesaust, hübsch wie immer, aber in Jeans und einer kurzen Lederjacke über dem T-Shirt. Sehr viel lässiger angezogen als für die Arbeit im Büro.

Sie begrüßten sich mit einem Kuß und einer kurzen Umarmung, bevor sie in das Auto stiegen.

Sibylle hatte es in Kauf genommen, daß er gegen ihre Karriere als Sekretärin war. Sie begriff auch seinen Standpunkt; Hans Kiesewetter war Schlosser wie ihr Vater, und die Welt der Angestellten war ihm fremd. Er sah auf die Männer mit den weißen Kragen und den sauberen Fingernägeln herab und fühlte sich gleichzeitig von ihnen verachtet. Sibylles guter Abschluß in der Handelsschule hatte ihn mit Stolz erfüllt, die Arbeit im Schreibsaal schien ihm ein geeigneter Übergang zur Ehe und auch für später, falls sein Einkommen nicht reichen oder sie Langeweile bekommen sollte, eine angemessene Beschäftigung. Als sie ins Sekretärinnen-Kolleg eingetreten war, hatte er aufbegehrt. Deshalb erzählte sie ihm nicht sogleich begeistert von ihrem Avancement zur Sekretärin, sondern überlegte vorsichtig, wie sie ihm diese Neuigkeit beibringen konnte, ohne sofort seinen Widerstand hervorzurufen.

Aber sie kam vorerst gar nicht dazu.

»Stell dir vor, Billy«, berichtete er, schon als er den Motor anließ, »ich habe was gefunden!«

»Gefunden?«

»Na, du weißt schon . . . eine Wohnung für uns zwei.« Er beobachtete sie dabei aus den Augenwinkeln, denn auch er war nicht sicher, wie sie diese Mitteilung aufnehmen würde.

»Wie schön«, sagte sie ohne Begeisterung.

»Im Lehel«, fuhr er fort, »allerbeste Lage also, mitten in der Stadt. Liegt in einem der alten Häuser, die abgerissen werden sollten.«

»Das klingt ja irrsinnig verlockend.«

»Die Häuser sind noch ganz gut. Deshalb hat sich ja auch die Bürgerinitiative durchgesetzt. Die abzureißen, war doch reine Geschäftemacherei, bloß weil man mit Büroräumen mehr verdient. Jetzt werden sie statt dessen saniert.«

»Und wie kommst du daran?«

»Ein Kollege von mir, dein Vater kennt ihn auch, Billy, hat sich inzwischen was vor der Stadt gebaut und würde uns seine Wohnung zuschanzen. Ist doch gut, nicht?«

»Also ich weiß nicht, Hans . . .«

»Was weißt du nicht?«

»Eigentlich hatten wir doch nicht vor, so rasch zu heiraten.«

»Ich schon.«

»Wir sind noch ziemlich jung. Findest du nicht auch?«

»Nein«, sagte er stur.

»Also, ganz ehrlich, Hans . . .« Sie atmete tief durch. ». . . ich habe noch keine allzu große Lust, mich täglich an den Herd zu stellen, zu schrubben und zu putzen. Ich weiß nicht, ob ich überhaupt Lust habe, das gleiche Leben wie meine Mutter zu führen.«

Eine Weile blieb er stumm und tat so, als müßte er sich ganz auf den abendlichen Großstadtverkehr konzentrieren; es war schon dämmrig, aber die Straßenlaternen brannten noch nicht. Die meisten Autos fuhren mit Licht.

»Also Kinder willst du auch nicht?« fragte er endlich.

»Noch nicht.«

»Ich verstehe«, sagte er überraschend, »also glaub nur nicht, daß ich das nicht verstehe. Wir haben es ja schön jetzt. Warum sollen wir uns alles kaputtmachen. Aber ich möchte einfach ganz mit dir zusammen sein. Darum geht's mir. Nicht um die Kinder und darum, daß du mich bekochst.«

»Aber darauf würde es dann doch hinauslaufen.«

»Kann ich nicht finden. Ich bin ja nicht wie dein Vater . . . einer, der sich von vorn bis hinten bedienen läßt. Er ist halt noch vom alten Schlag. Aber ich würde schon mit zugreifen, und Kinder erst dann, wenn du sie willst!«

Jetzt war sie doch gerührt. »Du bist sehr lieb, Hans, wirklich!« Sie legte ihre Hand auf seine, die das Steuer hielt.

»Gut, wenn du's einsiehst!«

»Hans, ich muß dir etwas sagen.« Sibylle holte tief Luft. »Ich wollte es dir schon vorhin sagen, aber du hast mich nicht zu Wort kommen lassen.«

»Klingt nach was Unangenehmem!«

»Nein, Hans. Für mich ist es eine große Chance. Ab nächsten Ersten werde ich als Sekretärin arbeiten. Bei Doktor Grummet in der Haftpflichtschadensabteilung. Natürlich erst mal probeweise.«

»Aber du hast dein komisches Kolleg doch gerade erst angefangen!«

»Das scheint gar nicht so wichtig zu sein. Sie brauchen jemand, und sie holen ja ihren Nachwuchs prinzipiell nie von außen, sondern immer aus dem Hauptsekretariat. Sonst wäre ich ja gar nicht dort geblieben.«

Wieder fuhr er eine Weile schweigend.

Dann stellte er fest: »Du willst das also unbedingt machen?«

»Ja, Hans.«

»Und wie sieht er aus, dieser Doktor Grummet? Was ist er für einer?«

»Keine Ahnung. Es ist auch gar nicht so wichtig. Irgendwie werde ich schon mit ihm zurechtkommen. Hauptsache ist, daß ich endlich an eine abwechslungsreiche und verantwortungsvolle Arbeit komme. Und daß mein Gehalt steigt.«

»Na schön. Aber das alles ist doch kein Grund, nicht zu heiraten. Es sei denn, du hoffst, was Besseres als mich zu finden.«

»Red keinen Quatsch!«

Er entdeckte eine Parklücke am Straßenrand und fuhr hinein.

»Was soll das?« fragte sie. »Wir sind ja noch nicht da!«

»Billy!« Er wandte sich ihr zu. »So geht das nicht. Du mußt

dich entscheiden!«

»Du verlangst, daß ich mich für alle Zeiten im Schreibsaal einkasten lasse?«

»Nein. Aber daß du meine Frau wirst. Wenn wir erst verheiratet sind, dann kannst du von mir aus Sekretärin spielen, solange du willst. Eines Tages wirst du es schon ganz von selber leid bekommen.«

»Das kann schon sein«, bestätigte sie, ohne selber daran zu glauben, »aber dann laß uns doch bis dahin warten!«

»Damit irgend so ein Bürohengst dich mir wegschnappt? Kommt nicht in Frage. Das riskier ich nicht.«

»Und wenn wir verheiratet sind, dann, glaubst du, hättest du mich sicher?«

»Ja«, erwiderte er ruhig, »ich kenne dich. Deshalb weiß ich auch: Wenn du dich jetzt nicht entschließen kannst, dann nur, weil du für andere Angebote offen bleiben willst.«

Ohne die Lider zu senken, hielt sie seinem Blick stand, denn sie wollte sich nicht anmerken lassen, daß sie sich durchschaut fühlte.

»Also ... entweder oder!« drängte er. »Ich mache nicht für dich den Hampelmann.«

Das wäre eine gute Gelegenheit gewesen, mit ihm Schluß zu machen. Aber das hätte Einsamkeit für sie bedeutet, vorübergehend oder auch für längere Zeit. In ihrem Leben hatte es nie einen anderen Mann gegeben als Hans Kiesewetter, und sie wußte auch, daß es schwer sein würde, jemanden zu finden, der so anständig und zuverlässig war wie er und der sie so liebte.

»Na schön, wenn du darauf bestehst, dann heiraten wir eben!«

Er überhörte, daß ihr Jawort alles andere als glücklich kam, nahm ihr Gesicht in seine kräftigen Hände und küßte sie lange und zärtlich im Licht der vorübergleitenden Scheinwerfer.

*

Drei Tage war Helga Gruber nicht zur Arbeit erschienen, sie hatte sich telefonisch entschuldigt. Dann kam sie wieder – nicht, weil sie sich ganz gesund fühlte, sondern weil sie die Einsamkeit ihrer vier Wände nicht länger ertrug. Von ihrem Mann hatte sie kein Lebenszeichen erhalten; sie hatte es auch nicht erwartet.

»Fühlen Sie sich wirklich schon wieder in Ordnung?« fragte Frau Hagen und musterte sie besorgt.

Helga rang sich ein Lächeln ab. »Es geht schon.« Sie hatte reichlich Farbe aufgelegt.

Aber die Abteilungsleiterin ließ sich nicht täuschen. »Sie sehen ein bißchen spitz aus.«

»Halb so wild.« Helga wechselte rasch das Thema. »Kann ich Sie wohl mal sprechen?«

»Aber das tun Sie doch schon!«

Unwillkürlich blickte Helga über die Schulter in den Schreibsaal zurück, wo ihre plaudernden Kolleginnen sich gerade hinter den Maschinen niederließen; andere kamen jetzt erst von der Garderobe herein.

Frau Hagen verstand. »Oder soll es unter vier Augen sein?«

»Nein, das nicht. Ich wollte Sie nur fragen, ob ich . . . könnte ich noch beim Sekretärinnen-Kolleg mitmachen?«

Die Antwort der Chefin kam nicht sofort. »Frau Gruber, darüber sollten wir uns, glaube ich, wirklich in aller Ruhe unterhalten«, erklärte sie bedachtsam. »Ich will nur warten, bis die Arbeit angelaufen ist. Dann treffen wir uns im Erholungsraum.«

Helga konnte nicht verbergen, daß sie enttäuscht war. Im geheimen hatte sie gehofft, Frau Hagen würde ihren Wunsch mit Freude erfüllen. Aber entmutigt war sie keineswegs, sondern entschlossen, für ihre Zukunft zu kämpfen.

Eine halbe Stunde später saßen sich die beiden Frauen im Erholungsraum gegenüber, nicht in einer der gemütlichen Ecken, sondern gleich hinter der gläsernen Trennwand, durch die die Abteilungsleiterin die Phonotypistinnen im Auge behalten konnte.

»Ich weiß, daß Ihnen mein Entschluß überraschend kommen muß . . .« Helga rauchte nervös. »Aber Sie selber haben mir doch immer wieder geraten . . .«

»Eben deshalb. Sie waren nie interessiert.«

»Inzwischen hat sich in meinem Leben einiges geändert.«

»Ja?«

Helga begriff, daß sie die Wahrheit sagen mußte, wenn sie überzeugend wirken wollte. »Mein Mann hat mich verlassen«, gestand sie mit Überwindung.

Frau Hagen verzichtete darauf, sie an ihre früheren Warnungen zu erinnern. »Das tut mir sehr leid für Sie«, sagte sie nur.

»Geregelte Arbeitszeit ist jetzt nicht mehr wichtig für mich. Und überhaupt: Ich will das Beste aus meiner Situation machen. Neue Aufgaben würden mir vieles erleichtern.«

»Das sehe ich durchaus«, sagte Frau Hagen vorsichtig.

»Aber?« fragte Helga. »Sie können doch nicht von einer Woche zur anderen Ihre Meinung über mich geändert haben!«

»Nein. Bitte, bleiben Sie ganz ruhig. Meine Meinung über Sie ist dieselbe geblieben. Sie sind intelligent, wendig, verantwortungsbewußt und bringen auch vom Äußeren her alles mit, was eine gute Sekretärin braucht. Nur, fürchte ich, Ihre Situation hat sich geändert.«

»Genau das habe ich Ihnen ja gerade erst selber erklärt!«

»Ich meine es in einem anderen Sinne, Frau Gruber. Es ist unseren Sekretärinnen zwar nicht verboten, Kinder in die Welt zu setzen . . . das wäre ja auch unmenschlich. Aber gerade am Anfang einer Karriere . . .«

Helga Grubers graue Augen verdunkelten sich. »Ich verstehe nicht . . .«

»Denken Sie mal nach.«

»Sie wollen sagen, daß ich ein Kind erwarte?«

»Wäre es denn so völlig ausgeschlossen?«

Helga rechnete nach. Sie hatte vor drei Monaten mit der Pille aussetzen müssen. Wenn Thomas da nicht aufgepaßt hatte! »Mein Gott, das wäre ja entsetzlich!«

»Sie haben also wirklich nicht daran gedacht?« Frau Hagen blickte sie prüfend an.

»Nein! Woher auch!«

»Ich hatte gleich den Eindruck. Als Ihnen neulich so schlecht war.«

»Aber das muß doch nicht sein! Es muß doch nicht damit zusammenhängen.«

»Nein, bestimmt nicht. Deshalb regen Sie sich jetzt erst einmal gar nicht auf. Aber gehen Sie zum Arzt und verschaffen Sie sich Gewißheit.«

»Ein Kind! Das kann ich mir doch gar nicht leisten! Meine Eltern leben im anderen Deutschland. Wer sollte denn darauf aufpassen!?«

»Wir werden zusammen überlegen, wie wir die Dinge regeln, das verspreche ich Ihnen. Auf keinen Fall werde ich Sie mit Ihren Problemen sich selbst überlassen. Aber erst einmal müssen wir sicher sein. Soll ich Sie beim Gynäkologen anmelden?«

»Das wäre sehr lieb.«

»Ich werde es dringend machen. Kopf hoch. Solange man lebt, gibt es immer eine Lösung.«

An diesem Tag kam Helga Gruber zum erstenmal seit Jahren auf nicht mehr als 80000 Anschläge; für die meisten ihrer Kolleginnen eine gute Leistung, für sie selber ein wahres Fiasko. Die Angst, schwanger zu sein, machte sie fast verrückt. Frau Hagen hatte gut reden. Als ob sie ihre Sorgen so einfach von sich schieben könnte.

Sie und ein Kind! Unausdenkbar! Und das gerade jetzt, wo Thomas sie verlassen hatte. Sie verdiente gut – aber doch nicht gut genug, um sich ein Kindermädchen zu leisten. Oder doch? Während sie mit der Arbeit aussetzte, würde sie nur ihr Grundgehalt und keine Prämien bekommen. Die Wohnung würde völlig umgeräumt werden müssen. Das eine Zimmer für sie, das andere für das Kind und das Mädchen. Oder sollte sie es zur Adoption freigeben? Eine Schwangerschaftsunterbrechung kam nicht in Frage. Warum eigentlich nicht?

Helga war total durcheinander.

»Hier«, sagte Frau Hagen, als sie Band und Unterschriftenmappe vorne ablieferte, und schob ihr einen Zettel zu, »ich habe

Sie bei Doktor Faber angemeldet. Wohnt gleich nebenan. Zwei Häuser weiter. Er erwartet Sie gleich morgen früh.«

Carola hatte ihre Badetasche mit ins Büro genommen. Gleich nach Dienstschluß schlenderte sie ins Prinzregentenbad hinüber, um sich zu sonnen. Im vorigen Jahr hatte Sibylle sie bei solchen Gelegenheiten noch begleitet. Jetzt fühlte sich die Kollegin, obwohl sie die Arbeit in der Haftpflichtschadenabteilung noch gar nicht aufgenommen hatte, schon zu erhaben. Jedenfalls hatte Carola den Eindruck.

Ziemlich mißgelaunt zog Carola sich um. Ihre von Natur aus sehr weiße Haut zeigte noch einen leichten bräunlichen Schimmer von jenem unvergeßlichen Nachmittag am Chiemsee her. Aber an Peter Karpenter zu denken, bot ihr auch keinen Trost, sondern stimmte sie nur noch trauriger.

Mit düsterem Gesicht trat sie in das offene Bad hinaus und wurde sofort umbrandet von Geschrei, Gelächter, fröhlichen Rufen, Radio- und Kassettengedudel. Sie trug einen winzigen grünweiß karierten Bikini und das rote Haar mit einem dazu passenden Tuch hochgebunden.

Als sie quer über die Wiese ging, um sich einen möglichst ruhigen Platz im Halbschatten zu suchen, rannte ein junger Mann gegen sie. Der Stoß war so heftig, daß sie fast zu Boden fiel.

»Verdammt!« rief sie aufgebracht. »Können Sie denn nicht aufpassen?« Wütend blitzte sie den jungen Mann an.

»Tut mir leid«, entschuldigte er sich, »aber ich bin ohne Brille ziemlich hilflos.« Er schien gerade aus dem Wasser gekommen zu sein, denn er triefte vor Nässe.

»Dann sollten Sie eben keinen Sport treiben!« Carola ließ ihn stehen.

Nach einigem Umsehen fand sie ein Rasenplätzchen, das ihr behagte, und streckte sich im Schatten einer Ulmenkrone aus. Ihrer empfindlichen Haut wegen mußte sie vorsichtig sein. Der Tag auf dem Chiemsee hatte ihr neben Herzensschmerzen auch einen Sonnenbrand eingebracht.

Carola breitete ihr Badetuch aus, legte sich auf den Rücken, blickte durch die grünen Zweige in den blauen Himmel und empfand es als wohltuend, sich nach der Sklavenarbeit des Tages entspannen zu können.

Als der Schatten plötzlich dunkler wurde, senkte sie den Blick und sah den jungen Mann vor sich stehen; er hatte sich abgetrocknet und eine Sonnenbrille, wahrscheinlich mit geschliffenen Gläsern, aufgesetzt. »Hallo!« sagte er lächelnd.

»Sie schon wieder!« Carola blieb abweisend.

»Sie haben mir doch hoffentlich verziehen?« Ohne eine Aufforderung abzuwarten, ließ er sich neben ihr im Schneidersitz nieder.

»Ich habe überhaupt nicht mehr an Sie gedacht!«

»Um so besser. Dann können wir ja einen Strich unter die Vergangenheit ziehen. Ich heiße Michael . . . und du?«

»Geht dich einen Dreck an!«

Ohne Umstände waren sie, wie es heutzutage unter jungen Leuten üblich ist, zum Du übergegangen. Carola hätte es sich von sich aus zwar nicht erlaubt, denn er erschien ihr doch nicht mehr ganz so jung, etwa Mitte zwanzig. Aber da er damit angefangen hatte, sah sie keinen Grund, zurückzustecken.

Er lachte. »Du bist wirklich charmant.«

»Findest du?« fragte sie gleichgültig.

»Unbedingt. Du hast einen Ton am Leibe und machst ein Gesicht, daß man bei jedem normalen Mädchen davonlaufen würde . . . aber dich könnte man mit rohen Eiern bewerfen, und du würdest immer noch attraktiv wirken.«

Nun war sie doch geschmeichelt, aber sie wollte es nicht zugeben. »Und was soll das Ganze?« fragte sie mürrisch. »Was versprichst du dir davon?«

»Ich möchte dir klarmachen, daß ich dich nett finde und dich wiedersehn möchte. Im Moment habe ich nämlich leider keine Zeit. Also . . . wie, wo, wann?« Er hatte einen Grashalm abgerissen und kitzelte sie damit.

Sie wehrte heftig ab. »Überhaupt nicht.«

»Treib's nicht zu weit!«

»Überhaupt nicht, habe ich gesagt, und ich meine es auch so.

Geht das nicht in deinen Hirnkasten?! Ich habe kein Interesse, Bekanntschaften zu schließen. Und auf diese Weise schon gar nicht!«

»Du stammst wohl von gestern?«

»Nein. Ich bin bloß in festen Händen.«

Michael ballte die Fäuste und ließ die Bizeps rollen. »Wo ist der Kerl? Ich werde um dich kämpfen!«

»Ach, laß doch den Quatsch.« Sie schloß mit gelangweiltem Gesicht die Augen.

»Jetzt will ich dir mal was sagen: Ich glaube dir kein Wort. Kein Mann, der seine gesunden Sinne beisammen hat, würde dich mutterseelenallein hierher lassen. Noch dazu in so einem Minimum von Bikini.«

»Was gefällt dir daran nicht?« Unwillkürlich prüfte sie, ob das Brusttuch auch saß.

»Er gefällt mir prima. Aber wenn du erst mein Mädchen bist, darfst du ihn nur tragen, wenn ich mit dir bin.«

»Ein Glück, daß es dahin nie kommen wird!«

»Warum sagst du immer Sachen, die du gar nicht denkst?« Er ließ sich nicht abschütteln. »Du bist traurig, du bist böse, du bist einsam. Das sieht man dir an der Nasenspitze an. Also hast du gar keinen Freund, oder du hast dich mit ihm zerstritten, er ist verheiratet oder hat dich verlassen.«

Jetzt richtete sie sich auf. »Was geht dich das an?«

»Sehr viel, weil es mir beweist, daß du einen wie mich brauchen kannst. Also, wie ist es? Morgen nachmittag wieder hier im Prinzi?«

»Vielleicht.«

»Ich verlaß mich darauf.« Er sprang auf die Füße. »Also dann bis morgen!«

Als er fort war, tat es Carola leid, ihn nicht netter behandelt zu haben. Aber sie konnte sich beim besten Willen nicht für ihn erwärmen. Für sie gab es nur einen einzigen Mann: Peter Karpenter.

*

Der Frauenarzt Dr. Faber war ein blasser, älterer Herr mit sehr hellen Augen, deren Bindehaut leicht gerötet war, was den Eindruck von Überanstrengung erweckte; er hatte Helga Gruber mit großer Ruhe zugehört.

»Sie wünschen sich ein Kind?« fragte er dann.

»Nein, nein!« Helga zupfte nervös an ihren Fingern. »Ich bin berufstätig und . . .«

»Aber Sie sind verheiratet?« fragte er mit einem Blick auf ihren Ehering.

»Ja. Noch. Wir wollen uns scheiden lassen.«

»Ach so. Ansonsten würde ich sagen: Wenn Sie Kinder haben wollen, sollten Sie nicht mehr zu lange warten. Sie sind jetzt . . .?«

»Sechsundzwanzig.«

»Na, sehen Sie. Das erste Kind sollte doch möglichst vor dem dreißigsten Lebensjahr der Mutter zur Welt kommen. Nicht, daß es später unmöglich wäre. Aber dann werden die Dinge komplizierter.«

»Ja, ich weiß, aber an ein Kind habe ich eigentlich nicht gedacht.«

»Dann wollen wir mal sehn. Machen Sie sich bitte frei.«

Eine junge Schwester half ihr auf den Untersuchungsstuhl und legte ihre Füße auf die erhöhten Beinstützen. Helga war diese Lage unangenehm, aber sie war durch die immer wieder notwendigen Routineuntersuchungen bei ihrem Arzt, der ihr die Antibabypillen verschrieb, daran gewöhnt. Jetzt fragte sie sich, warum sie nicht ihn, sondern einen Fremden hinzugezogen hatte. Nur weil Frau Hagen sich erboten hatte, sie anzumelden? Oder nicht doch mit dem Hintergedanken, daß sie ihren eigenen Arzt vielleicht bewegen konnte, die Schwangerschaft zu unterbrechen, falls sie sich keinen anderen Rat wußte.

Dr. Faber hatte hauchdünne Handschuhe angezogen und spreizte behutsam die Scheide.

Mit geschlossenen Augen ließ Helga die Untersuchung über sich ergehen.

»Danke«, sagte er nach einer Weile, »Sie können sich wieder

anziehen.«

Vor Nervosität gelang es ihr erst beim zweiten Versuch, richtig in ihren Slip zu steigen; die Strumpfhose ließ sie in ihrer Handtasche verschwinden.

Inzwischen hatte Dr. Faber sich die Hände gewaschen und an seinem Schreibtisch Platz genommen.

»Was ist nun?« fragte sie, ohne den angebotenen Stuhl zu nehmen.

»Nichts!«

»Sind Sie ganz sicher?«

»Ja. Allerdings – wenn die Zeugung erst vor wenigen Tagen oder Wochen stattgefunden hat . . .«

»Nein, nein! Ich sagte Ihnen ja, ich mußte die Pille absetzen, nur in der Zeit könnte es passiert sein. Aber seit mehr als drei Monaten nehme ich sie wieder ganz regelmäßig.«

»Dann können Sie sich den Gedanken an eine Schwangerschaft aus dem Kopf schlagen. Die Gebärmutter ist ganz klein. Vollkommen normal. Wenn Sie es wünschen, könnten wir natürlich noch einen Test machen.«

»Danke. Nein, danke. Ich glaube Ihnen. Ich selber hatte ja auch nie an so etwas gedacht. Es war meine Chefin. Jetzt bin ich sehr froh!«

Aber zu ihrer Überraschung merkte sie, daß das gar nicht stimmte. Sie war nicht wirklich erleichtert, sondern empfand ein vages Gefühl von Enttäuschung.

Dabei hätte sie doch glücklich sein können; jetzt stand ihrer Karriere als Sekretärin nichts mehr im Wege.

Frau Hagen hatte den verkaufsoffenen Samstag genutzt, um sich im Modehaus Loden-Frey einen neuen Sommermantel zu erstehen. Gewöhnlich pflegte sie an diesem freien Tag ihre Wohnung gründlich aufzuräumen.

Aber heute hatte sie, auch nachdem sie ihren Einkauf erledigt hatte, noch keine Lust, nach Hause zu fahren. Ihr Sohn würde doch nicht zum Mittagessen nach Hause kommen; er war in der letzten Zeit viel unterwegs.

Nach einem Augenblick des Überlegens entschied sie, sich im Café Kreuzkamm, schräg gegenüber, ein Kännchen Kaffee und ein Stück Kuchen zu genehmigen. Es war noch keine elf Uhr, gerade die richtige Zeit für eine kleine Zwischenmahlzeit.

Die beliebte Konditorei war gesteckt voll. Nur mit Mühe gelang es ihr, sich einen kleinen Tisch mitten im Raum zu erobern. Sie hatte gerade bestellt, als sie Alma Möhner entdeckte, die, mit Päckchen und Paketen beladen, suchend durch die Reihen der Tische ging.

Frau Hagen winkte ihr zu und machte sie auf den freien Platz an ihrer Seite aufmerksam. Alma Möhner zuckte zurück, als wollte sie fliehen, wurde rot, schien dann aber doch zu begreifen, daß kein Anlaß zur Panik bestand, und kam näher.

»Grüß dich, Alma«, sagte Frau Hagen, »komm, setz dich zu mir. Es ist lange her, seit wir uns außerhalb des Büros getroffen haben.«

»Sehr lange«, stimmte Alma zu; umständlich lud sie ihre Einkäufe ab, zog die Handschuhe aus und setzte sich; sie trug ein dunkelblaues Kostüm und dazu einen großen, eleganten Hut.

»Ein toller Hut«, stellte Frau Hagen fest.

»Ist er nicht ein bißchen auffallend?«

»Das schon. Doch er steht dir.«

»Ich habe lange gekämpft, ob ich ihn mir kaufen sollte.«

Frau Hagen lachte. »Aber dein mutiges Ich hat gesiegt!«

Eine Weile plauderten die beiden Frauen über Belanglosigkeiten. Alma Möhner machte es ihrer Chefin nach und bestellte ebenfalls ein Kännchen Mokka und ein Stück Schwarzwälderkirschtorte.

»Fast wie in alten Zeiten, nicht wahr?« fragte Wally Hagen, als sie den Teller von sich schob, um sich eine Zigarette anzustekken.

Im letzten Augenblick fiel es ihr ein, auch Alma ihr Päckchen anzubieten, aber die lehnte ab.

»Ich rauche auch nur höchst selten«, erklärte Wally Hagen, »nur bei besonderen Gelegenheiten. Ich glaube, dies hier ist eine.«

»Wieso?«

»Es hat mal eine Zeit gegeben, wo wir Kolleginnen waren, Alma, und ziemlich befreundet.«

»Seitdem bist du hinaufgestiegen, und ich bin heruntergepurzelt.«

»Kannst du alle Beziehungen immer nur von diesem Standpunkt aus ansehen?«

Einen Augenblick dachte Alma Möhner nach. »Ich glaube, ja«, gab sie dann zu.

»Aber das ist falsch. Nicht nur die berufliche Position eines Menschen ist doch wichtig.«

»Für dich vielleicht nicht. Du warst verheiratet, du hast einen Sohn, dein Leben ist auch ohne äußeren Erfolg erfüllt. Aber was soll ich von mir sagen?«

»Ich bin sehr froh, daß wir uns mal außerhalb des Büros treffen.«

»Du wiederholst dich.«

Wally Hagen überhörte den Einwurf. »Es ist nämlich so. Ich möchte dir schon seit langem etwas sagen. Aber das darf ich nicht als deine Vorgesetzte, sondern nur als deine Freundin.«

»Bist du denn noch meine Freundin?«

»Als Privatperson also, wenn dir das besser paßt. Hör zu, Alma, ich habe lange und oft über dich nachgedacht. Du gehörst nicht in den Schreibsaal.«

»Wie neu für mich!«

»Auch nicht ins Archiv oder in die Registratur. Du bist ein Mensch, der durchaus noch etwas Richtiges leisten kann.«

»Ich bin achtundvierzig Jahre!«

»Das bedeutet gar nichts! Annemarie Renger ist weit über fünfzig. Und wie die noch aussieht, und was die schafft!«

»Soll ich etwa in die Politik gehen?«

»Natürlich nicht. Oder, von mir aus, das auch. Nein, ich will auf etwas anderes hinaus.« Wally Hagen spielte mit ihrem Kaffeelöffel. »Du solltest dich nicht so an die Company klammern. Schön, sie bietet dir Sicherheit. Man wird dich dort nicht vor die Tür setzen. Was du auch tust, du kriegst dein altes Gehalt. Das ist eine Menge wert, ich gebe es zu. Aber ist das denn alles, was du verlangst? Kann es dich befriedigen?«

»Du hast auch schon mal klügere Fragen gestellt.«

»Na also. Dann tu etwas, diesen Umstand zu ändern. Sieh dich um. Ich könnte mir denken, daß es kleinere Betriebe gibt, die so eine Frau wie dich unbedingt brauchen könnten . . . eine, die selbständig den ganzen Laden schmeißt.«

»Aber du weißt, wie hoch meine Gehaltsansprüche sind.«

»Die mußt du eben herabschrauben . . . Alma, bitte, versteh mich doch richtig! Ich sage ja nicht, daß es ein Kinderspiel ist. Es wird bestimmt eine ganze Weile dauern, bis du das Richtige gefunden hast, aber sieh dich doch wenigstens um! Schon allein das würde dir neuen Auftrieb geben!«

»Oder ständig neue Tiefschläge!«

»Vielleicht kannst du sogar eine Abfindung bei der Company herausholen.«

Alma Möhner lächelte dünn. »So wichtig ist es dir also, mich loszuwerden?«

Wally Hagen hielt ihrem Blick stand. »Ehrlich gestanden: ja. Wichtig für die ganze Atmosphäre im Schreibsaal . . . aber mindestens so wichtig für dich selber, Alma. Du gehst sonst vor die Hunde.«

Nach kurzem Nachdenken erklärte Alma: »Na schön. Ich werde es versuchen. Jedenfalls danke ich dir für deine Offenheit.«

Routinemäßig kamen Frau Hagen und Dr. Schmitt jeweils einmal im Monat zusammen, um die im Hauptsekretariat anfallenden personellen Probleme miteinander durchzusprechen.

Unter den Phonotypistinnen herrschte eine starke Fluktuation, die schon allein daher rührte, daß die Firma jungen Mädchen und Frauen eine dreimonatige Ausbildung bei vollem Gehalt anbot, ohne sie vertraglich zu binden – ein zusätzlicher Anreiz für Anfängerinnen, Ehefrauen und auch Mädchen, die den Beruf wechseln wollten. Einige gaben schon während der Ausbildungszeit auf, und andere nahmen die Gelegenheit zum Lernen wahr, um dann gleich nach Ablauf der drei Monate die Firma zu wechseln. Aber auch von den treueren Arbeitnehmerinnen schied jeden Monat die eine oder andere aus – weil sie das Gefühl hatte, nicht weiterzukommen, einfach Lust zu einer Veränderung hatte oder ein Kind unterwegs war.

Die Unterredung fand in Dr. Schmitts elegant eingerichtetem Arbeitszimmer statt. Auch Frau Helferich war anwesend, um Notizen aufzunehmen.

Sie hatten wieder einmal alles durchgesprochen, und Frau Hagen wollte sich schon verabschieden, als der Personalchef sie zurückhielt.

»Wie sind Sie eigentlich mit Fräulein Anders zufrieden?«

Frau Hagen war überrascht, ließ es sich aber nicht anmerken. »Na ja«, sagte sie, »mit ihrer Fingerfertigkeit ist es nicht weit her. Sie überschreitet nur knapp die Norm. Außerdem neigt sie zu Flüchtigkeitsfehlern.«

»Klingt nicht gerade berauschend.«

»Nein.« Frau Hagen erhob sich.

»Aber Sie werden doch auch etwas Positives über das Mädchen zu sagen haben?«

»Doch«, gab Frau Hagen zu, »sie kommt aus guter Familie, hat Manieren, Gymnasialbildung, sie ist sicher in Grammatik, Rechtschreibung, Kommasetzung, Fremdwörtern . . .«

»Und sie ist wahrscheinlich bildhübsch«, fügte Frau Helferich hinzu.

»Ein aparter Rotschopf. Ist sie Ihnen schon aufgefallen?«

»Mir nicht«, sagte Frau Helferich mit leichter Gehässigkeit, »aber höchstwahrscheinlich einem unserer leitenden Herren, nicht wahr, Herr Doktor?«

»Stimmt. Man hat mich gebeten, etwas für Carola Anders zu tun.«

Die sonst stets so beherrschte Frau Hagen verlor jetzt doch ein wenig die Fassung; mit großen Augen blickte sie vom Leiter der Personalabteilung zu seiner Sekretärin. »Wer«, fragte sie, »steckt dahinter? Von wem wird Fräulein Anders protegiert?«

Sie erhielt keine Antwort. Frau Helferich lächelte nur vielsagend, und Dr. Schmitt preßte die Lippen zusammen.

Sofort machte Frau Hagen einen Rückzieher. »Entschuldigen Sie, das geht mich natürlich nichts an! Aber . . . ist sie etwa als Sekretärin angefordert worden? Da kann ich nur sagen . . .«

Dr. Schmitt schnitt ihr das Wort ab. »Nein, ausdrücklich nein. Man hat mich nur ganz allgemein gebeten, ein Auge auf sie zu haben. Etwas für sie zu tun.«

»Das beruhigt mich.« Frau Hagen setzte sich wieder. »Den Aufgaben einer Sekretärin wäre sie nämlich, wenigstens zum jetzigen Zeitpunkt, noch keineswegs gewachsen.«

»Wie wäre es«, Dr. Schmitt balancierte seinen schweren Kugelschreiber zwischen den Spitzen seiner Zeigefinger, »wenn wir sie in den Verwaltungsservice geben würden?«

»Das könnte etwas für sie sein«, stimmte Frau Hagen zu, »eines steht jedenfalls fest: Routinearbeiten sind nicht ihre Stärke.«

»Na also. Dann sprechen Sie mit ihr. Machen Sie's ihr schmackhaft, ja? Sie können auch ruhig durchblicken lassen, daß sie auf der Aufsteigeliste steht, falls sie sich bewährt.«

Frau Hagen mußte gegen eine Empfindung ankämpfen; sie war es gewohnt und sah es als ihr Recht an, daß die Vorschläge zu einer Beförderung der Phonotypistinnen von ihr ausgingen, da sie die Mädchen ja am besten kannte. Aber sie ließ es sich nicht anmerken. »Und was ist mit ihrem Gehalt?« fragte sie nur ganz sachlich.

»Werden wir anheben. Sagen wir: um zehn Prozent gegenüber ihrem bisherigen Durchschnittsverdienst.«

»Na, ist das nicht wunderbar?« Frau Helferich lachte. »Jung muß man sein und hübsch . . . und schon macht man Karriere!«

Frau Hagen schwieg, aber auch sie war erstaunt, denn eine so gezielte Förderung von oben war, wenigstens in der Company, höchst selten.

*

Es bedurfte keiner Überredungskunst, um Carola für den Übertritt in den Verwaltungsservice zu erwärmen. Es gab nichts, was sie im Hauptsekretariat hielt, gerade jetzt, nachdem auch Sibylle ging.

Frau Hagen hielt es für richtig, ihre Begeisterung zu dämpfen. »Sie wissen, was Sie im Verwaltungsservice erwartet. Harte Arbeit, da bleibt keine Zeit zum Träumen!«

»Ich stell es mir rasend aufregend vor! Termine festlegen, Telegramme loslassen, sozusagen mit der ganzen Welt zu telefonieren! Hoffentlich reicht mein Englisch!«

»Ein Abendkursus würde bestimmt nicht schaden. Auch in Hinsicht auf Ihr weiteres berufliches Vorwärtskommen!«

Carolas Lächeln wurde noch strahlender. »Ich habe also Chancen? Junge, Junge! Und dabei haben mir die zu Hause und in der Schule nie was zugetraut!«

»Ja, es sieht so aus, als würden Sie Karriere machen.« Frau Hagen blickte, wie es sonst nicht ihre Art war, an Carola vorbei. »Aber Sie werden selber am besten wissen, warum.«

Carolas Lächeln erstarb. »Warum?« wiederholte sie verständnislos.

Jetzt sah Frau Hagen sie an. »Ohne Protektion wäre ein so schneller Aufstieg doch wohl kaum möglich. Oder halten Sie selber Ihre Leistungen etwa für so überzeugend?«

»Protektion? Ich habe keine Ahnung, auf was Sie da anspielen!« erklärte Carola, konnte aber nicht verhindern, daß sie unter Frau Hagens scharfem Blick sehr rot wurde. »Bitte sehn Sie mich doch nicht so an«, versuchte sie sich zu verteidigen, »daß ich rot werde, hat gar nichts zu bedeuten. Das liegt an meiner empfindlichen Haut und . . .«

»Schon gut. Ich mache Ihnen ja keinen Vorwurf. Ich hätte mich nur gefreut, wenn Sie mir die Wahrheit gesagt hätten!«

»Aber das ist die Wahrheit! Ich habe keine Ahnung!«

»Wenn Sie es sagen, muß ich es Ihnen ja wohl glauben«, erklärte Frau Hagen ziemlich steif und in abschließendem Ton.

Carola fehlten die Argumente, sie von ihrer Ahnungslosigkeit zu überzeugen. Es schien ihr auch gar nicht mehr so wichtig, jetzt, wo sie ja ohnehin die Abteilung verließ.

»Ich hoffe, das tun Sie wirklich«, sagte sie, aber eigentlich nur, um das letzte Wort zu haben.

Carola und Michael, der junge Mann, der sie neulich angesprochen hatte, waren sich inzwischen schon mehrfach begegnet, aber immer nur im Freibad. Sie hatten viel miteinander geredet, hauptsächlich über allgemeine Dinge, über Filme, Fernsehen, Schallplatten. Er hatte ihr Komplimente gemacht und sie durch Neckereien aufzumuntern versucht, aber außer daß sie Liebeskummer hatte, wußten sie voneinander nur sehr wenig.

Er nahm an, daß sie bei einer der umliegenden Versicherungsgesellschaften oder Redaktionen arbeitete, und sie hielt ihn für einen Studenten, weil sie sich anders nicht erklären konnte, daß er immer schon vor Büroschluß im Bad war.

Heute aber, in der Freude über die bevorstehende berufliche Veränderung, berichtete sie, kaum daß sie sich nebeneinander auf ihren Badetüchern ausgestreckt hatten, alles, was passiert war. »Ist das nicht toll?« rief sie. »Und dabei heißt es immer, höchstens jede Zehnte aus dem Schreibsaal schafft es tatsächlich zur Sekretärin. Und ausgerechnet ich gehöre zu den zehn Prozent!«

Er hatte ihr lächelnd und voll Anteilnahme zugehört. »Für mich bist du eine von tausend!«

»Aber die Hagen mußte mir natürlich gleich die Suppe versalzen.«

»Die Hagen?« fragte er, und seine Augenbrauen hoben sich über den Rand der Sonnenbrille.

»Die Chefin vom Hauptsekretariat, da habe ich nämlich bis jetzt gearbeitet. Sie tat so, als hätte ich mich an einen der leitenden Herren rangeschmissen.«

»Sieht der ähnlich!«

»Ja, nicht wahr? Dabei ist sie sonst ganz nett. Ziemlich gerecht und so. Ich weiß gar nicht, wie sie auf den falschen Dampfer kommt!«

Spielerisch drehte er sich eine ihrer langen roten Locken um den Zeigefinger. »Darüber würde ich mich an deiner Stelle nicht ärgern.«

»Du hast schon recht. Hauptsache, ich komme aus dem blöden Schreibsaal raus. Aber einen Haken hat die Sache schon: Ich muß mein Englisch verbessern.«

»Das kannst du bei mir.«

»Ich wollte in einen richtigen Kurs.«

»Wozu? Alles, was du brauchst, kann ich dir viel besser beibringen. Ich bin nämlich Lehrer.«

Sie richtete sich auf und umschlang ihre Knie. »Ist nicht wahr! Richtiger, fertiger Lehrer?«

»Noch nicht ganz fertig. Referendar. Und da wir gerade bei den Geständnissen sind: Falls es sich bei deiner Frau Hagen um Frau Wally Hagen handelt . . .«

»Genau!«

»Dann muß ich dir sagen, daß ich die ziemlich gut kenne. Sie ist nämlich meine Mutter.«

»Du kriegst die Motten!«

Michael lachte. »Hoffentlich nicht.«

Carola blieb ernst. »Die würde es aber gar nicht gern sehen, daß du hier mit mir herumschäkerst.«

»Als wenn sie das was anginge!«

»Auch wieder wahr! Aber trotzdem . . . wir sollten uns nicht wiedersehen, Michael. Es ist sinnlos.«

»Ich bin gern mit dir zusammen.«

»Wenn schon. Aber ich kenne die Männer. Jetzt spielst du den lieben, harmlosen Kameraden. Willst Englisch mit mir pauken. Sehr gut. Aber eines Tages wirst du mir bestimmt die Rechnung präsentieren.«

»Da ist schon was dran«, gab er zu ihrer Überraschung zu, »ich würde gern mit dir schlafen. Aber ich habe dich noch nie drum gebeten, und sollte ich es dann eines Tages doch tun, kannst du ja immer noch nein sagen.«

»Auch wenn ich mich dir bis über die Ohren verpflichtet habe?« Sie blickte nachdenklich auf ihn herab.

»Ein Mädchen kann sich einem Mann gar nicht so verpflichten, daß sie mit ihm ins Bett steigen müßte.« Er rollte sich auf den

Bauch. »Das ist ein Aberglaube aus der bösen alten Zeit. Du weißt, was ich will, und ich weiß, was du nicht willst, und auf diese Weise, finde ich, könnten wir gute Freunde werden.«

»Ich fände das unfair. Dir gegenüber. Ich mag keine falschen Hoffnungen wecken. Für mich kann es nur einen einzigen Mann geben.«

»Das hast du mir klipp und klar gesagt, und damit ist es erledigt. Wann beginnen wir mit der ersten Lektion?«

»Glaub nur nicht, daß du mich auf diese Weise in deine Wohnung locken kannst!«

»Junge, Junge, bist du mißtrauisch!« Er lachte. »Ich wohne bei meiner Mutter!«

»Ach so.«

»Also dann . . .«

». . . müßten wir es bei uns im Heim machen. Im ersten Stock ist so 'ne Art Bibliothek, da ist fast nie jemand drin. Wenn ich die Erlaubnis von der Leiterin kriege.«

»Na, wunderbar! Ich wette, du wirst meine Lieblingsschülerin!«

Sibylle und Carola ließen zu Ehren ihres Austritts aus dem Schreibsaal gemeinsam ein Fest im Restaurant von »Feinkost-Käfer« steigen. So kamen auf jeder der anwesenden jungen Frauen diesmal zwei Cocktails, und die Stimmung wurde ausgesprochen heiter.

Betty Troll, übermütig und laut, wurde von den anderen immer wieder gemahnt, sich zu benehmen.

Diesmal war auch Helga Gruber mit von der Partie, das war ein Teil ihrer wiedergewonnenen Freiheit, über die sie sich zu freuen versuchte. Ihr fiel ein, daß sie zum Eintritt in das Sekretärinnen-Kolleg nichts hatte springen lassen – die anderen ahnten, daß mit ihrer Ehe etwas nicht stimmte, und hatten nicht gewagt, sie zu mahnen –, und sie nahm die Gelegenheit wahr, ihrer Ehrenpflicht zu genügen; sie bestellte einen dritten Cocktail.

Es wurde eines der ausgelassensten Feste, die die Phonotypistinnen je gefeiert hatten.

Am nächsten Morgen begann dann – jedenfalls für Sibylle und Carola – der Ernst des Lebens. Carola trat in den Verwaltungsservice ein; sie tat es selbstbewußt und guten Mutes.

Sibylle dagegen empfand doch eine ganz ungewohnte kribbelnde Nervosität, als sie zum erstenmal in den achten Stock hinauffuhr, um sich im Vorzimmer von Dr. Alexander Grummet zu melden. Es war ein hübscher Raum mit einem eleganten Schreibtisch und einer geradezu anheimelnden Sitzecke. Aber er war leer. Jetzt erst fiel Sibylle ein, daß die Sekretärinnen, die ja sehr häufig Überstunden machen mußten, später zu kommen pflegten als das gewöhnliche Fußvolk. Sie nutzte die Gelegenheit, ihre neue Umgebung zu inspizieren, überflog die Bezeichnungen auf den Ordnern, nahm auch den einen oder anderen in die Hand und schlug ihn auf. Mit Erleichterung stellte sie fest, daß die abgelegten Briefe textlich auch nicht schwieriger waren als diejenigen, die sie bisher zu schreiben gewohnt war. Aber hier hatte sie zum erstenmal Gelegenheit, Briefwechsel im Zusammenhang zu erfassen, und eine neue Welt tat sich vor ihr auf.

So nahm sie einen der Ordner heraus, setzte sich hinter den Schreibtisch und begann seinen Inhalt zu studieren. Als Edna Scharp, Dr. Grummets Sekretärin, eintrat, sehr rasch und selbstverständlich ohne anzuklopfen, fuhr sie wie ertappt zusammen.

Fräulein Scharp war ein wenig überrascht, erinnerte sich aber rasch. »Ah, grüß Gott, Sie sind also meine Nachfolgerin«, sagte sie freundlich, »Fräulein Kern, wenn ich nicht irre?« Sie reichte ihr die Hand. »Ich sehe, Sie haben schon begonnen, sich zu informieren. Das war sehr richtig so. Nur sitzen Sie auf meinem Platz, vorläufig noch meinem Platz. Stellen Sie sich bitte einen Stuhl an die Schmalseite!«

Hastig sprang Sibylle auf und tat den Ordner wieder in das Regal zurück.

»Im übrigen ist es mir lieb, wenn Sie morgens pünktlich kommen. Es wird bestimmt in den nächsten Tagen einiges für Sie zu erledigen geben. Die obligatorischen Überstunden werde ich Ihnen vorerst noch abnehmen.«

Sibylle dachte nichts anderes, als daß Fräulein Scharp eifersüchtig war, und sie frohlockte innerlich. Edna Scharp war eine sehr gut aussehende junge Frau mit auffallend prächtigem Haar, das ihr in einer ganz schmalen Innenrolle bis auf die Taille hinabfiel, einer reinen Haut und einem schön geschwungenen Mund. Sie mochte sechsundzwanzig Jahre alt sein, aber in Sibylles Augen war sie alt. Unbarmherzig stellte sie fest, daß sie sich schon ungeheuer pflegen mußte, um einen Eindruck von jugendlicher Frische zu bieten, die ihr, Sibylle, noch ganz natürlich war. Sie sah in der anderen eine Rivalin, der sie allein durch ihre Jugend überlegen war, aber sie ließ es sich nicht anmerken, denn noch saß sie nicht im Sattel. Aufmerksam wie eine brave Schülerin nahm sie alle Anweisungen und Ratschläge entgegen, eifrig bemüht, so schnell und so vollkommen wie möglich zu lernen.

Gegen zehn Uhr leuchtete die Sprechanlage auf dem Schreibtisch auf, Fräulein Scharp wurde zum Chef gerufen.

Als sie zehn Minuten später wieder herauskam, sagte sie: »Doktor Grummet möchte Sie sprechen!«

Nur zu gern hätte Sibylle noch einen Blick in den Spiegel getan, aber sie mochte sich vor Edna Scharp diese Blöße nicht geben. Den Kopf hoch erhoben, trat sie in das Chefzimmer. Jetzt kam es drauf an.

Dr. Grummets Augen leuchteten auf bei ihrem Anblick, und auch sein Lächeln verriet Bewunderung. Mit der Andeutung einer Verbeugung erhob er sich hinter seinem Schreibtisch. »Mein liebes Fräulein Kern, seien Sie mir willkommen!« Er hielt ihre Hand etwas länger fest, als es notwendig gewesen wäre.

Mit einem Wonneschauer stellte sie fest, daß er ein Grübchen im Kinn hatte wie Gary Grant, dem er, so schien es Sibylle, überhaupt ein wenig ähnelte, nur in einer jüngeren und moderneren Ausgabe.

»Setzen Sie sich und erzählen Sie mir ein bißchen von sich«, bat er liebenswürdig, »wir müssen uns doch kennenlernen. Ich nehme an, Sie haben einen Freund?«

Der Rock rutschte ihr weit über die Knie hinauf, als sie sich setzte. Sie spürte seinen Blick auf ihren Beinen und war froh darüber, daß sie schlank und gerade gewachsen waren.

»Ja«, sagte sie, »ja . . . aber es ist nichts Ernsthaftes!«

»Also keine Verlobung? Keine Heiratsabsichten?«

»Nein . . . nein, bestimmt nicht«, erklärte sie und wußte selber nicht warum.

»Das ist mir sehr lieb, Fräulein Kern«, sagte er lächelnd, »denn ich möchte mich keinesfalls allzu schnell wieder von Ihnen trennen müssen!«

Als Sibylle das Chefzimmer verließ, ging sie wie auf Wolken. Sie hatte ihren Verlobten verraten, aber das bedrückte sie nicht. Sie hatte den Chef ihrer Träume gefunden.

Nach einem einzigen Blick in ihr glühendes Gesicht wußte die Scharp Bescheid. »Ja, er kann sehr charmant sein«, stellte sie fest und fügte warnend hinzu: ». . . wenn er will!«

Sibylle war zu glücklich, um sich verstellen zu können. »Er ist wunderbar!« bekannte sie.

»Recht so. Er hat's gern, wenn man ihn anschwärmt. Das hebt sein Selbstgefühl. Aber passen Sie auf, daß es ein Spiel bleibt. Wenn es mehr wird, gibt's Ärger.«

»Sie sind ja doch nur eifersüchtig!« platzte Sibylle heraus.

»Ich?« Edna Scharp lachte ohne Befangenheit. »Dazu habe ich wirklich keinen Grund. Wissen Sie, warum ich gekündigt habe? Weil ich den Mann fürs Leben gefunden habe, und ich kann nur sagen, daß ich sehr, sehr glücklich darüber bin, endlich aus dem Vorzimmer herauszukommen.«

Sibylle entschuldigte sich, nun doch ein bißchen kleinlaut.

»Macht ja nichts«, sagte die Scharp großmütig, »ich verstehe schon, daß Sie momentan ziemlich durcheinander sind. Aber Sie müssen lernen, Ihre Gefühle unter Kontrolle zu bringen. Dem Chef gegenüber muß man eine gewisse Grenze ziehen, egal, ob er verheiratet ist oder nicht. Und Doktor Grummet ist verheiratet!«

*

Es war für Trude Samt eine Quelle ständiger Beunruhigung, daß sie und ihr Mann morgens vor den Kindern das Haus verlassen mußten. Aber das ließ sich nun einmal nicht anders einrichten, denn Erhard Samt brauchte mit dem VW doch immerhin fünfundzwanzig Minuten bis zu der Autoreparaturwerkstätte, in der er arbeitete, und sie mußte mit der S-Bahn in die Innenstadt mit den unvermeidlichen Wartezeiten eine halbe Stunde rechnen. Klaus und Gisela aber hatten einen Schulweg von knapp zehn Minuten.

Trude Samt versuchte sich damit abzufinden, aber es gelang ihr nicht. Jeden Morgen, kaum daß sie das Haus verlassen hatte, plagten sie die gleichen Fragen: Würden die Kinder pünktlich sein? Ihr Mitnehmbrot nicht vergessen? Das Licht ausdrehen? Die Haustür abschließen? Keine Dummheiten machen?

Diese Sorge verfolgte sie bis an ihren Schreibtisch, so daß sie sich anfangs nur schwer konzentrieren konnte und der erste Brief des Tages fast regelmäßig in den Papierkorb wanderte. Erst wenn die Arbeit dann lief, konnte sie das beklemmende Gefühl, eine schlechte Mutter zu sein, abschütteln.

Ganz schlimm war es, wenn eines der Kinder krank wurde, und genau das geschah wieder einmal, und zwar ausgerechnet an einem Montagmorgen, an dem Trude Samt es ohnehin eiliger hatte als sonst. Am Abend zuvor hatte sie mit ihrem Mann länger als gewöhnlich vor dem Fernseher gesessen, und so war sie besonders schwer aufgestanden.

»Frühstück ist fertig!« rief sie die Treppe hinauf. »Einen schönen Tag noch . . . ich muß laufen!«

Gisela kam herunter, selber schon fix und fertig angezogen, wenn auch noch recht verschlafen.

Trude Samt gab ihr einen hastigen Kuß. »Mach's gut, Liebling. Wo ist Klaus?« Mit erhobener Stimme rief sie nach oben: »Klaus, Klaus! Höchste Zeit für dich!«

»Der ist noch gar nicht auf«, sagte Gisela und gähnte herzhaft.

»Immer dieses Theater!« Trude Samt blickte auf ihre Armbanduhr. »Wie oft habe ich schon gesagt, daß ihr abends nicht so lange aufbleiben . . .« Sie unterbrach sich. »Er ist doch nicht etwa krank?«

Gisela zuckte die Achseln. »Weiß nicht.«

Trude Samt jagte die Treppe hinauf und stürzte in das Zimmer ihres Sohnes. Er lag mit geschlossenen Augen im Bett und atmete schwer. Eine Sekunde lang hoffte sie noch, daß es sich nicht um eine ernsthafte Erkrankung, sondern um Schulfieber handeln könnte.

»Klaus«, rief sie, »was ist los mit dir?«

Er öffnete die Augen und murmelte: »Halsschmerzen.«

Die Mutter legte ihm die Hand auf die Stirn; sie war heiß. »Du hast Fieber«, konstatierte sie erschrocken.

Ihre Gedanken überschlugen sich. Sollte sie in der Firma anrufen und um einen Kurzurlaub bitten? Man sah das im allgemeinen nicht gern, aber Frau Hagen hatte immer Verständnis für ihre Situation gezeigt. Nur hatte sie in diesem Jahr schon dreimal für ein paar Tage die Arbeit versäumt, und diese Zeit wurde ihr vom Jahresurlaub abgezogen, und den brauchte sie doch so dringend: sich endlich mal gemütlich mit der ganzen Familie an dem eigenen Haus und dem Garten freuen können!

»Wenn du willst, bleibe ich zu Hause«, erbot sie sich zögernd.

»Nicht nötig«, murmelte Klaus mit geschlossenen Augen. »Ich brauch nichts.«

Trude Samt raste in die Küche zurück, wo Gisela, beide Ellbogen aufgestützt, träge ihr Butterbrot kaute. »Klaus ist krank«, erklärte sie. »Sei so lieb und bring ihm sein Frühstück bitte nach oben . . . nein, das mache ich doch lieber selbst. Hilft nichts, ich komme sowieso zu spät. Den Eintopf heute mittag wird er nicht essen können. Sei so lieb und mach ihm einen Pudding, ja? Frag ihn, welchen er haben will.«

Hastig hatte sie ein Tablett hergerichtet, setzte es wieder ab und schnitt das Marmeladenbrot in kleine Würfel, holte noch eine Flasche Cola aus dem Eisschrank, öffnete sie und stellte sie dazu.

Mit dem Tablett lief sie wieder nach oben und brachte es auf dem Schreibtisch am Fenster unter; sie wollte Klaus aufhelfen, aber der wehrte ab.

»Hab' keinen Hunger!«

»Aber trinken möchtest du doch sicher was?«

»Keinen Kakao.«

»Nein, ich habe dir eine Cola mitgebracht. Warte, ich hole dir ein Pyramidon. Versuch, ob du's schlucken kannst. Sonst müßte ich dir ein Zäpfchen geben.«

Trude Samt stürzte ins Bad, leerte den halben Medizinschrank, bis sie ein Schmerzmittel fand, nahm sich nicht die Zeit, ihn wieder einzuräumen, sondern brachte das Röhrchen ihrem Sohn.

Mit sehr viel Mühe brachte Klaus eine Tablette hinunter.

Sie küßte seine glühende Stirn. »Du bist tapfer! So, jetzt muß ich aber los. Ich rufe heute mittag an. Wenn es dann noch nicht besser ist, holen wir einen Arzt.«

Einen Arzt! Ja, vielleicht wäre es richtiger, sofort einen Arzt zu benachrichtigen! Trude Samt verwarf den Gedanken wieder. Dr. Spengel ließ vormittags nur im äußersten Notfall seine Praxis allein, seine Nachmittage waren den Krankenbesuchen gewidmet. Außerdem hätte er, da Klaus allein war, gar nicht ins Haus kommen können.

Durfte sie ihn denn wirklich allein lassen? Noch auf der Türschwelle kämpfte sie mit sich. Es zerriß ihr fast das Herz, aber sie mußte zur Arbeit. Wenn sie wegen jeder Unpäßlichkeit ihrer Kinder zu Hause bleiben wollte, hätte auch Frau Hagen sie nicht im Hauptsekretariat halten können. Davon ganz abgesehen war es wichtig für die ganze Familie, wenn sie sich so hohe Prämien wie nur möglich ertippte.

Noch einmal kehrte sie in die Küche zurück. »Bitte, Gisela, du kommst heute ganz schnell von der Schule nach Hause, ja?«

»Klar, Mutti.« Gisela war jetzt erst richtig wach geworden. »Ich paß schon auf Klaus auf. Mach dir bloß nicht so viel Gedanken. Ein bißchen Halsschmerzen, was ist das schon? Hat doch jeder.«

Giselas Gleichmut beruhigte Trude Samt ein wenig; sie lächelte ihrer Tochter zu. »Also dann . . . bis heute nachmittag!«

Ohne im Vorbeigehen einen Blick in den Garderobenspiegel zu werfen, stürzte sie aus dem Haus; sie wußte auch so, daß sich rote Flecken auf den Wangen abzeichneten und ihre sorgfältig gelegten blonden Locken sich schon wieder im Zustand der Auflösung befanden.

Mit einer Verspätung von zwanzig Minuten traf Trude Samt im Hauptsekretariat ein. Die anderen Frauen tippten längst ohne nach rechts oder links zu sehen.

»Entschuldigen Sie bitte, Frau Hagen«, stammelte Trude Samt, »es tut mir wahnsinnig leid, daß ich ...«

Die Abteilungsleiterin blickte sie aufmerksam an. »Etwas nicht in Ordnung zu Hause?«

Fast hätte Trude Samt ihrem Herzen Luft gemacht, aber sie hielt es für unklug, Frau Hagen mit ihren Sorgen zu belasten; sie wollte nicht den Eindruck erwecken, daß sie ihrer Situation nicht gewachsen war. »O doch, alles bestens«, log sie, »bloß ... die S-Bahn ist mir vor der Nase weggefahren! Es ist mir schrecklich unangenehm ...«

»Regen Sie sich doch nicht so auf, Frau Samt! Deswegen reißt Ihnen doch niemand den Kopf ab, beruhigen Sie sich erst mal, bevor Sie an die Arbeit gehen.«

Aber das war leichter gesagt als getan. Trude Samt ging in den Waschraum, um sich frisch zu machen. Sie ließ sich kaltes Wasser über die Handgelenke laufen, aber das half auch nur wenig. Der Anblick des eigenen Gesichts in dem zu kleinen, schlecht placierten Spiegel bot auch keine Ermunterung.

Mit einem tiefen Seufzer wandte sie sich ab.

Die Tür wurde von außen aufgerissen, und Betty Troll stürmte herein. »Hallo«, rief sie burschikos, »auch schon pinkeln?«

»Betty, bitte! Was für ein Ausdruck!«

Betty, die den erwünschten Effekt erzielt hatte, lachte. »Ich hab' wieder mal meine verdammten Tage«, erklärte sie unaufgefordert, »da muß ich öfter mal laufen! Aber tatsächlich bin ich natürlich froh, daß sie gekommen sind, denn man weiß doch nie ...«

Unter normalen Umständen hätte Trude Samt das junge Mädchen zurecht gewiesen oder einfach stehenlassen, jetzt aber sah sie sich veranlaßt, einen liebenswürdigen Ton anzuschlagen.

»Eine Frage, Betty, haben Sie vielleicht eine Tablette für mich?«

»Tablette? Was für eine?«

»Etwas zum ... zum Muntermachen. Valium vielleicht ... oder Librium.«

»Na, so was brauche ich nicht. Ich bin von Haus aus munter genug.«

»Schade.«

»Außerdem glaube ich, das Zeugs hilft sowieso nicht, man bildet es sich nur ein. Aber eine Zigarette können Sie von mir haben.« Betty angelte ein Päckchen aus ihrer Schultertasche.

Trude Samt hatte sich das Rauchen schon vor Jahren – gemeinsam mit ihrem Mann – abgewöhnt. Dennoch griff sie gierig zu. Betty gab ihr Feuer. Die ersten Züge erregten sie angenehm.

»Eigentlich ist es ja verboten, im Waschraum zu rauchen.«

»Macht doch nichts. Man darf sich bloß nicht erwischen lassen.«

Aber die Zigarette schmeckte Trude Samt plötzlich nicht mehr; sie warf sie in eine Klosettschlüssel und zog ab. »Tut mir leid, Betty, aber dazu hab' ich doch nicht die Nerven!«

»Meine gute Zigarette!« schimpfte Betty. »Sie können lange warten, bis ich Ihnen noch mal was anbiete.«

»Ich werd' sie dir bezahlen«, erbot sich Trude Samt und holte ein Fünfzigpfennigstück aus ihrem Portemonnaie, »den Rest kannst du behalten.«

Betty nahm das Geld ohne Verlegenheit an. »Das Haus dankt«, sagte sie vergnügt, »da hab' ich ja noch ein Geschäft gemacht.«

Trude Samt beeilte sich, an ihren Schreibtisch zurückzukommen. Die kleine Episode hatte sie etwas abgelenkt, aber ihre Sorgen nicht zerstreut.

An diesem Morgen gelang es Trude Samt beim besten Willen nicht, sich auf ihre Arbeit zu konzentrieren. Es war nicht daran zu denken, daß sie heute auch nur eine niedrige Prämie herausholte; sie würde froh sein müssen, wenn sie die Norm erreichte. Zahllose begonnene Briefe waren in den Papierkorb gewandert, und in jedem, der fertig wurde, hatte sie mindestens dreimal radiert.

Als Frau Hagen ihr gegen Mittag die Hand auf die Schulter legte, dachte sie nichts anderes, als daß der Vorgesetzten ihre Zerfahrenheit aufgefallen wäre.

»Es tut mir leid . . . wirklich«, stammelte sie.

Frau Hagen machte ihr ein Zeichen, den Hörclip aus dem Ohr zu nehmen. »Ein Anruf für Sie, Frau Samt! Ihre kleine Tochter . . . sie ist sehr aufgeregt.«

»O Gott!« Hastig sprang Trude Samt auf und rannte nach vorne.

Der einzige Apparat im Saal stand auf dem Schreibtisch von Frau Hagen. Es war den Phonotypistinnen untersagt, sich während der Arbeitszeit anrufen zu lassen; sie selber konnten aus einer Zelle neben dem Erholungsraum telefonieren. Das wußten auch Trude Samts Kinder. Es mußte also ein wirklicher Notfall vorliegen, daß Gisela trotzdem anrief.

»O Mammi, Mammi!« rief sie weinend, »Klaus ist ganz heiß . . . schrecklich rot im Gesicht . . . und er erkennt mich gar nicht mehr!«

Das klang noch schlimmer, als sie gefürchtet hatte; mit Mühe gelang es Trude Samt, ihr Entsetzen vor ihrer kleinen Tochter zu verbergen. »Ich komme sofort nach Hause!«

»Aber was soll ich denn nur tun!?«

Was konnte Gisela denn schon tun? Sie war acht Jahre alt, und sie hatte noch nie einen kalten Umschlag gemacht.

»Nichts, gar nichts«, sagte die Mutter. »Ruf Doktor Spengel an. Nein, das mache ich schon selber. Warte einfach! Ich werde versuchen, Doktor Spengel zu erreichen, damit er ganz schnell kommt.«

»O Mammi, Mammi!«

Trude Samt hatte keine Zeit, Gisela zu trösten, sie hängte ein. »Ich muß nach Hause«, sagte sie verstört.

»Lassen Sie alles liegen und stehen«, riet Frau Hagen, »und sausen Sie los. Ich werde inzwischen den Doktor anrufen. Haben Sie die Nummer?«

»Nein.«

»Doktor Spengel in Obing, nicht wahr? Ich werde ihn schon im Telefonbuch finden. Sehen Sie nur zu, daß Sie nach Hause kommen!«

Noch nie war Trude Samt die Fahrt mit der S-Bahn so endlos erschienen, aber tatsächlich brauchte sie nicht länger als sonst, um vom Büro in ihr hübsches kleines Haus am Stadtrand zu kommen; eine gute halbe Stunde.

Sie war atemlos, und ihre Hände zitterten so sehr, daß es ihr nicht gleich gelang, den Schlüssel in das Schloß zu stecken.

Die Haustür wurde von innen aufgerissen, und die kleine Gisela warf sich schluchzend in ihre Arme. »Mammi, er ist nicht mehr da!«

In der ersten Schrecksekunde glaubte die Mutter, daß Klaus gestorben sei, dann aber begriff sie, daß Gisela das wohl anders ausgedrückt hätte. »Nicht mehr da? Was heißt das?«

»Sie haben ihn weggebracht!«

»Wer?!«

»Der Doktor war da . . . und dann der Krankenwagen . . .«

»Bitte, Gisela, bitte, wein doch nicht mehr, dann ist er doch jetzt in den besten Händen!« sagte Frau Samt, aber sie war mindestens so aufgeregt wie ihre Tochter.

Ohne daran zu denken, daß Mittagszeit war – sie hätte selber sowieso nichts heruntergebracht, aber sie hätte doch Gisela zum Essen mahnen können –, begann sie zu telefonieren, aber es dauerte eine ganze Weile, bis sie den jungen Arzt erreichte.

»Ja, ich bin gerade erst zurück«, sagte er, »ich habe Ihren Anruf erwartet.«

»Was ist mit Klaus?«

»Diphtherie. Ich habe im Schwabinger Kinderkrankenhaus ein Bett für ihn bekommen. Er ist in besten Händen.«

»Wird er . . . ich meine, ist er in Gefahr?«

»Diphtherie ist eine schwere Krankheit, Frau Samt. Aber mit den heutigen Medikamenten . . . und zum Glück bin ich ja noch rechtzeitig geholt worden. Ein paar Stunden später . . .« Er sprach den Satz nicht zu Ende.

»Kann ich ihn besuchen?«

»Vorerst nicht. Er liegt auf der Isolierstation. Sie müssen auch Gisela zu Hause halten, mindestens eine Woche, bis wir sicher sein können, daß sie sich nicht angesteckt hat.«

»Um Gottes willen!«

»Regen Sie sich bitte nicht auf, Frau Samt. Jetzt sind wir ja gewarnt. Rufen Sie mich beim leisesten Zeichen von Halsschmerzen, ja?«

Gisela hatte während des Telefonats zappelig neben der Mutter gestanden. »Was hat er gesagt?« fragte sie, kaum daß Trude Samt aufgelegt hatte.

»Du darfst ein paar Tage lang nicht zur Schule gehen.« Trude Samt blickte mit leeren Augen an ihr vorbei.

Das war eine Nachricht, die unter normalen Umständen Freudengeschrei bei Gisela hervorgerufen hätte; jetzt aber entlockte sie ihr nicht mal ein Lächeln. »Und was ist mit Klaus?« wollte sie wissen.

»Er wird wieder gesund werden, Liebling . . . er muß wieder gesund werden!« Die Mutter ballte die Hände.

Den ganzen Tag hielt Trude Samt sich aufrecht, sie wollte ihre kleine Tochter nicht noch mehr erschrecken. Auch als ihr Mann nach Hause kam, gelang es ihr, ihm das Geschehen gefaßt, fast sachlich mitzuteilen. Mit starrem, weißem Gesicht ging sie durch das hübsche Haus, das sie einmal so geliebt hatte und das ihr jetzt zum Feind geworden war.

Ihr Mann beobachtete sie mit Besorgnis. Am Abend, nachdem Gisela zu Bett gegangen war, schenkte er sich und ihr ein Bier ein. Als er ihr ein Glas reichte, schüttelte sie abwehrend, mit verkniffenen Lippen, den Kopf.

»Komm, sei doch nicht so!« drängte er. »Nimm einen Schluck. Es wird dir guttun.«

Nur weil sie nicht die Kraft hatte, sich mit ihm auseinanderzusetzen, nahm sie das Glas und nippte daran.

»Komm mal her zu mir!« Erhard Samt streckte den Arm aus,

um sie auf seinen Schoß zu ziehen.

»Laß! Ich bin viel zu schwer für dich.«

»Bist du nicht!« Er gab nicht nach. »Du machst dir Sorgen um Klaus, wie?«

Sie hielt sich sehr steif und nickte nur.

»Diphtherie, das ist schon was«, gab er zu, »aber von Haus aus ist unser Klaus doch ein gesunder Kerl. Der steht's durch.«

»Woher willst du das wissen?«

»Doktor Spengel hat's doch auch gesagt.« Plötzlich erschrak auch er. »Oder hast du mich angeschwindelt?«

»Nein.«

»Na also . . .«

»Woher weiß ich, ob der Arzt mich nicht nur beruhigen wollte?«

Er stellte sie auf die Beine und sprang auf. »Verdammt, jetzt will ich's aber genau wissen.«

»Wie denn?«

»Ich rufe in der Klinik an.«

»Die geben dir keine Auskunft.«

»Dann fahren wir eben hin.«

»Aber Gisela . . . ich kann doch Gisela nicht allein lassen!«

Erhard Samt sah seine Frau an, es war durchaus nichts Ungewöhnliches, daß sie abends ausgingen, ins Kino und zu Bekannten, ohne sich Sorgen um die Kinder zu machen. Bisher waren sie immer der Überzeugung gewesen, daß die beiden groß genug waren, um auf sich selber aufzupassen. Auch jetzt noch war das Erhard Samts Ansicht. Aber er begriff, daß seine Frau zu geschockt war, um noch vernünftig denken zu können.

»Gut, dann bleibst du eben hier. Ich werde dir alles genau berichten.« Er nahm sie kurz in die Arme. »Ich verstehe ja, daß du nervös bist. Aber mach dich doch nicht verrückt.«

Als die Haustür hinter ihm ins Schloß gefallen war, lief Trude Samt nach oben. Die Tür zu Giselas Zimmer war nur angelehnt, und das Licht über der Bettcouch brannte. Aber das kleine Mädchen schlief schon, und die Spuren von Angst und Erregung waren aus ihrem Gesicht gewischt. Sie atmete entspannt und schien im Traum zu lächeln.

Trude Samt beugte sich zu ihr herab und schnupperte nahe ihrem Mund. Am Nachmittag hatte sie im Ärztebuch über Diphtherie nachgelesen. Aber nichts von dem faulig-süßen Geruch, der charakteristisch für diese Krankheit ist, war zu spüren, und der Hals zeigte keine Schwellungen.

Für kurze Zeit war die Mutter beruhigt, gleichzeitig begann sie schon zu bereuen, ihren Mann nicht in die Klinik begleitet zu haben. Dann hätte sie schneller erfahren, wie es um Klaus stand.

Obwohl es, wie immer, im Haus etwas für sie zu tun gab, wollte die Zeit nicht vergehen.

Seit ihr Mann sie verlassen hatte, pflegte Helga Gruber, gleich wenn sie nach Hause kam, einen kräftigen Schluck Whisky zu sich zu nehmen. Anders glaubte sie die Verlassenheit ihrer vier Wände nicht ertragen zu können. Die Wohnung war ihr so gemütlich erschienen, solange Thomas noch bei ihr war, ein Zufluchtsort vor allen Unbillen der Welt. Fast immer hatte er sie erwartet, ja, manchmal war es ihr sogar lästig gewesen, daß er sie so voll beanspruchte. Er wollte unterhalten werden, und nur schwer hatte sie die Zeit gefunden, die nötigen Arbeiten im Haushalt zu erledigen. Fast war sie froh gewesen, wenn er einmal nicht zu Hause war; dann konnte sie Liegengebliebenes erledigen.

Jetzt aber, da sie wußte, daß er nie mehr kommen würde, wirkte die Wohnung verödet. Sie hatte all diejenigen persönlichen Dinge, die an Thomas erinnerten, entfernt. Vor allem die Fotos, die ihn, jugendlich strahlend, in seinen ersten Rollen zeigten, als er sich noch am Anfang einer großen Karriere glaubte. Nun aber war die Wand, an die er sie geheftet hatte, unerträglich leer, und nichts fiel ihr ein, durch das sie die Bilder einer schönen Zeit hätte ersetzen können.

Dazu kam, daß die Tage jetzt sehr heiß waren und die Zimmer unter dem Dach wie ein Backofen wurden, wenn niemand da war, der die Fenster tagsüber einmal öffnete. Sie morgens offenstehen zu lassen, wagte sie nicht; es hätte ja ein Gewitter aufziehen können.

So war das erste, was sie tat, wenn sie abends ihre Wohnung betrat: sämtliche Fenster aufreißen. Danach schüttete sie sich drei Finger hoch Whisky in ein Glas, tat Eiswürfel hinzu und trank, noch bevor sie die Schuhe von den Füßen streifte. Anschließend ging sie unter die Brause, duschte sich ab, schlüpfte in ihren Bademantel – und hatte keine Lust mehr, irgend etwas von den Dingen zu tun, die sie sich vorgenommen hatte. Es schien ihr zu lästig, sich wieder anzuziehen, die fünf Stockwerke hinunterzulaufen, sich in ein Café zu setzen, spazierenzugehn, Auslagen anzuschauen oder einen Film.

Tagsüber, wenn sie die anderen von ihren Erlebnissen erzählen hörte, nahm sie sich jedesmal wieder fest vor, auch einmal abends etwas zu unternehmen. Aber nicht ein einziges Mal war es ihr gelungen, sich dazu aufzuraffen. Die notwendigen Einkäufe machte sie jedesmal schon auf dem Heimweg von der European Insurance Company, und dabei blieb es.

Im Bademantel wedelte sie lustlos ein wenig mit dem Staubtuch herum, wusch gerade noch ihre Strümpfe aus und machte sich eine Kleinigkeit zu essen zurecht, während schon der Fernseher lief. Aber es waren keine vorbereiteten Mahlzeiten, die sie zu sich nahm; meist begnügte sie sich mit einem fertig gekauften Salat und einer frischen Semmel, es war schon viel, wenn sie sich ein Steak briet oder ein Ei in die Pfanne schlug.

Danach pflegte sie den ganzen Abend vor dem Fernseher auf der Couch zu liegen, die Bilder, ohne sie wirklich in sich aufzunehmen, an sich vorbeiflimmern zu lassen, während der Spiegel in der Whiskyflasche immer niedriger und niedriger sank.

Sie war nicht einmal unglücklich dabei. Die Einsamkeit verlor ihren Schrecken, und die Vergangenheit war fast ausgelöscht, schien ihre Bedeutung verloren zu haben.

Meist schlief sie noch vor Sendeschluß ein, wachte mitten in der Nacht auf, schaltete den Apparat aus und kroch in ihr Bett.

Es war kein Leben, das sie führte, und sie war sich desssen, wenn sie noch nicht getrunken hatte, bewußt; sie vegetierte dahin zwischen der geisttötenden Arbeit im Hauptsekretariat, wo die menschlichen Kontakte spinnwebendünn waren, und ihren einsamen, alkoholisierten Abenden und Nächten. Vielleicht hätte es ihr Auftrieb gegeben, wenn Wally Hagen sie in das Sekretärinnen-Kolleg geschickt hätte. Aber zu den Frühjahrskursen hatte sie sich zu spät gemeldet, und der Herbst war noch in weiter Ferne.

Gerade an jenem Abend nun, an dem Trude Samt um ihren kleinen Sohn bangte, versuchte Helga Gruber gegen ihre Trunksucht anzukämpfen.

Sie hatte sich, als sie nach Hause kam, keinen Whisky eingeschenkt, sondern sich statt dessen eine Kanne Kaffee gebraut. Danach hatte ihr Herz geklopft, und ihre Hände hatten gezittert, aber sie hatte sich unternehmungslustig gefühlt. Nach der Dusche, auf die sie nicht verzichten wollte, hatte sie weiße Jeans und ein rotes T-Shirt angezogen und war sich jung vorgekommen, bis sie in den Spiegel blickte. An der Figur haperte es nicht, aber ihre Wangen waren gedunsen, tiefe Schatten lagerten unter ihren grauen Augen, und ihr kurzgeschnittenes braunes Haar war ohne Glanz. Mit Sorgfalt malte sie sich an, benutzte Wimperntusche, Lidschatten, Lippenstift und Rouge und gefiel sich danach schon besser. Auf das ungepflegte Haar setzte sie eine weiße Leinenkappe, sah noch einmal in den Spiegel und fand sich selber fremd. Obwohl sie sich so viel Mühe mit dem Make-up ihrer Augen gegeben hatte, griff sie jetzt zur Sonnenbrille, um sich hinter ihr zu verstecken.

Sie hatte keine Lust mehr, das Haus zu verlassen, aber sie zwang sich dazu. Nur so konnte sie sich vom Griff zur Flasche abhalten. Auf der Straße kam es ihr dann doch so vor, als wäre es eine gute Idee gewesen, spazierenzugehen. Es war nicht mehr so heiß wie am Tage, die Luft roch zwar nach Abgasen, wirkte aber dennoch anregend auf sie.

Bis zum »Café Roma« lief sie mit weit ausholenden Schritten. Erst hinter dem Karl-Scharnagl-Ring, wo die Geschäfte begannen, nahm sie sich Zeit und zwang sich, vor den Auslagen stehenzubleiben. Jeden Pulli, jeden Mantel und jeden Rock betrachtete sie mit einer Ausgiebigkeit, wie sie es in früheren Zeiten nie getan hatte, aber es gelang ihr nicht, sich für irgendein Kleidungsstück tatsächlich zu interessieren. Wären die Läden offen gewesen, hätte sie die Zeit mit Anprobieren totschlagen können. Aber sie war froh, daß sie sich das nicht anzutun brauchte.

Am Max-Joseph-Platz war ihre Gier nach einem frischen kühlen Getränk so mächtig geworden, daß sie sich entschloß, im Franziskaner einzukehren und sich ein Glas Bier zu gönnen – Bier war ja ohne Zweifel halb so gefährlich wie ein hochprozentiges Getränk. Helga Gruber leerte das Glas in einem Zug und fühlte sich danach sehr viel besser. Obwohl sie schlecht saß, nahe der Tür zur Küche, aus der bei jedem Aufschwappen immer wieder andere Essensgerüche ihre empfindliche Nase reizten, wäre sie gern geblieben, hätte weiter getrunken und sich im Kreis der lauten Menschen geborgen gefühlt.

Noch rechtzeitig merkte sie die Gefahr, zahlte und stand auf. Ohne den Wunsch, einen Film zu sehen, entschloß sie sich, ins Kino zu gehen. Nur ein abgeschlossener Raum, in dem keine alkoholischen Getränke angeboten wurden, konnte ihr vor sich selber Schutz gewähren.

Im Theatiner-Kino wurde ein Film mit Jerry Lewis gegeben. Helga Gruber löste eine Karte und fand im schon verdunkelten Vorführungsraum einen Sitz. Sie ließ Vorprogramm, Wochenschau und den Film über sich ergehen, lachte sogar mit den anderen über die Späße des Komikers und die Gags, die sich die Autoren ausgedacht hatten, ohne daß sie, als sie zwei Stunden später wieder auf der Straße stand, zu sagen gewußt hätte, was sie eigentlich gesehen hatte.

Es war zehn Uhr geworden, und der Sommerabend wirkte, da jetzt alle Lichter, die der Straßenlampen und die der Auslagen, brannten, dämmrig. Helga Gruber war müde geworden, sie hätte sich gern ein Taxi genommen, aber sie zwang sich, den Weg zurück zu Fuß zu gehen.

Auf der Maximilianstraße hielt ein Auto neben ihr; sie merkte es erst gar nicht. Als eine grobe Männerstimme sie ansprach, schrak sie zusammen. Ohne zu wissen warum, hatte sie immer noch die Sonnenbrille auf.

»Na, komm schon, Kleine!« sagte der Mann; er öffnete die Tür und streckte den Arm nach ihr aus.

Entsetzt begann sie zu laufen.

Der Mann fluchte enttäuscht und schlug die Tür knallend zu. Sie sah, daß er an ihr vorbei fuhr und sagte sich, daß der Zwischenfall harmlos gewesen war, ein unbedeutendes Ereignis, wie es in jeder Großstadt vorkommen kann, aber das Herz klopfte ihr bis zum Halse. Alle Müdigkeit war verflogen.

Als Erhard Samt zurückkam, war seine Frau gerade dabei, kleine Wäsche im Bad aufzuhängen. Sie hörte seine Schritte, ließ alles stehen und liegen, nahm sich nicht einmal die Zeit, die Hände abzutrocknen, und rannte die Treppe hinunter.

Er streckte beide Arme aus und fing sie auf. »Alles bestens, Liebling!«

»Ist das wahr?« Sie beugte sich zurück, um in seinen Augen lesen zu können.

»Ich würde doch nicht lügen. Sie haben ihm gleich ein Heilserum und ich weiß nicht was gegeben. Sein Fieber ist schon gefallen, und er schläft jetzt.«

Sie war immer noch nicht beruhigt. »Wieso hat es dann so lange gedauert?«

»Ja, was glaubst du, was das für ein Theater war, bis ich jemanden gefunden hatte, der mir Auskunft geben wollte? Nicht einmal reingekommen bin ich ohne weiteres. Ich habe mich durch die Notaufnahme schmuggeln müssen.« Er zog sie enger an sich und streichelte ihren Rücken. »Komm, komm, Liebling, ist ja alles wieder gut.«

Ihr Körper entkrampfte sich, sie kuschelte den Kopf an seine Brust und begann zu weinen. »Ach, Erhard«, schluchzte sie, »ich bin ja so unglücklich!«

»Unglücklich? Aber warum denn? Gerade habe ich dir erzählt, daß Klaus wieder gesund wird . . .«

»Aber ich bin schuld . . . ich bin schuld, daß das überhaupt passiert ist?«

»Was ist denn das für ein Unsinn?«

»Wenn ich zu Hause geblieben wäre . . .«

Er ließ sie los. »Gehen wir ins Wohnzimmer. Es ist ja nicht nötig, daß wir auch noch Gisela wecken.«

Sie merkte, daß er ärgerlich wurde, aber sie konnte sich nicht mehr zurückhalten. All das, über was sie den ganzen Tag nachgegrübelt hatte, mußte heraus. »Er war schon heute früh krank!« rief sie und lief ihrem Mann nach. »Wenn ich bei ihm geblieben wäre . . .«

Ruckhaft blieb er stehen und sah sie an; sein gewöhnlich so freundliches Gesicht wirkte böse. »Na, was dann? Du hättest vielleicht eine halbe Stunde eher entdeckt, daß ein Arzt her muß. Das heißt aber noch nicht einmal, daß Doktor Spengel wirklich eher gekommen wäre. Der kennt dich ja. Der weiß, was für eine überbesorgte Mutter du bist. Wahrscheinlich hätte er dich erst mal vertröstet.«

»Nun gut, ich bin eben eine überbesorgte Mutter! Ist das etwa eine Schande?«

»Natürlich nicht, nur . . .«

»Du weißt, wie ich bin, hast es immer gewußt, und trotzdem zwingst du mich dazu, die Kinder Tag für Tag allein zu lassen! Das ist in meinen Augen eine Schande, nur das!«

»Was sagst du da?« Erhard Samt fragte es verdutzt. »Wann hätte ich dich je gezwungen . . .«

»Doch hast du das!« Sie war jetzt ganz außer sich. »Wer hat mir denn eingeredet, daß wir unbedingt ein eigenes Haus brauchten? Wer denn? Du! Ich war in der alten Wohnung ganz glücklich. Da konnte ich mich wenigstens um die Kinder kümmern.«

Er sah sie an, als hätte er einen fremden Menschen vor sich. »Wie merkwürdig, daß ich das erst heute erfahre.«

»Weil du nie hinhörst, wenn man dir was sagt! Wenn du nur einmal richtig zugehört hättest, dann wüßtest du, wie verhaßt mir der verdammte Schreibsaal ist und das ewige Hin und Her! Ich gehe noch kaputt dabei!«

Er machte eine Schritt auf sie zu, und unwillkürlich zuckte sie zurück, als erwarte sie einen Schlag. Noch in ihrer übersteigerten Erregung war es ihr bewußt geworden, wie sehr sie ihn gekränkt haben mußte.

In einem eisigen Ton der Beherrschung sagte er: »Wenn das so ist, wird es wohl das Beste sein, das Haus zu verkaufen.« Ohne sie anzusehen, ging er an ihr vorbei die Treppe hinauf.

Trude Samt zögerte, ob sie ihm nachlaufen und versuchen sollte, ihn zu versöhnen. Aber sie brachte es nicht über sich. Es war doch die Wahrheit gewesen: Sie haßte das Leben, das sie zu führen gezwungen war.

Als sie eine Viertelstunde später sich endlich wieder gefangen hatte und nach oben ging, fand sie das Bett ihres Mannes leer. Auch im Bad war er nicht. Es dauerte eine Weile, bis sie verstand: Er war ins Gästezimmer gezogen.

Wütend und verzweifelt legte sie sich nieder, und lange fand sie keinen Schlaf.

Auch Helga Gruber konnte nicht einschlafen.

Als sie nach Hause kam, veranstaltete sie, obwohl es schon auf elf Uhr zuging, einen gründlichen Wohnungsputz – den ersten, seit ihr Mann sie verlassen hatte. Danach ging sie noch einmal unter die Brause und wusch sich ihr Haar. Dann glaubte sie müde zu sein und legte sich nieder. Aber Schlaf stellte sich nicht ein.

So plastisch wie nie zuvor zeigten sich ihr die Bilder ihrer verfehlten Ehe. Sie sah Thomas selbstgefällig vor dem Spiegel stehen und an einer seiner farbenfrohen Krawatten zupfen, Thomas schlechtgelaunt, wenn wieder einmal ein Versuch, eine Rolle zu ergattern, gescheitert war, schmollend, wenn er sich von ihr zu kurz gehalten fühlte. Aber sie erinnerte sich auch an die Momente, in denen er sie zärtlich in seine starken Arme genommen hatte und in denen sie sehr glücklich gewesen war.

Zum erstenmal hatte sie ihn auf der Bühne erlebt, in der »Kleinen Komödie« auf der Maximilianstraße, nur wenige Minuten von ihrer eigenen Wohnung entfernt. Er hatte nur eine Nebenrolle gespielt, aber ihr hatte er sofort gefallen, groß und blond und gut aussehend, wie er war. Seinetwegen hatte sie sich die Aufführung mehrere Male angesehen, aber nie daran gedacht, daß er als Mann für sie in Frage kommen könnte. Bei der nächsten

Inszenierung war er dann nicht mehr dabei gewesen, aber er hatte sie sich angesehen, und zufällig hatten sie nebeneinander gesessen. Sie hatte ihn sofort erkannt, und, obwohl sie sonst eher schüchtern war, hatte sie ihn in ein Gespräch gezogen.

Ja, es war wahr: Sie hatte ihn angesprochen, und auch danach war sie immer die treibende Kraft in ihren Beziehungen gewesen. Als ihm seine Bude gekündigt worden war, hatte sie ihn aufgefordert, doch zu ihr zu ziehen, als er ihr gestanden hatte, daß es ihm finanziell schlecht ging, hatte sie ihm Geld aufgedrängt, und sie war es auch gewesen, die ihn gefragt hatte, warum sie eigentlich nicht heirateten – und das in einer Situation, in der er ihr schon zu Dank verpflichtet war, so daß er ein Lump hätte sein müssen, abzulehnen.

In der Einsamkeit dieser Sommernacht, in der sich Helga Gruber in ihrem Bett unruhig von einer Seite zur anderen wälzte, erkannte sie ganz klar, daß nicht er, Thomas, schuld an dem Zusammenbruch ihrer Ehe trug, sondern sie selber. Vielleicht wäre sogar etwas aus ihm geworden, wenn sie ihm nicht alle Existenzsorgen abgenommen hätte. Es war falsch gewesen, ihn so zu entmündigen, wie sie es getan hatte. Statt ihn zu ermutigen, hatte sie ihn stets nur getröstet. Nie war sie empört oder enttäuscht gewesen, wenn ihm wieder einmal eine Chance durch die Finger geglitten war; sie hatte sich kaum die Mühe gegeben, vor ihm zu verbergen, daß sie es nicht anders erwartet hatte.

Nein, sie hatte kein Recht, zornig über seinen Ehebruch zu sein. Er hatte, das sah sie plötzlich ganz klar, diese Bestätigung bei anderen Frauen gebraucht, um sich überhaupt noch als Mann zu fühlen.

»Du hast mich zu deinem Schoßhund gemacht!« hatte er ihr einmal an den Kopf geworfen.

Damals hatte sie ihn für ungerecht gehalten und war in Tränen ausgebrochen. Jetzt sah sie ein, daß er es zumindest so empfunden haben mußte.

Sie hatte ihn geliebt, vielleicht liebte sie ihn sogar noch, jedenfalls sehnte sie sich sehr nach ihm – wirklich nach ihm oder nur nach einem Menschen, der sie brauchte? –, aber sie hatte ihn mit ihrer penetranten Aufopferung kaputtgemacht.

Jetzt konnte sie nur noch eines tun: ihm die Freiheit wiedergeben.

Bis zu dieser Nacht hatte sie die Hoffnung noch nicht aufgegeben, daß er eines Tages wiederkommen würde. Wo sollte er hin, außer zu ihr, wenn er in Rom scheiterte – und daß er scheitern würde, dessen war sie ganz sicher.

Aber nun erkannte sie, daß es keinen neuen Auftrag für sie geben konnte. Sie durfte ihn nicht wieder bei sich aufnehmen, ihn verpflegen, kleiden und mit einem Taschengeld versorgen, wenn sie nicht riskieren wollte, daß er sie zu hassen und sie ihn zu verachten begann. Nie wieder durfte sie schwach werden – um seinetwillen nicht.

Als Helga Gruber mit ihren Gedanken so weit gekommen war, stand sie auf, goß sich ohne schlechtes Gewissen ein Glas Whisky ein und nahm eine Schlaftablette. Sie war der Lösung ihrer Probleme einen entscheidenden Schritt näher gekommen und sah keinen Sinn darin, sich aus prinzipiellen Gründen selbst zu kasteien. Wenn ihr Leben wieder einen Sinn bekommen hatte, davon war sie überzeugt, würde der Alkohol zwangsläufig aufhören, eine Rolle darin zu spielen.

Eine halbe Stunde später war sie eingeschlafen.

Am nächsten Morgen sprach Erhard Samt am Frühstückstisch kein Wort mit seiner Frau. Das war im Laufe ihrer elfjährigen Ehe noch nie vorgekommen, und sie litt darunter. Aber sie brachte es auch nicht über sich, ihn von sich aus anzusprechen; sie mochte ihn nicht einmal ansehen.

Eigentlich war sie darauf vorbereitet gewesen, gleich und sofort die Auseinandersetzung der vergangenen Nacht fortzusetzen. Um ihn herauszufordern, war sie unangezogen, noch im Morgenrock in der Küche erschienen, aber nicht einmal dadurch entlockte sie ihm eine Bemerkung. Schweigend aß er in sich hinein, und grußlos verließ er das Haus.

Trude Samt preßte die Lippen zusammen, um nicht in ein Schluchzen auszubrechen; mit schwimmenden Augen starrte sie ins Leere.

Gisela, ebenfalls noch im Nachthemd, kam in die Küche; wie viele Kinder hatte sie die Eigenart, wenn sie in die Schule mußte, nur schwer aufzustehen, an freien Tagen aber zeitig aufzuwachen.

»He, Mutti!« rief sie. »Wieso bist du noch nicht angezogen?«

Trude Samt tupfte sich die Augen mit der Serviette ab. »Und wieso bist du schon auf?«

»Es ist so ein schöner Tag, da konnte ich nicht schlafen.« Gisela setzte sich auf ihren Platz. »Was von Klaus gehört?«

»Vater war gestern im Krankenhaus. Es geht ihm besser.«

»Gott sei Dank. Aber du mußt dich beeilen, wenn du rechtzeitig im Büro sein willst.«

»Ich gehe heute nicht.«

»Nicht?« Gisela machte große Augen. »Warum denn nicht?«

»Ich will dich nicht allein lassen.«

»Mich?« Gisela tippte sich mit dem Zeigefinger auf die Brust. »Meinetwegen? Aber ich bin doch schon so oft allein zu Haus gewesen!«

»Doktor Spengel meint, du könntest auch krank werden.«

»Weiß ich. Aber das würde ich doch merken . . . oder nicht?«

Trude Samt wurde energisch. »Ich weiß, was ich tue. Außerdem muß ich ja sowieso noch das Haus desinfizieren, alles, was Klaus berührt haben könnte.«

»Ach so.« Eine Weile kaute Gisela nachdenklich an ihrem Marmeladenbrot, dann fragte sie: »Weiß Vati davon?«

»Ja.«

»Na, dann ist ja alles gut. Von mir aus brauchst du nie mehr in diese blöde Firma zu fahren.«

»Das will ich auch nicht mehr.« Trude Samt rührte in ihrer Kaffeetasse. »Ich kann natürlich nicht jetzt gleich für immer zu Hause bleiben. Erst muß ich ordnungsgemäß kündigen.«

»Aha.« Gisela schob der Mutter ihre leere Tasse hin. »Kann ich noch Kakao haben?«

»Ja, natürlich.« Trude Samt schenkte ihrer Tochter ein; sie war enttäuscht, denn sie hatte sich eine größere Begeisterung über ihre

Ankündigung erwartet. »Freust du dich, wenn ich nicht mehr weggehe?«

»Na klar. Dann brauchen Klaus und ich auch nicht mehr so viel zu machen, nicht?«

»Ja, das auch!« Trude Samt wußte, daß Gisela auf die kleinen Hilfen der Kinder im Haushalt anspielte. »Du wärst aber doch auch bereit, ein . . . ein Opfer dafür zu bringen?«

»Opfer? Wieso?«

»Wir würden natürlich weniger Geld haben«, sagte Trude Samt vorsichtig.

»Ja, das verstehe ich. Aber mein Taschengeld brauche ich unbedingt! Ich komme so schon nicht damit aus, und wenn ich davon noch abgeben soll . . .«

»Dein Taschengeld ist doch das wenigste! Aber vielleicht müßten wir das Haus verkaufen.«

Darauf sagte Gisela nicht gleich etwas.

»Natürlich nur im äußersten Notfall«, fügte Trude Samt hinzu.

»Das wäre schon schade«, erklärte Gisela, »aber wir könnten doch hier in Aubing bleiben, weil ich doch jetzt hier meine Freundinnen habe?«

»Warum nicht?«

»Und ein eigenes Zimmer brauche ich unbedingt. Ich will nicht wieder mit Klaus zusammen schlafen.«

»Dazu seid ihr jetzt ja auch schon zu groß.« Trude Samt stand auf; sie hatte aus den Worten ihrer Tochter sehr wohl herausgehört, daß Gisela das eigene Zimmer und das Taschengeld wichtiger als ihr Daheimbleiben waren.

»Wo gehst du hin?« fragte Gisela.

»Ich zieh mich an und geh dann Desinfektionsmittel kaufen.«

»Soll ich inzwischen schon die Küche machen?«

Trude Samt schüttelte den Kopf. »Lieber nicht. Am besten rührst du gar nichts hier an und gehst gleich hinaus in die Sonne.«

»Du behandelst mich ja, als ob ich eine Patientin wäre!«

»Ich möchte nur nicht, daß du eine wirst. Das ist alles!«

An diesem Vormittag arbeitete Trude Samt, als hätte sie Sünden abzuarbeiten.

Sibylle konzentrierte sich wie nie zuvor, um sich so rasch wie möglich im Vorzimmer Dr. Grummets einzuarbeiten. Wenn nicht persönlich, so doch aus Edna Scharps Beschreibungen, lernte sie alle Menschen kennen, mit denen der Chef zu tun hatte oder zu tun bekommen könnte, den Grad ihrer Wichtigkeit und wen sie weiterzuleiten und wen sie abzuwimmeln hatte. Nachdem die Fronten zwischen den Frauen abgesteckt waren, arbeiteten sie gut miteinander, und die Scharp freute sich über Sibylles rasche Auffassungsgabe.

»Sie sind ein tüchtiges Mädchen«, sagte sie anerkennend, »die Hagen hat wieder einmal einen guten Riecher gehabt. Fast glaube ich, Sie könnten den Chef schon nach London begleiten.«

»Ich? Nach London?« Sibylle traute ihren Ohren nicht.

»Freuen Sie sich nicht zu sehr. Von London würden Sie kaum etwas zu sehen kriegen.«

»Aber das macht doch nichts.«

»Das glaube ich Ihnen sogar.« Die Scharp lächelte vielsagend. »Es handelt sich um eine reine Arbeitstagung. Findet Mitte September statt. Eigentlich sollte ich noch mitfliegen, aber mein Zukünftiger sieht das natürlich nicht gern. Würden Sie sich zutrauen, das zu übernehmen?«

»Unbedingt!«

»Ein schönes Selbstvertrauen gehört dazu, wenn man was erreichen will. Ich werde mit dem Chef sprechen.«

»Wie lange wird es dauern?«

»Drei Tage.«

Sibylle war hingerissen. Drei Tage, nein, drei Abende würde sie mit Alexander Grummet zusammensein – nicht auszudenken, was sich daraus alles ergeben konnte! Daß sie ihm gefiel, daran war ja kein Zweifel.

Noch wußte Sibylle nicht, ob er überhaupt beabsichtigte, über einen Flirt hinauszugehen. Sie hatte sich denn doch nicht getraut, die Scharp zu fragen, ob er es bei ihr je versucht hatte. Aber etwas anderes erkannte sie mit Sicherheit: Sie selber würde nicht nein sagen.

Als sie das begriff, wußte sie, was sie zu tun hatte. Egal, wie weit er gehen würde, sie mußte ihre Verlobung lösen. Hans Kiesewetter war ein netter Junge, aber er paßte nicht mehr zu ihr. Mehr noch, es wäre nicht fair von ihr gewesen, die Verbindung zu ihm nur noch als Rückendeckung aufrechtzuerhalten. Sie würde ihn freigeben, um selber wieder frei zu werden für das große Abenteuer.

Alma Möhner hatte den Rat Wally Hagens befolgt und sich auf Anzeigen kleinerer Betriebe beworben. Um Fragen ihrer neugierigen Mutter auszuweichen, ließ sie die Post über die Adresse der European Insurance Company schicken. Bisher hatte sie zwar nur Absagen bekommen; manche Firmen machten sich sogar nicht einmal die Mühe, die fotokopierten Unterlagen zurückzuschicken.

Dennoch: In Alma Möhners Leben war wieder Spannung gekommen. Anders als ein junges Mädchen, das mit Aussicht auf einen Wechsel der Stellung ihre Aufgaben vielleicht schon nicht mehr ernst genommen hätte, hatte die Hoffnung auf die gealterte Sekretärin eine wesentlich andere Wirkung; sie arbeitete jetzt viel schneller und sorgfältiger.

Eines Morgens schien das Glück ganz nahe. Der Elektromeister Paul Winkler schrieb zurück, daß er ihre Bewerbung mit Interesse gelesen habe und sie um baldige Vorstellung bitte.

Strahlend lief Alma Möhner zu der Abteilungsleiterin und zeigte ihr den Brief. »Da! Sieh mal! Was hältst du davon!«

»Sieht gut aus. Ich hab' das Gefühl, das könnte was werden.«

»Na ja, Berg am Laim ist kein sehr vornehmer Stadtteil.«

»Aber, Alma, da kommt es doch wirklich nicht darauf an. Auf alle Fälle braucht dieser Winkler dringend eine Sekretärin. Der Brief ist typisch selbst getippt, System Columbus.«

Die beiden Frauen lachten.

»Wann soll ich hingehn?«

»Gleich nach fünf.«

»Wäre es nicht besser, ich würde vorher noch nach Hause fahren und mich schön machen?«

»Du bist schön genug. Oder willst du etwa deinen phänomenalen Hut aufsetzen?«

»Du hast natürlich recht.« Alma Möhner studierte die kurze Nachricht noch einmal, obwohl sie sie schon auswendig wußte. »Außerdem ist die Geschäftsadresse angegeben, ich muß also sehen, daß ich vor Ladenschluß hinkomme.«

»Sehr richtig! Alma, ich bin ja so froh für dich!«

Obwohl Alma Möhner an diesem Tag nicht bei der Sache war, sondern ihren erwartungsvollen Träumen nachhing, ging ihr die Arbeit leicht und rasch von der Hand.

Dann endlich war es soweit, daß die Stenoretten abgestellt und die Unterschriftmappen in den Bürowagen gelegt werden konnten. Alma Möhner beeilte sich, als erste in den Waschraum zu kommen, um den Spiegel nahe dem Fenster zu erwischen, in dem man sich immerhin noch am besten sehen konnte. Sorgfältig erneuerte sie das Make-up um ihre dunklen Augen, entfernte die Restspuren von Lippenstift, bevor sie die Konturen ihres Mundes erneut nachzog, und legte Rouge auf. Danach fand sie, daß sie mit ihrem Aussehen zufrieden sein konnte. Zum Glück war sie vor wenigen Tagen beim Friseur gewesen, ihr Haar lag gut und zeigte keinen verräterischen Schimmer von Grau.

Noch als sie dabei war, ihr Make-up zu restaurieren, hatte sich der Waschraum mit anderen Frauen und Mädchen gefüllt.

»He, Frau Möhner, was ist denn mit Ihnen los?« rief Betty Troll frech wie immer. »Sie scheinen ja was ganz Tolles vorzuhaben!«

Die Möhner lächelte kokett. »Kann schon sein.«

»Du kriegst die Motten!« rief Betty Troll.

»Da freue ich mich aber für Sie, Frau Möhner«, sagte Helga Gruber, und das war keine Lüge; es gab ihr selber Auftrieb, die gealterte Sekretärin, die alle eigentlich schon abgeschrieben hatten, so munter zu sehen.

»Was is'n das für'n Opa?« fragte Betty Troll.

»Du mit deiner Klappe«, schimpfte Helga Gruber, »paß nur

auf, du wirst dich eines Tages noch ganz schön ins Fettnäpfchen setzen.«

»Ach, lassen Sie sie doch, die kann mich doch gar nicht meinen«, sagte die Möhner gut gelaunt, versuchte in dem kleinen Spiegel noch einen Blick auf ihr Profil zu werfen und verabschiedete sich dann mit einem fröhlichen: »Also dann . . . vergnügten Feierabend!«

»Viel Spaß!« riefen die anderen ihr nach. »Bis morgen.«

Da Alma Möhner bisher noch nie in Berg am Laim gewesen war, leistete sie sich ein Taxi, das sie bis vor das Geschäft brachte. Es lag in der verkehrsreichen Kreillerstraße und machte einen sehr guten und ziemlich neuen Eindruck. Es hatte allerdings nur ein großes Schaufenster, in dem Waschbecken, Bidets und Toiletten in modisch bunten Farben ausgestellt waren. »Installationen Paul Winkler«, stand in großen Buchstaben, die in der Nacht sicher leuchteten, darüber.

Alma Möhner klopfte das Herz, als sie auf die Klinke drückte, ein hübsches Glockenspiel ertönte. Der Verkäufer im weißen Kittel war ein Mann um die vierzig mit einem kugelrunden kahlen Kopf, einem runden, rosigen Gesicht und wäßrigen blauen Augen. Er verhandelte mit einer Frau, die sich darüber beklagte, daß eine Dichtung in ihrer Küche kaputt sei, und dringend um eine Reparatur bat. Der Verkäufer schrieb sich Name und Adresse auf und versprach zu kommen.

Dann wandte er sich an Alma Möhner. »Sie wünschen?« Sein freundliches Lächeln und die Art, wie er sich die Hände rieb, verriet, daß er in ihr die potentielle Käuferin einer seiner wunderschönen Sanitäreinrichtungen sah.

»Ich möchte zu Herrn Winkler.«

»Der bin ich selber.« Das Lächeln war immer noch hoffnungsvoll.

»Ich bin Frau Alma Möhner. Ich habe mich bei Ihnen beworben.«

Ganz kurz erlosch das Lächeln, dann war es wieder da. »Frau Alma Möhner, ach ja, natürlich. Da werden wir mal den Laden dichtmachen.« Er ging zur Eingangstür.

»Ja, können Sie das denn so einfach?« fragte die Möhner erstaunt.

»Aber ja. Die meisten Kunden kommen ja sowieso nicht ins Geschäft, sondern rufen an.« Er hatte die Tür schon abgeschlossen. »Kommen Sie, gehn wir nach hinten.«

Alma folgte ihm etwas beklommen durch einen großen Raum, in dem sich Kisten und Kasten stapelten, in ein kleines, sehr unordentliches Büro.

»Na, da sehen Sie, wie es hier aussieht.« Sein Lächeln wurde beschämt.

Alma Möhner sah sich schon in voller Tätigkeit. »Ach, das kriege ich schon hin.«

»Davon bin ich überzeugt. Aber hier ist's auch nicht gemütlich. Gehen wir noch eine Tür weiter . . . in meine Wohnung.«

Alma hätte gern gesagt: »Lieber nicht!« Aber sie unterdrückte ihre Abwehr. Noch nie hatte sie in den achtundvierzig Jahren ihres Lebens allein die Wohnung eines Mannes betreten, und sie hielt es auch jetzt noch für absolut unschicklich. Doch es lag ihr viel an der Stellung, und sie wollte sich nicht mißtrauisch zeigen.

Statt dessen fragte sie: »Sind Sie verheiratet?«

»Bis jetzt noch nicht.« Er wandte ihr über die Schulter zurück sein rundes Gesicht zu und erklärte mit breitem Lächeln: »Aber was nicht ist, kann noch werden.«

Alma wurde rot. Sie hoffte ihn mißverstanden zu haben. Er konnte doch nicht an eine andere als eine berufliche Beziehung zwischen ihnen beiden denken. Wahrscheinlich handelte es sich um einen dummen Männerwitz.

Erleichtert stellte sie fest, daß der Raum, in den er sie jetzt führte, nichts von einem Schlafzimmer an sich hatte. Im Gegensatz zu der modernen Auslage war hier alles solide und etwas verwohnt. Es gab eine Schrankwand aus dunkel gebeizter Eiche, ein paar bequeme Sessel um einen runden Tisch und auf dem Boden einen reichlich abgewetzten Orientteppich, der sicher fabrikationsmäßig hergestellt worden war.

Paul Winkler bat Alma Möhner, Platz zu nehmen. »Jetzt trinken wir erst mal ein Schnäpschen zusammen, damit wir miteinander warm werden.«

»Ehrlich gestanden, mir ist warm genug.«

»Entschuldigen Sie, da habe ich doch ganz vergessen . . . Manieren dürfen Sie von einem alten Junggesellen nicht erwarten. Legen Sie doch Ihren Mantel ab.«

Alma Möhner gehörte zu den Frauen, die immer, auch bei größter Hitze und heiterstem Sonnenschein, nicht ohne Mantel auf die Straße gehen. Sie empfand das Schwenken der Hüften und das Hüpfen der Brüste, wie es sich aus der raschen Gehbewegung leicht ergibt, auch bei anderen als ausgesprochen undelikat. Bei ihr selber gab es zwar nichts zu wippen oder zu wabbeln, denn sie war so mager, daß sie, um nicht flachbrüstig zu wirken, einen Büstenhalter mit Einlage trug.

Er musterte ihre Figur, als sie in einem ihrer strengen, langärmeligen Hemdblusenkleider vor ihm stand, und stieß einen anerkennenden Pfiff aus.

Wieder wurde Alma Möhner rot, und sie war froh, daß er den Mantel hinausbrachte, so daß er es nicht sehen konnte.

»Kann ich Ihnen denn wirklich nichts anbieten?« fragte er, als er zurückkam.

»Ein Bier vielleicht.«

»Ein Bier? Alma, Sie sind mein Typ!« Paul Winkler verschwand wieder, erschien gleich darauf mit zwei Gläsern in der Hand und einer Bierflasche unter dem Arm, stellte die Gläser auf den Tisch und goß fachmännisch ein, so daß eine feste weiße Haube entstand. »Ein kühles Bier an einem heißen Sommertag, das ist doch immer noch das Beste, was es gibt auf der Welt!« Er hob ihr sein Glas entgegen. »Alma, altes Mädchen . . . auf eine gute Zusammenarbeit!«

Sein allzu vertraulicher Ton störte sie, und sie unternahm einen Anlauf, ihn zurechtzuweisen. »Wenn es zu einer Zusammenarbeit zwischen uns kommen soll . . .«

Er fiel ihr ins Wort. »Sicher kommt es! Was heißt hier wenn?« Er zog einen Sessel dicht neben den, in dem sie selber Platz genommen hatte, und legte seine Hand auf ihr Knie. »Jetzt hören Sie mal, Alma . . .«

Sie stieß seine Hand beiseite und preßte die Knie zusammen.

»Entschuldigen Sie schon, ich wollte Sie nicht verletzen!« sagte er mit dick aufgetragener Zerknirschung. »Haben Sie einen Freund?«

»Das geht Sie doch wohl nichts an!«

»Man wird sich doch wohl noch erkundigen dürfen. Schließlich . . . ich muß doch wissen, ob Sie vorhaben, über kurz oder lang zu heiraten.«

»Nein! Ich meine . . . eine Heirat ist nicht geplant.«

»Na, fabelhaft.« Er prostete ihr noch einmal zu und trank.

Auch sie nahm einen großen Schluck und hatte gleich darauf das unangenehme Gefühl, daß sie zu schwitzen begann.

»Wissen Sie«, erklärte er treuherzig, »es ist nämlich scheußlich, wenn man, kaum daß man sich an jemanden gewöhnt hat, wieder solo dasitzt.«

»Ist Ihnen das passiert?«

»Na eben. Sonst säße ich ja nicht ohne Sekretärin da. Junges Volk, das sich anbietet, gibt's ja genug, aber über die weiß ich Bescheid. Die legen die Beine auf den Tisch, kaum daß man sich umdreht, legen stundenlang das Telefon mit Beschlag und schreiben Liebesbriefe.«

Alma Möhner schöpfte neue Hoffnung. »Das alles würden Sie mit mir nicht erleben, Herr Winkler.«

»Ich weiß, ich weiß, Sie machen Ihre Sache bestimmt aus dem Effeff!« Er leerte sein Glas, und Schweißperlen traten auf seine Stirn.

»Ich habe eine dreißigjährige Büroerfahrung.«

»Hm, hm.« Er drehte sein Glas, ohne sie anzusehen. »Da müssen Sie sich ja eine Menge gespart haben.«

»Nur eine Rücklage für alle Fälle.«

»Und was kriegen Sie von Ihrem Betrieb, wenn Sie kündigen?«

Alma Möhner wurde blaß und rot. »Also . . . jetzt verstehe ich Sie wirklich nicht mehr.«

»Aber so schwierig ist das doch gar nicht, Alma, altes Mädchen ... entschuldigen Sie, Frau Möhner! Sie suchen eine Stellung, und ich brauche Geld. Habe ich mich jetzt klar genug ausgedrückt?«

»Und Sie glauben, ich könnte Ihnen etwas geben?«

»Nicht etwas. Etwas genügt nicht, ich brauche schon eine ziemliche Spritze. Hundert Mille.«

»Sie müssen verrückt sein!« Alma Möhner erhob sich.

»Bleiben Sie, bleiben Sie, lassen Sie sich erklären!« Er stand ebenfalls auf, legte ihr beide Hände auf die Schultern und drückte sie wieder in den Sessel. »Ich bin kein Heiratsschwindler oder so was, sondern ein anständiger Handwerker ... Sie können Erkundigungen einziehen. Verstehen Sie mich doch! Auch ich habe zeitlebens in einer großen Firma gearbeitet ... immer mit dem Traum, mich selbständig zu machen. Aber als ich das Geld beisammen hatte, war die Konjunktur vorbei. Jetzt sitze ich da mit meinem frisch gewaschenen Hals.«

Sie spürte, daß er jetzt ehrlich war. »Das tut mir leid für Sie.«

»Aber Sie wollen mir nicht helfen?«

»Ich kann doch nicht dafür zahlen, daß Sie mich bei sich arbeiten lassen.«

»Aber warum denn nicht? Sie wollen aus Ihrem Betrieb heraus, und ich gebe Ihnen eine neue Stellung.«

»Jetzt will ich Ihnen mal was sagen, Herr Winkler! Erstens habe ich keine hunderttausend Mark auf der Bank ...«

»Wieviel denn?«

Sie überhörte bewußt diese Frage. »... und selbst wenn ich sie hätte, würde ich sie Ihnen nicht in den Rachen werfen. Lieber würde ich das Geld selbst angreifen und irgendwo für nichts arbeiten.«

»Na, bravo. Das ist auch ein Standpunkt!« Er war enttäuscht und wütend.

»Ja, und jetzt kennen Sie ihn.« Alma Möhner stand wieder auf. »Danke fürs Bier. Bringen Sie mir bitte meinen Mantel.«

Als sie wieder auf der Straße stand, wunderte sie sich, daß sie zwar enttäuscht, aber durchaus nicht niedergeschlagen war. Es hatte ihr wohlgetan, diesem »selbstgefälligen Burschen«, wie sie ihn im Geist nannte, die Zähne zu zeigen. Alles konnte man sich mit ihr denn doch nicht erlauben.

Sibylle Kern war fest entschlossen, mit Hans Kiesewetter Schluß zu machen. Für den Abend hatten sie sich in einem Biergarten verabredet. Ausnahmsweise war sie als erste da. Wort für Wort legte sie sich zurecht, was sie ihm sagen wollte, aber als sie einen halben Krug des starken, frisch vom Faß kommenden Biers geleert hatte, begann ihre Kampfstimmung zu verfliegen. Auch der Ort war nicht dazu angetan, als Hintergrund für eine harte Auseinandersetzung zu dienen. Die fröhlichen Stimmen der Leute, die den warmen Sommerabend genossen, das Klappen der Krugdeckel, die Rufe nach den Kellnerinnen, das alles wirkte einlullend und besänftigend. Es saß sich gut unter den riesigen alten Kastanien, und Sibylle entspannte sich mehr und mehr, wenn auch die schmalen Gartenstühle hart und unbequem waren; aber selbst das bemerkte sie nicht.

Als Hans Kiesewetter dann erschien, groß und breitschultrig, ein ansehnliches Mannsbild in den engen Jeans und dem karierten Baumwollhemd, schlug ihm Sibylles Herz, ganz gegen ihren Willen, zu. Sie winkte, damit er sie bemerkte, und er kam mit raschen Schritten an den kleinen Tisch.

»Es hat länger gedauert«, sagte er, »ich war in unserer Wohnung. Hast du mir schon bestellt?«

»Nein.«

Er nahm ihren Krug, klappte den Deckel auf und nahm einen durstigen Zug, winkte mit der freien Hand der Kellnerin. »Eine Maß . . .« Zu Sibylle gewandt, fügte er hinzu. »Wir trinken zusammen, ja? Dann bleibt's frischer.«

»Du bist ein lieber Junge.« Sie fuhr ihm mit der Hand durch das volle blonde Haar.

»Das klingt ja so . . .« Er fand nicht die richtigen Worte für das, was er ausdrücken wollte.

»Wie denn?«

»Als ob ich ein Kind wäre.«

»Du bist ein Mann.«

»Na also.«

Sie wartete, bis das frische Bier kam, ließ ihn von der Wohnung berichten, die er im Lehel gemietet hatte und die er beziehen wollte, sobald das Haus saniert und renoviert war.

»Du solltest sie jetzt mal sehen«, erzählte er, »wie die aussieht, wo die alten Möbel raus sind. Natürlich sieht sie immer noch scheußlich aus mit den Flecken in der Mauer und den abgeblätterten Tapeten, aber man kann sich doch vorstellen, wie es einmal sein wird, mit einem neuen Bad . . .« Es entging ihm in seiner Begeisterung, daß Sibylle gar nicht zuhörte.

Er nahm einen kräftigen Schluck von dem frischen Bier, sagte: »Ah, das tut gut!« und schob den Krug Sibylle zu.

Sie trank und wartete auf den Augenblick, wo sie ihm sagen konnte, was sie auf dem Herzen hatte. Aber sie mußte einsehen, daß er von sich aus das Thema nicht wechseln würde, und nahm die Gelegenheit wahr, ihn zu unterbrechen, als er wieder einmal den Krug ansetzte.

»Übrigens, ich muß dir noch was erzählen.«

Alarmiert hob er den Kopf und sah sie an. »Was?«

»Ach, es ist gar nichts Schlimmes, für mich ist es sogar höchst angenehm.« Sie hielt seinem Blick stand. »Ende des Monats fliege ich für ein paar Tage nach London. Mit meinem Chef.«

Sie erwartete, daß er protestieren würde, aber er hütete sich, ihr ein Stichwort zu geben.

»Ach so«, sagte er beherrscht, »na dann . . . viel Spaß.«

»Macht es dir gar nichts aus?«

»Macht es dir denn was aus, wenn's mir was ausmacht?«

»Doch.« Sibylle zeichnete mit dem schlanken Zeigefinger einen Kringel auf die Tischplatte. »Ich möchte dir nicht gern weh tun.«

»Reizend von dir.«

»Er muß zu einer Tagung. Es ist eine rein geschäftliche Reise.«

»Ich hab' mir schon gedacht, daß es kein Wochenendausflug wird«, sagte er ruhig.

Es wäre ihr lieber gewesen, wenn er eifersüchtig getobt hätte, dann hätte sie vielleicht die Kraft aufgebracht, mit ihm Schluß zu machen. Sie kannte ihn gut genug, um zu wissen, wie ihm zumute war und daß er sich eben nur deshalb beherrschte, um sie nicht zu verlieren. Das rührte sie und ließ den Grad seiner Liebe erkennen.

Sanft berührte sie seine Hand, die er, ohne es selber zu merken, zur Faust geballt hatte. »Sei mir nicht böse. Es tut mir ja selber leid, daß alles so gekommen ist.«

»Was tut dir leid?«

»Daß ich dich verlassen muß.« Er zuckte zusammen, und sie setzte rasch hinzu: »Für ein paar Tage, meine ich.«

»Du tust, als ob das ein unausweichliches Schicksal wäre.«

»Ist es auch. Das Schicksal einer Sekretärin.«

»Billy, jetzt hör mich mal an. Du kannst machen, was du willst, ich rede dir nicht mehr drein. Aber sei wenigstens ehrlich. Alles, was jetzt passiert, hast du selber gewollt. Und wenn du in London mit deinem Chef«, er spuckte das Wort förmlich aus, »ins Bett gehst, dann kanst du ihm vielleicht weismachen, daß er dich verführt. In Wirklichkeit hast du dann auch das gewollt.«

»Ich habe nicht vor, mit meinem Chef zu schlafen«, entgegnete sie und wurde jetzt endlich so wütend, wie sie es sich gewünscht hatte, »aber ich finde deine Art, hinter allem, was ich tu, was Dreckiges zu vermuten, einfach abscheulich.«

»Seit wann ist es was Dreckiges, mit jemand, in den man verliebt ist, ins Bett zu gehen?«

»Seit wann bin ich in meinen Chef verliebt?«

»Vom ersten Tag an. Du solltest dich bloß mal sehen, wenn du von ihm sprichst! Dieser verklärte Blick! Sogar deine Stimme wird ganz anders.«

»Das bildest du dir doch nur ein! Weil du eifersüchtig bist!«

»Quatsch. Sogar dein Vater hat's gemerkt.«

»Du sprichst also hinter meinem Rücken über mich?!«

»Nicht hinter deinem Rücken. Ich spreche über dich. Das stimmt. Mit deinem Vater. Was ist dabei?«

»Es paßt mir nicht!« Sie schlug mit der flachen Hand auf den Tisch, daß der Krug zu tanzen begann.

»Dann benimm dich gefälligst so, daß wir uns keine Sorgen um dich zu machen brauchen!«

Zornig, fast haßerfüllt, starrten sie sich an.

Dann begriff er, daß genau das passiert war, was er hatte vermeiden wollen. »Tut mir leid«, murmelte er, »ehrlich. Soll nicht wieder vorkommen.«

Sie atmete tief durch. »Du brauchst dich nicht zu entschuldigen. Ich bin an allem schuld, und ich weiß es. Ich habe dich furchtbar gern, aber es hat keinen Zweck mehr mit uns.«

»Bloß weil wir uns hin und wieder in die Haare kriegen?«

»Weil ich wieder frei sein will!«

Genau das hatte sie ihm sagen wollen, doch im gleichen Moment, da es heraus war, bereute sie es fast. Er war ihr so vertraut, sie kannte jeden Zug seines nicht hübschen, aber männlichen Gesichtes. Mit ihm, Hans Kiesewetter, hatte sie die ersten Zärtlichkeiten getauscht, er war ihr erster Mann gewesen, und obwohl sie nicht verheiratet waren, hatte sie sich seit damals als seine Frau gefühlt. Ihn zu haben, sich auf den Feierabend mit ihm zusammen zu freuen, hatte sie in den endlos öden Stunden im Hauptsekretariat aufrecht gehalten. Nun, da sie ihn von sich stieß, war es ihr, als löste sie sich von einem Teil ihrer selbst, und das tat weh.

Er nahm den Schlag gefaßt hin. »Also doch«, sagte er nur.

»Es hat doch keinen Sinn mehr mit uns, wir zanken uns dauernd und ...«

Er fiel ihr ins Wort. »Du brauchst mir nichts zu erklären. Stimmt, ich habe nur Hauptschulbildung, und du mit deiner Handelsschule bist was Besseres als ich.«

»Habe ich nie behauptet!«

»Aber gedacht hast du's und denkst es noch! Mag ja sein, daß du gebildeter bist als ich, aber der letzte Depp bin ich deshalb noch lange nicht. Ich weiß, was mit dir los ist. Von wegen dauernd zanken und so. Du hast es auf deinen Chef abgesehen ...«

»Ist ja nicht wahr!«

Er ließ sich nicht unterbrechen. »... aber paß bloß auf, daß du dich da nicht ins eigene Fleisch schneidest!« Er hielt die Kellnerin, die gerade vorbei eilte, am Arm fest. »Zahlen!«

Als sie wieder allein waren, sagte Sibylle, und ihre Stimme

klang geradezu ein wenig kleinlaut: »Ich verstehe ja, daß du enttäuscht bist. Alle unsere schönen Pläne . . .«

Er stand auf. »Spar dir deinen Schmus.«

»Hans, bitte . . . Können wir nicht gute Freunde sein?«

»Nein«, erwiderte er kalt, »und erwarte nur nicht, daß ich dir jetzt alles Gute für die Zukunft wünsche. Einen Dreck wünsche ich dir. Auf die Nase fallen sollst du, daß es nur so knallt.« Er drehte sich um und marschierte mit hoch erhobenem Kopf und langen Schritten davon.

Sibylle blieb in einem Wirrwarr von Gefühlen zurück. Sie war erleichtert, daß es überstanden war, und dennoch bedauerte sie, daß es zu einem solchen Ende hatte kommen müssen. Von jetzt an, das wußte sie, würde sie ganz auf sich gestellt sein, denn auch ihre Familie würde für ihre Entscheidung kein Verständnis haben.

Noch einmal führte sie den Krug an die Lippen, aber das Bier war schal geworden. Sie stand auf und ging, fühlte, während sie den Biergarten durchquerte, die bewundernden Blicke der Männer und die neidvollen der Frauen in ihrem Rücken. Ihr Herz wurde wieder frei und leicht, und leuchtend sah sie die Zukunft vor sich.

Klaus Samt war über den Berg. Die Eltern erfuhren es von der behandelnden Ärztin, als sie ihn am Sonntagvormittag besuchten. Sehr blaß und sehr schmal geworden, lächelte er ihnen durch die gläserne Trennwand der Isolierstation zu.

»Na siehst du! Alles halb so schlimm!« Erhard Samt legte mit einer versöhnlichen Geste den Arm um die Schultern seiner Frau.

»Es kann noch Komplikationen geben, hat die Ärztin gesagt.«

»Mußt du immer das Schlimmste denken?«

»Er hätte sterben können.«

Er zog seinen Arm zurück. »Gegen das Sterben ist niemand gefeit. Das kann jedem von uns passieren. Ich kann mit dem Auto verunglücken, du kannst überfahren werden . . .«

»Ich weiß, aber wir versuchen doch beide, das zu vermeiden!

Wie können wir dann unsere Kinder einer Gefahr aussetzen?«

»Du bist also nach wie vor entschlossen zu kündigen?«

»Ja.« Sie faßte seinen Arm. »Erhard, mach doch bitte nicht so ein Gesicht. Ich habe mir alles genau überlegt. Wir brauchen deshalb doch nicht unser Haus aufgeben!«

»Nicht? Bei den Hypotheken, die wir drauf haben? Wie stellst du dir das vor?«

»Es gibt nicht nur die European Insurance Company und nicht nur das verdammte Hauptsekretariat.«

»Stimmt! Aber es gibt auch keine andere Firma, die es sich gefallen läßt, wenn eine Angestellte bei jedem Wehwehchen ihrer Kinder einfach zu Hause bleibt!«

»Ich werde mir Putzstellen suchen, Erhard.«

Er blieb stehen. »Was willst du?«

»Mir Putzstellen suchen. Du hast mich ganz richtig verstanden. Ich habe mich erkundigt. Es gibt in Aubing eine Menge Leute, die froh wären, wenn sie eine Putzfrau hätten. Leute, die wie wir, morgens zur Arbeit fortfahren und abends wieder nach Hause kommen. Die zahlen gut, wenn man ihnen die Wohnung in Ordnung bringt, und da kommt es auch nicht so drauf an, wenn ich mal einen Tag ausfalle. Ganz davon abgesehen, daß ich dann ja immer mittags zu Hause sein und auch zwischendurch mal nach den Kindern sehen könnte.« Sie hatte so rasch gesprochen, daß ihr jetzt der Atem ausging und sie eine Pause machen mußte.

»Das hast du dir aber wunderbar ausgedacht«, sagte er.

»Ich habe wirklich lange überlegen müssen, bis ich drauf gekommen bin, Erhard. Aber das ist wirklich *die* Lösung! Du bist doch einverstanden?«

»Damit, daß meine Frau als Putzfrau arbeitet?«

»Und warum denn nicht? Ich würde auch als Klofrau gehen. Es gibt keine Arbeit, die einen Menschen erniedrigt.«

»Und hast du gar nicht an die Kinder gedacht?«

»Gerade an sie. Für sie tue ich es ja. Es kann nur gut sein, wenn sie rechtzeitig lernen, daß Geld nicht vom Himmel fällt, sondern daß man etwas dafür leisten muß. Unter meiner Tipperei im Schreibsaal haben sie sich nichts Rechtes vorstellen können. Das war ja auch eine, eine irgendwie sinnlose Betätigung. Aber wenn sie wissen, daß ich bei fremden Leuten putzen gehe, damit wir unser Haus behalten können, ja, das wird in ihre kleinen Schädel hineingehen.«

»Hast du keine Angst, daß ihre Freunde sie verspotten?«

»Dann wären das aber feine Freunde! Nein, Erhard, das glaube ich nicht. Und wenn, dann müssen sie eben damit fertig werden. Es wird einem im Leben nichts geschenkt. Gerade das sollen sie lernen.«

»Vielleicht hast du recht«, gab er zu.

»Oh, Erhard! Ich wußte ja, du würdest mich verstehen!« Ohne sich um die anderen Besucher zu kümmern, die ihnen entgegenkamen, reckte sie sich auf die Zehenspitzen und gab ihrem Mann einen Kuß. »Ein Stein ist mir vom Herzen gefallen! Was heißt ein Stein? Eine Zentnerlast, ein ganzer Steinbruch!«

Er nahm sie fest in die Arme. »Ich habe mich wie ein Idiot benommen!«

Lachend stimmte sie zu. »Das könnte man ohne Übertreibung sagen! Aber jetzt ist es ja vorbei. Laß uns nicht mehr darüber reden.«

»Ich glaube, wir sollten es nicht so rasch vergessen«, sagte er nachdenklich. »Wir haben unser Glück so selbstverständlich empfunden, so sicher. Aber das war es nicht und wird es nie sein. Ich habe mich für einen fabelhaften Ehemann und Familienvater gehalten. Aber kaum passierte was, das nicht in meinen Kram paßte, habe ich dich im Stich gelassen. Ich war ganz schön wütend auf dich.«

Sie hakte sich bei ihm ein. »Das habe ich gemerkt.«

»In einer Situation, in der du mein Verständnis gebraucht hättest, habe ich dich allein gelassen.«

»Es war ja auch meine Schuld. Ich hätte nicht durchdrehen dürfen. Aber jetzt ist alles gut, ja? So dumm werden wir nie wieder sein.«

Arm in Arm traten sie aus der dämmrigen Kühle des Krankenhauses in den warmen Sommersonnenschein.

*

Frau Wally Hagen zeigte Verständnis für Trude Samts Entschluß. »Es tut mir zwar leid, Sie zu verlieren«, erklärte sie, »aber ich glaube, Sie haben sich richtig entschieden.«

Trude Samt lächelte. »Ich bin froh, daß ich mich durchgerungen habe.«

»Sie können stolz darauf sein.«

Die anderen Frauen und Mädchen im Hauptsekretariat teilten allerdings diese Ansicht nicht; im Erholungsraum wurde Trude Samts Kündigung tüchtig durchgehechelt.

»Putzen gehen, das wäre das letzte, was ich täte!« behaupteten Helga Gruber und Betty Troll, sonst so verschieden, ausnahmsweise einmal einstimmig.

»Ich muß schon sagen«, meinte auch Alma Möhner, »obwohl mir die Arbeit im Hauptsekretariat ganz und gar nicht paßt, besser als für fremde Leute den Dreck zu wischen, ist sie immer noch.«

Trude Samt ließ sich nicht beirren. »Das kommt nur, weil ihr keine Kinder habt!«

»Geben Sie wenigstens einen aus?« erkundigte sich Betty Troll.

Trude Samt wurde ein wenig rot, weil sie sich nicht erlauben konnte, die ganze Gesellschaft, wie es sonst üblich war, zu einem Cocktail einzuladen. »Dazu besteht doch kein Grund. Es handelt sich ja nicht um eine Beförderung.«

»Nicht?« hakte Betty Troll nach. »Und ich dachte . . .«

Helga Gruber gab ihr einen Rippenstoß. »Du weißt doch, daß sie knapp bei Kasse ist!«

Aber Trude Samt hatte es doch verstanden. Blitzschnell rechnete sie nach, ob sie sich eine Einladung nicht vielleicht doch leisten konnte. Es hätte ihr sehr wohlgetan, vor den Kolleginnen aufzutrumpfen. Doch gleich ließ sie den Gedanken wieder fallen. Es wäre hinausgeworfenes Geld gewesen. Sie würde keine von ihnen je wiedersehen.

»Stimmt«, gab sie zu, »ich habe ja während der Krankheit meines Jungen tagelang auf Prämien verzichten müssen. Andererseits sehe ich aber auch gar keinen Grund, was springen zu lassen.

Ich hab' ja auch nie eine Einladung angenommen.« Bei diesen Worten warf sie ihren Joghurtbecher in den Papierkorb, erhob sich und ging in den Schreibsaal zurück.

»Ziege!« sagte Betty Troll laut und vernehmlich.

Unter gewöhnlichen Umständen hätte eine der anderen sie zurechtgewiesen, aber diesmal erntete sie Beifall und Gelächter.

Trude Samt begriff, daß sie sich unbeliebt gemacht hatte, doch das war ihr herzlich gleichgültig. Sie war erleichtert, das Hauptsekretariat bald nie mehr betreten zu müssen.

Carola Anders hatte sich sehr rasch im Verwaltungsservice eingearbeitet. Daß es dort sehr lebhaft, ja, zuweilen geradezu hektisch zuging, störte sie nicht. Es gefiel ihr sehr viel besser als in dem eintönigen Hauptsekretariat, und sie war dem Schicksal dankbar, daß es sie hierher verschlagen hatte.

Rasch hatte sie gelernt, Fahrpläne zu lesen und die besten Verbindungen auszuknobeln, mit Flughäfen und Hotels zu telefonieren. Ihre neue Tätigkeit machte ihr Spaß, wenn sie auch eine starke Konzentration erforderte; sie mußte höllisch aufpassen, kein Durcheinander zwischen den Reiseplänen der verschiedenen Herren anzurichten.

Abends traf sie sich sehr häufig mit Michael Hagen. Zweimal in der Woche gab er ihr Englischunterricht in der kleinen Bibliothek des Mädchenwohnheims. Zwar träumte sie immer noch von Peter Karpenter, aber Michael hätte sie sich nicht mehr aus ihrem Leben wegdenken können.

Einmal küßte er sie. Sie saßen nebeneinander auf einer Bank im Englischen Garten und plauderten zur Übung englisch miteinander. Sie hatte den Kopf mit dem flammend roten Haar an seine Schultern gelehnt, und die Gelegenheit verführte geradezu zum Küssen. Aber da er es noch nie versucht hatte, war es für sie überraschend. Sie kam gar nicht dazu, sich zu wehren, und als sie begriff, was ihr geschah, gefiel es ihr auch schon, und sie machte mit.

»Na, es ist mir also doch gelungen«, sagte er lächelnd, als er sie freigab.

»Was denn schon?« gab sie spitz zurück. »Als ob es ein Kunststück wäre, ein vertrauensseliges Mädchen zu überrumpeln!«

»Wenigstens hast du einmal nicht an diesen Kerl gedacht.«

»Das tue ich sowieso nicht dauernd.«

»Freut mich zu hören.« Er nahm ihre Hand. »Sag mal, Rolly, meinst du nicht selber, daß du ihm jetzt lange genug nachgetrauert hast? Der Bursche verdient das doch gar nicht.«

Sie seufzte, und ihre grünen, lang bewimperten Augen wurden feucht. »Du hast gut reden.«

»So schlimm?«

»Noch schlimmer, das heißt . . . allmählich geht's schon, Michael. Du hast mir sehr geholfen.«

»Der gute alte Michael als Medizin für ein gebrochenes Herz!« spottete er zärtlich.

»Ich habe mir selber schon überlegt«, gestand sie, »ob ich nicht doch mit dir schlafen sollte . . .« Sie wurde rot, als sie es aussprach. »Als Gegenmittel sozusagen. Aber das wäre nicht fair dir gegenüber.«

»Hast recht, das wär' es nicht.« Er küßte sie wieder auf die gleiche zärtliche Art.

Endlich stemmte sie ihre Hände gegen seine Brust. »Küssen kannst du, das muß man dir lassen.«

»Nicht nur küssen.«

Carola holte einen kleinen Spiegel aus ihrer Handtasche und wischte sich den verschmierten Lippenstift mit einem Papiertuch ab. »Ich glaub's dir.«

Er zündete sich eine Zigarette an. »Ich finde, wenn du ihn nicht vergessen kannst«, sagte er nachdenklich, »dann solltest du versuchen, von dir aus wieder Verbindung mit ihm aufzunehmen.«

»Ist das dein Ernst?« Sie richtete sich kerzengerade auf.

»Ja.«

»Dann liegt dir also gar nichts an mir?«

Er lächelte. »Du möchtest also, daß mir was an dir liegt?«

»Ich hatte immer gedacht . . .« Sie wurde rot. ». . . du hast so getan . . .«

»Nein, nein«, sagte er beruhigend, »es ist schon so, ich habe dir nichts vorgemacht, nur ... eine so einseitige Beziehung ist doch auf die Dauer sinnlos.«

»Du willst Schluß machen?« Sie war so ehrlich erschrocken, daß sie es nicht verbergen konnte.

»Du, das war jetzt sehr, sehr süß von dir!« Er streichelte sanft ihre Wange. »Nein, ich will dich nicht verlieren, aber ich will diesem Zustand ein Ende machen. Ich will die Entwicklung der Dinge beschleunigen, verstehst du?«

»Aber wie?«

»Indem du mit ihm Verbindung aufnimmst. Weißt du, wo er wohnt?«

»Im Arabellahaus, ja.«

»Dann geh hin.«

»Das kann ich nicht ... ich meine, wie sieht denn das aus! Ich kann ihm doch nicht nachlaufen, und außerdem ... er ist gar nicht in München.«

»Woher weißt du das?«

»Weil er es mir geschrieben hat. Ein plötzlicher Regieauftrag. Er mußte fort.«

»Er ist also Regisseur? Nenn mir seinen Namen. Ich müßte ihn kennen.«

»Peter Karpenter«, sagte Carola zögernd.

»Nie gehört.«

»Was besagt das schon?« Sie warf die rote Mähne in den Nacken. »Du kannst doch nicht alles wissen.«

»Sicher nicht. Versuchen wir es mal anders herum. Er hat doch bestimmt Telefon. Du brauchst ihn also nur anzurufen. Wenn er nicht da ist, ist er möglicherweise wirklich verreist. Meldet er sich, dann weißt du, daß er dich belogen hat.«

»Was soll ich ihm aber sagen?«

»Du bist doch nicht auf den Mund gefallen! Frag ihn, warum er dich hat sitzenlassen, oder besser, seit wann er wieder im Lande ist und ob ihr euch nicht bald mal treffen könnt. Na, wie wäre das?«

»Ach, Michael!« Carola seufzte schwer. »Als ob ich mir das alles nicht selber schon zigmal überlegt hätte. Aber ich bring's einfach nicht fertig.«

»Du hast Angst vor der Wahrheit«, stellte er fest.

»Nein, nein, das ist es nicht, es ist nur . . . er ist so viel älter als ich, so überlegen! Ich . . . ich habe Angst, ich komme nicht gegen ihn auf.«

»Eine merkwürdige Liebe.«

»Spotte nicht, Michael, du kennst ihn nicht. Du würdest auch begeistert von ihm sein. Na, vielleicht nicht gerade begeistert, aber beeindruckt ganz bestimmt. Er sieht so phantastisch aus und hat so viel Kultur und . . .«

Michael drückte seine Zigarette aus. »Ich glaube doch, wir sollten das Thema wechseln.«

»Bist du böse?«

»Nein. Ich bereue nur, daß ich damit überhaupt angefangen habe. Anscheinend ist es nicht Verständnis, was du brauchst, sondern eine kalte Dusche.«

Carola Anders erhielt ihre kalte Dusche schon wenige Tage nach diesem Gespräch.

Da sie die Jüngste im Verwaltungsservice war, kam es hin und wieder vor, daß sie kleine Botengänge übernehmen mußte. Das machte ihr nichts aus, im Gegenteil, es gefiel ihr, sich während der Arbeitszeit die Füße vertreten zu können. Anders als im Hauptsekretariat gab es ja keine Möglichkeit, sich Prämien zu verdienen. Sie versäumte also nichts, wenn sie auch sehr schnell herausgefunden hatte, daß Frau Hermes, ihre neue Abteilungsleiterin, die Zeit kontrollierte, in der sie unterwegs war. Zu einer Kaffeepause reichte es also nie.

So machte sie sich auch an diesem Morgen ganz vergnügt auf den Weg zum Bahnhof, wo sie einen Stoß Fahrkarten abholen sollte. Es war halb zehn, als sie mit dem Lift hinunterfuhr, eine Zeit also, in der sie normalerweise die Halle nie betrat.

Zwei Herren, Abteilungsleiter ohne Frage, traten durch die gläserne Tür von der Straße her ein. Sie hatten das helle Tageslicht im Rücken, so daß Carola sie zuerst nur umrißhaft sah.

Aber als die Herren die Halle halb durchquert hatten, erkannte sie die Gesichter – ein Gesicht: das von Peter Karpenter. Er war anders angezogen und anders frisiert, als sie ihn in Erinnerung hatte. Er trug einen korrekten hellgrauen Flanellanzug, und das Haar war hinter die Ohren gestrichen. Aber er war es; es bestand kein Zweifel.

Mit zwei, drei Schritten kam sie schräg auf ihn zu und wollte ihn begrüßen. Aber er schien sie gar nicht zu bemerken und sah durch sie hindurch, als wäre sie Luft.

Mit hängenden Armen blieb sie stehen und begriff erst einmal gar nichts. Warum schnitt er sie? Was hatte sie ihm getan? Was hatte er? Ihr schwindelte geradezu der Kopf.

Dann drehte sie sich um und sah ihn gerade noch mit seinem Begleiter im Lift verschwinden.

Und plötzlich wußte sie die Wahrheit: Er war nie der Regisseur gewesen, für den er sich ausgegeben hatte, sondern er war der Leiter der Lebenabteilung.

Als er erkannt hatte, daß auch sie in der European Insurance Company arbeitete, hatte er sie fallen lassen wie eine heiße Kastanie. Sein Brief war eine Lüge, seine Rosen nichts als ein kleines Trostpflaster zum Abschied gewesen. Und sie hatte nichts verstanden und sich immer weiter an die Hoffnung seiner Wiederkehr geklammert.

Obwohl Carola alles durchschaute, konnte sie sich nicht von einer Minute zur anderen mit dem Ende ihrer Träume abfinden. Sie drehte sich auf dem Absatz um, stürzte zu einem der Aufzüge und fuhr in den zwölften Stock zur Lebenabteilung hinauf. Ohne anzuklopfen stürmte sie in das Vorzimmer Peter Karpenters, bereit, sich auch mit Gewalt den Weg zu ihm zu bahnen.

Aber seine Sekretärin, sehr attraktiv und sehr sicher, nahm ihr sofort den Wind aus den Segeln. »Sie sind Fräulein Anders, nicht wahr? Herr Karpenter erwartet Sie schon.« Sie stand auf und begleitete sie zum Arbeitszimmer.

Peter Karpenter wartete, bis die Tür hinter ihr ins Schloß fiel, dann sagte er: »Ich wußte, daß du kommen würdest. Es sieht dir ähnlich.« Er rührte sich nicht hinter seinem Schreibtisch hervor. »Komm, setz dich und spuck aus, was du auf dem Herzen hast.

Ich habe dich belogen? Na, wenn schon. Warum soll man einem Mädchen, das man zufällig kennt, gleich die Wahrheit auf die Nase binden. Ein Regisseur . . . das ist doch für euch was Romantisches. Und dann habe ich dich weiter belogen, um dir den Abschied zu versüßen. War das denn nicht nett von mir?«

»Du bist ein Scheusal«, sagte sie mit erstickter Stimme.

»Es hat mir leid getan, so schnell mit dir zu brechen. Ich bin nämlich ziemlich wählerisch, was meine Beziehungen zu Frauen betrifft, und das macht sie normalerweise einigermaßen haltbar. Aber was sollte ich denn tun, als ich erfuhr, daß du zur Company gehörst? Ich fang nun mal prinzipiell nichts mit Mädchen aus der Firma an. Das gibt doch immer nur Komplikationen.«

Sie stand immer noch da und blickte ihn nur an.

»Du kannst froh sein, daß ich nicht versucht habe, dich rauswerfen zu lassen. Statt dessen habe ich dich in meiner übergroßen Güte gefördert. Du kannst dir jetzt wohl denken, wem du deinen Job im Verwaltungsservice zu verdanken hast.«

»Ich pfeif auf meinen Job!«

»Hätte ich dich etwa heiraten sollen? Du bist nicht bei Trost, wenn du dir das erhofft hast. Ich heirate doch kein Mädchen, das es den Männern so leicht macht.«

»Nicht den Männern . . . nur dir!«

»Einem Mann, das genügt. Glaubst du, ich will eine Frau haben, um deren Treue ich dauernd zittern muß? Aber ich will ehrlich sein: Das ist es nicht allein. Wenn ich heirate – und ich werde mich wohl bald entschließen müssen –, dann nur eine Frau mit Vermögen, Einfluß und gesellschaftlicher Stellung. Ist das klar?«

Carola sah ihn nur an und wußte, daß sie ihn bis heute nicht gekannt hatte – daß sie einen Mann geliebt hatte, den es in Wahrheit gar nicht gab. Ein Alpdruck fiel von ihr ab.

»Na, der wünsche ich aber dann viel Glück«, erklärte sie mit fester klarer Stimme, »in der Ehe mit dir wird sie's brauchen können!«

Er war gar nicht beleidigt, sondern lachte nur und wirkte auf einmal wieder fast nett. »Bravo, Mädchen! So gefällst du mir!«

»Schade, daß ich dir das Kompliment nicht zurückgeben kann«, entgegnete sie, »du hast mir schon mal viel besser gefallen!« Sie drehte sich um und ging.

Mit festen Schritten durchquerte sie das Vorzimmer und verabschiedete sich von Peter Karpenters Sekretärin mit einem kühlen Kopfnicken.

Aber sie war nicht halb so sicher, wie sie wirkte. Konnte sie denn überhaupt noch in der Company bleiben? Konnte sie nach allem, was vorgefallen war, Peter Karpenters Protektion annehmen?

Es gab nur einen Menschen, mit dem sie darüber sprechen konnte: Michael.

Helga Gruber war an diesem Morgen gar nicht zur European Insurance Company gefahren. Schon am Tag zuvor hatte sie Wally Hagen davon verständigt, daß sie heute endlich ihren Termin beim Rechtsanwalt hatte.

Die Kanzlei des Rechtsanwalts Dr. Karl Schütz lag ganz in der Nähe ihrer Wohnung, sozusagen um die Ecke, in der St.-Anna-Straße. Das war auch der Grund, warum sie sich für ihn entschieden hatte. Bisher hatte sie noch nie im Leben etwas mit den Gerichten zu tun gehabt und hatte auch keinen Juristen in ihrem kleinen Bekanntenkreis.

Mit besonderer Sorgfalt hatte sie sich zurechtgemacht, obwohl sie selbst nicht wußte, warum. Auch wenn sie noch so schön war, würde der Rechtsanwalt es nicht um einen Pfennig billiger machen. Aber es hob ihr Selbstgefühl, gut auszusehen. Und Selbstgefühl konnte sie zu diesem Gang bitter brauchen. So wählte sie eine rosa Bluse, deren Farbe ihrer Haut schmeichelte, und zog darüber ein graues Zeltkleid, das sie sich für diesen Anlaß gekauft hatte. Sie benutzte Wimperntusche, Rouge und Lippenstift und stellte bei einem letzten Blick in den Spiegel fest, daß die Spuren der Verwüstung, die sie in der Zeit ihrer tiefsten Niedergeschlagenheit zu zerstören gedroht hatten, fast nicht mehr zu sehen waren. Nur die Schatten unter ihren dunkelgrauen Augen verrieten, daß sie litt.

Es war ein strahlend schöner Tag, und die Sonne tat ihr weh. Die Kanzlei lag im ersten Stock eines alten, grauen Hauses. Helga Gruber verzichtete darauf, den Lift zu benutzen, und ging zu Fuß hinauf. Als sie klingelte, klopfte ihr das Herz, und sie versuchte sich einzureden, daß es vom Treppensteigen käme.

Eine nicht mehr junge, sehr freundliche Sekretärin führte sie in ein Wartezimmer; mit einem Blick auf ihre Armbanduhr sagte sie: »Ich weiß, Sie sind für neun Uhr angemeldet, Frau Gruber. Aber der Herr Doktor ist noch in einer Sitzung. Es wird aber sicher nicht mehr lange dauern.«

»Das wäre schön.« Helga Gruber versuchte ihre steigende Nervosität wegzulachen. »Ich hab' so ein Gefühl wie beim Zahnarzt.«

»Nur keine Bange, bei unserem Herrn Doktor tut es gar nicht weh.«

Allein gelassen, begann Helga Gruber in den aufliegenden Zeitschriften zu blättern, aber sie fand nichts, womit sie sich hätte zerstreuen können. Endlich stand sie auf und ging in dem kleinen Raum auf und ab, während sie sich wieder und wieder zurechtlegte, was sie Dr. Schütz sagen wollte – nur das Notwendigste, hatte sie beschlossen, auf keinen Fall wollte sie vor einem fremden Menschen schmutzige Wäsche waschen.

Es kam aber alles ganz anders.

Dr. Schütz, ein ausgesprochen gepflegter Mann in den vierziger Jahren, war so ruhig, so sympathisch und so verständnisvoll, daß Helga Gruber, als sie erst einmal über den stockenden Anfang hinausgekommen war, ihm wie unter Zwang die ganze Geschichte ihrer Ehe bis zum bitteren Ende erzählte. »Und deshalb«, schloß sie, »möchte ich die Scheidungsklage einreichen!«

»Das ist auch das Vernünftigste, was Sie tun können. Sehen Sie, Frau Gruber, es gibt Fälle, in denen ich eine Klientin bitte, sich die Sache noch einmal zu überlegen. Aber bei Ihnen weiß ich, daß Sie sehr lange über alles nachgedacht haben, nicht wahr?«

»Ja.« Helga Gruber fühlte sich ausgelaugt und gleichzeitig doch auch erleichtert.

»Es ehrt Sie, daß Sie sich eine Mitschuld am Scheitern Ihrer Ehe geben, Frau Gruber ...« Er unterbrach sich. »Kann ich Ihnen übrigens etwas anbieten? Eine Tasse Tee? Kaffee? Whisky?«

»Nein, danke, wirklich nicht.«

»Nun, ich pflege um diese Zeit eine Tasse Kaffee zu trinken ... wollen Sie mir nicht doch Gesellschaft leisten?«

»Wenn das so ist ...«

Helga Gruber lehnte sich in ihrem Sessel zurück. Erst jetzt kam sie dazu, den Raum zu betrachten, der eher einem modernen, geschmackvoll eingerichtetem Wohnzimmer glich als einer Kanzlei, wie sie sie sich vorgestellt hatte. Es gab zwar einen Schreibtisch nahe dem Fenster, aber Dr. Schütz hatte sie gleich zu der kleinen Sitzgruppe geführt, die sich um einen Messingtisch mit Marmorplatte gruppierte.

Dr. Schütz stand auf, ging zum Schreibtisch, betätigte eine Taste der Sprechanlage und bestellte zweimal Kaffee.

»Um noch einmal auf diesen Punkt zurückzukommen«, sagte er, während er wieder ihr schräg gegenüber Platz nahm, »es hat mir imponiert, daß Sie eine Mitschuld nicht ganz ausschließen. Wir sollten das aber in der Klageschrift doch lieber nicht verankern.«

»Da haben Sie recht. Ich weiß gar nicht, warum ich es Ihnen überhaupt erzählt habe!«

»Das war schon gut so!« Er schenkte ihr ein ermutigendes Lächeln. »Es erleichtert meine Arbeit erheblich, wenn ich über die wirklichen Zusammenhänge Bescheid weiß. Außerdem könnte es Ihrem Gatten oder dessen Verteidiger einfallen, Ihnen die Schuld daran zu geben, daß er seine Begabung als Künstler nicht entfalten konnte. Jetzt bin ich darauf vorbereitet.«

»Und dann?«

»Ich zweifle, ob er damit durchkommen würde. Richter haben im allgemeinen kaum Verständnis für Männer, die sich erst von einer Frau aushalten lassen und sich hinterher noch darüber beklagen. Nein, er wird schon die Alleinschuld auf sich nehmen müssen.«

»Mir ist nur wichtig, daß ich überhaupt geschieden werde.«

»Ist Ihnen auch klar, was Sie da sagen?« Dr. Schütz hob die

grauen Augenbrauen.

»Ja. Ich will um jeden Preis geschieden sein. Wir haben keine Kinder, und die Wohnung mit allem, was dazu gehört, ist mein Eigentum.«

Die Bürokraft, die Helga Gruber hereingelassen hatte, brachte auf einem Tablett zwei gefüllte Kaffeetassen, Zucker, Sahne und Süßstoff und stellte alles auf die Marmorplatte des niedrigen Tisches. »Recht so, Herr Doktor?«

»Vielen Dank, Fräulein Lachmann.«

Dr. Schütz und Helga Gruber bedienten sich.

»Seien Sie mal ganz ehrlich . . .« begann Dr. Schütz.

»Ich war Ihnen gegenüber von Anfang an ehrlich.«

»Das habe ich gemerkt. Aber Ihre Geschichte endet in dem Augenblick, in dem Ihr Gatte Sie verläßt. Was war danach?«

»Danach?« Helga Gruber starrte ihn verständnislos an.

»Ich möchte wissen, ob Sie danach einen Mann kennengelernt haben, für den Sie sich interessieren. Sehen Sie, Frau Gruber, ich bin kein Sittenrichter . . . ganz davon abgesehen, daß auch der strengste Sittenrichter wahrscheinlich Verständnis dafür haben würde, wenn Sie sich, nach der Riesenenttäuschung, einem anderen zugewandt hätten.«

»Aber das entspricht nicht den Tatsachen.«

»Kann ich da darauf bauen?«

»Einen ganzen Wolkenkratzer.« Jetzt lächelte Helga. »Im Hauptsekretariat sind wir ja nur Weiber, und wenn ich darüber nachdenke, dann sind Sie, Herr Doktor, der erste Mann, mit dem ich seit dem Verschwinden von Thomas auch nur gesprochen habe.«

»Sie scheinen ziemlich einsam zu sein«, sagte er nachdenklich.

»Ja«, gab Helga zu, »sehr.« Sie nahm einen Schluck Kaffee und fügte hinzu: »Aber das soll sich jetzt alles ändern. Im Herbst komme ich in ein Sekretärinnen-Kolleg, und wenn ich Glück habe, werde ich dann auch bald als Sekretärin eingesetzt und . . .«

»Ich denke, Sie sind Sekretärin!«

»Aber ich arbeite doch nur in einem Schreibsaal. Ein bloßer

Schreibsaal ist es, wenn er auch beschönigend Hauptsekretariat genannt wird. Ich habe zwar eine Handelsschulausbildung und habe früher als Stenotypistin gearbeitet. Doch das spielt keine Rolle. Wir sind alle bloß Phonotypistinnen, dürfen uns aber Sekretärinnen nennen.«

»Aber warum dann – besonders in Ihrem speziellen Fall – ein Sekretärinnen-Kolleg?«

»Ach, das ist bei der European Insurance Company so üblich.« Helga Gruber lächelte. »Man lernt da zwar nicht viel dazu, habe ich mir sagen lassen, aber man kriegt eingebleut, wie man seinen Chef zu behandeln hat, so nach dem Motto: Der Chef hat immer Recht. Und wenn er mal was falsch gemacht hat, darf man ihn nicht darauf aufmerksam machen, dadurch könnte man ihn verunsichern; man muß die Sache selber und ganz diskret wieder ausbügeln.«

Jetzt lachte Dr. Schütz. »Das scheinen ja komische Chefs in Ihrer Company zu sein!«

»Ich denke, die sind ganz normal.«

»Da bin ich jedenfalls . . .« Dr. Schütz stockte und strich sich über das glatt rasierte Kinn. »Vielleicht bin ich nicht mal anders. Niemand liebt es, auf Fehler aufmerksam gemacht zu werden, nicht wahr? Und wer weiß, was für Dummheiten meine Kanzleivorsteherin schon in aller Stille in Ordnung gebracht hat.«

»Das glaube ich nicht!« sagte Helga Gruber spontan.

»Muß es denn unbedingt die European Insurance Company sein?« fragte Dr. Schütz.

Helga Gruber wußte einen Augenblick lang nichts zu sagen. »Wie meinen Sie das?« fragte sie endlich.

»Haben Sie nie daran gedacht, sich zu verändern?«

»Nein«, gestand Helga Gruber, selber ganz verwundert, daß sie noch nie auf diese Idee gekommen war, »eigentlich haben Sie recht!«

»Sagten Sie nicht, daß Sie an guten Tagen bis zu hundertfünfzigtausend Anschläge schaffen?«

Helga Gruber verzog das Gesicht. »Aber die sind leider schon längst vorbei. Das hält man auf die Dauer nicht durch. In letzter

Zeit waren es nur noch hundertdreißig.«

»Auch nicht schlecht. Wie steht's mit Fremdwörtern und Orthographie?«

»Müssen wir können. Das ist Voraussetzung. Manche Sachen werden ja auch furchtbar schlecht diktiert. Die müssen wir erst in ein richtiges Deutsch übersetzen.«

»Sie scheinen ja das reinste Wunderkind zu sein.«

»Leider hapert's mit meiner Stenographie«, gestand sie.

»Die brauchen Sie bei mir nicht. Ich diktiere alles auf Band.«

»Bei Ihnen?« fragte Helga Gruber ganz verblüfft.

»Ja. Ich bin gerade auf der Suche nach einer tüchtigen Kraft. Der Text für das Inserat ist schon aufgesetzt. Aber vielleicht kann ich mir das Geld für die Annonce sparen.«

»Sie würden mich nehmen?«

»Ja, warum denn nicht? Sie sind gebildet, haben ein nettes Wesen, sehen gut aus und tippen wie die Feuerwehr. Ich hätte Sie sehr gern bei mir in der Kanzlei. Und Sie wollen aus dem eintönigen Trott heraus und eine interessante Arbeit, nicht wahr? Also überlegen Sie es sich.«

»Da gibt es gar nichts zu überlegen!«

»O doch. Wir wollen nichts überstürzen, Frau Gruber. Da ist zum Beispiel das Problem der Überstunden.«

»Ich arbeite mit Vergnügen bis in die Nacht!«

Er lächelte über ihren Eifer. »Ich sehe schon, wir werden zusammenkommen. Aber entscheiden wollen wir heute noch nichts. Überschlafen Sie bitte die Sache. Ich möchte Sie nicht von Ihrer heiß geliebten Company weglocken.«

»Wenn Sie wüßten, wie ich die hasse. Ich habe dort doch nur geschuftet, um meinen Mann zu ernähren und immer wieder schnell bei ihm zu Hause zu sein.«

»Womit wir wieder bei unserem eigentlichen Thema wären. Wir müssen die Scheidung möglichst rasch durchpauken, sonst sind Sie, wenn er in Rom nicht reüssiert, dazu verpflichtet, ihn weiterhin zu ernähren.«

»Das kann doch nicht sein!«

»O doch. Es ist so. Solange er nicht allein schuldig geschieden ist, müssen Sie ihn notfalls ernähren. Da haben Sie mit den alten Ehegesetzen noch Glück. Bei den neuen, Sie wissen schon, denen, die in der Planung sind, soll das Schuldprinzip ja wegfallen. Das würde viele Vorteile haben, andererseits, gerade in Ihrem Fall, würde Ihr Geschiedener Ihnen immer wieder, zumindest von Zeit zu Zeit, auf der Tasche liegen.«

»Er ist doch gesund und stark! Kann er da nicht gezwungen werden, einen anderen Beruf zu ergreifen?«

»Das ist so eine Sache. Nach allem, was Sie mir von ihm erzählt haben, würde er sich wahrscheinlich so ungeschickt anstellen, daß er gleich wieder vor die Tür gesetzt würde . . . aber lassen wir das Theoretisieren. Hat er Ihnen mal aus Rom geschrieben?«

»Nein.«

»Das ist gut.« Dr. Schütz machte sich eine Notiz. »Dann kommt zum Ehebruch noch böswilliges Verlassen.«

»Aber ich habe ihn doch fortgeschickt!«

»Das ändert nichts am Tatbestand. Er ist noch mit Ihnen verheiratet und hätte Ihnen zumindest seine Anschrift mitteilen müssen. Sie hätten ja sterben können, und er hätte es nicht erfahren.«

Einen schlimmen Moment lang dachte Helga Gruber, wie nahe sie tatsächlich daran gewesen war, ihr Leben wegzuwerfen. »Das ist wahr«, sagte sie, und mußte sich räuspern, weil ihr ein Kloß im Hals saß.

»So müssen wir also eine Detektei beauftragen, damit wir ihm die Klageschrift zustellen können. Es wird nicht weiter schwierig sein, ihn zu finden. Als Ausländer unterliegt er der Meldepflicht, und wahrscheinlich wird er sich auch um eine Arbeitserlaubnis bemüht haben, wenn er noch in Rom ist.«

»Wenn«, sagte Helga Gruber.

»Sie meinen, das sei nicht sicher?«

»Bei Thomas ist durchaus nichts sicher.«

»Außer daß er, wenn sein Geld alle ist, wieder zu Ihnen kommen wird. Haben Sie schon daran gedacht?«

»Ich werde mich auf keinen Fall mit ihm versöhnen.«

»Gut so. Aber Sie dürfen ihm auch kein Geld geben.«

»Das habe ich doch schon getan! Ich habe ihm zum Abschied dreitausend Mark in die Hand gedrückt!«

»Hm, hm«, sagte Dr. Schütz, »sehr nobel.«

Helga Gruber verteidigte sich. »Ich konnte ihn doch nicht ohne einen Pfennig auf die Straße werfen!«

»Sehr anständig, ich meine es wirklich so. Diese dreitausend Mark sind gerade noch zu verteidigen, als einmalige Zahlung. Falls Sie ihn aber weiter unterstützen, könnte das Gericht daraus schließen, daß Sie sich ihm gegenüber, entgegen allem, was wir vorbringen, dennoch schuldig und sich deshalb verpflichtet fühlen, für ihn zu sorgen.«

»Ziemlich kompliziert das Ganze!« Helga Gruber seufzte.

»Überhaupt nicht! Sie brauchen nur das zu tun, was ich Ihnen sage. Falls er wieder auftauchen sollte, nehmen Sie ihn nicht in die eheliche Wohnung auf, gehen Sie auf keinen Fall mit ihm ins Bett, denn das würde vor Gericht als Verzeihung und Versöhnung gewertet werden, und geben Sie ihm keinen Pfennig.«

»Er ist doch ein Kind«, sagte Helga Gruber zögernd.

»Ein Kind, das endlich erwachsen werden muß. Vielleicht erscheint er ja auch gar nicht, dann sind alle meine Ermahnungen hinfällig.«

»Gott geb's!«

Jetzt kam ein Augenblick, der Helga etwas peinlich war. »Darf ich Ihnen eine Anzahlung geben? Über fünfhundert Mark?«

»Sehr schön! Ich muß ja auch den Detektiv entlohnen.«

Sie schrieb einen Scheck aus, und Dr. Schütz nahm ihn entgegen.

Dann erhob er sich. »Das wär's also. Ich bringe den Fall ins Rollen, und sobald sich etwas Neues ergibt, werde ich Sie verständigen. Falls Sie eine Nachricht von ihm erhalten, bringen Sie sie gleich zu mir.«

Auch Helga Gruber stand auf und reichte dem Rechtsanwalt die Hand; allen Mut zusammennehmend fragte sie: »Und wann kann ich anfangen?«

»Mein Fräulein Lachmann verläßt mich am ersten September. Ist es Ihnen denn so ernst?«

»Ja.«

»Dann müssen wir uns doch mal über Ihre Gehaltsvorstellungen unterhalten. Was verdienen Sie denn bei der Company?«

»So etwas eintausendachthundertvierzig ... brutto natürlich.«

»Das könnten Sie bei mir auch bekommen.«

»Wunderbar!«

»Also überlegen Sie es sich und lassen Sie mich Ihre Antwort wissen!« Er führte sie zur Tür.

Natürlich dachte Helga Gruber gar nicht daran, ihe Antwort zu überschlafen. Ihre Entscheidung war schon im Gespräch mit Dr. Schütz gefallen. Daß der sympathische Rechtsanwalt eine Sekretärin suchte, schien ihr geradezu ein Wink des Himmels zu sein. Endlich würde Schluß sein mit dem Tippen stumpfsinniger Briefe, deren Sinn, aus dem Zusammenhang der Geschäftsbeziehungen gerissen, auch für die beste Phonotypistin unverständlich bleiben mußte.

Helga Gruber hätte das Angebot des Rechtsanwaltes auch dann angenommen, wenn sie weniger bei ihm verdient hätte als in der Company. Die interessante Arbeit hätte in ihren Augen den Verdienstausfall mehr als wettgemacht. Daß er ihr aber genauso viel zahlen wollte, war für sie Glück über Glück. Auf die Überstunden freute sie sich geradezu – was hatte sie schon von ihrem frühen Feierabend, seit Thomas sie verlassen hatte? Es graute ihr davor, einsam und allein in ihrer schönen Wohnung zu sitzen. Und der Alkohol, der ihr Vergessen brachte, würde sie, das wußte sie, ruinieren, wenn sie nicht rechtzeitig davon loskam.

Strahlend stürmte sie eine halbe Stunde später in das Hauptsekretariat – aber der ehrfurchtgebietende Stahlschreibtisch von Frau Hagen war verwaist.

Drei Meter vor ihm stoppte sie ihren Lauf und rief: »Nanu? Ist die Hagen krank geworden?«

Trotz der Abwesenheit der Chefin hatten die Mädchen und Frauen fleißig getippt, aber bei Helga Grubers Auftritt hatten doch einige neugierig die Köpfe gehoben.

Es war Betty Troll, die in ihrer berüchtigt vorlauten Art antwortete: »Schön wär's! Aber die ist bloß beim Schmitt!«

»Ach so!« Helga Gruber war enttäuscht, ihre Neuigkeit nicht gleich loswerden zu können; einen Augenblick überlegte sie, ob sie sie nicht vor versammelter Mannschaft verkünden sollte, aber dann änderte sie ihren Entschluß. Sie hatte aufgrund ihrer persönlichen Situation zu den Kolleginnen seit jeher ein besonders distanziertes Verhältnis gehabt. Seit Sibylle Kern, Carola Anders und Trude Samt gegangen waren, wechselte sie kaum noch mit der einen oder anderen ein persönliches Wort. Sie fürchtete, sich lächerlich zu machen, wenn sie jetzt mit ihrer Nachricht herausplatzte, die doch nur für sie selbst eine Sensation war. Von den anderen, glaubte sie, war doch keine an ihrem Schicksal interessiert.

So beeilte sie sich denn, an ihren Platz zu kommen und die Versäumnisse der ersten Stunden so weit wie möglich einzuholen.

Frau Wally Hagen nahm an einer routinemäßigen Sitzung in dem elegant eingerichteten Arbeitszimmer des Personalchefs teil. Frau Helferich, seine Sekretärin, gepflegt wie immer, führte Protokoll.

Wieder einmal war alles durchgesprochen, und Dr. Schmitt zündete sich eine Zigarette an – sicherlich die sechste oder siebte im Verlauf der letzten Stunde, wie Frau Hagen mit Mißbilligung bemerkte, ohne ihre Kritik jedoch laut werden zu lassen; sie fand, daß er schlecht aussah, aufgeschwemmt, mit dunklen Schatten unter den Augen, und hätte ihm gern geraten, weniger zu rauchen und sich mehr Bewegung zu machen. Aber sie wußte, daß ihr das nicht zustand.

»Vielen Dank, Frau Hagen«, sagte er und lehnte sich in seinen bequemen Ledersessel zurück, »das wär's also für heute.«

»Nicht ganz!« erklärte Frau Helferich überraschend.

Die beiden anderen sahen sie erstaunt an.

»Nun ja, ich weiß, es gehört nicht in unsere Obliegenheiten . . .« Die Helferich wurde, obwohl das gar nicht ihre Art war, verlegen. »Ich bin auch noch nicht dazu gekommen, mit Ihnen darüber zu sprechen, Chef, aber Herr Zwiesel bittet uns . . .«

»Aha, Herr Zwiesel!« Dr. Schmitt zwinkerte Frau Hagen zu. »Für den hat meine gute Helferich seit eh und je eine kleine Schwäche gehabt.«

»Er ist ja auch ein so reizender Mensch – natürlich nicht, daß er Ihnen das Wasser reichen könnte, Herr Doktor! Aber nett ist er, finden Sie nicht auch, Frau Hagen?«

»Ich weiß nicht mal, von wem Sie reden!«

»Zwiesel, Kurt Zwiesel, Bezirksvertreter in Stuttgart!«

»Den kenne ich gar nicht!«

»Na, dann haben Sie aber was versäumt!« meinte Dr. Schmitt mit gutmütigem Spott.

»So ist es ja nun auch wieder nicht!« verteidigte sich die Helferich.

»Was will denn dieser Herr Zwiesel?« fragte Frau Hagen, die es eilig hatte, wieder in den Schreibsaal zu kommen.

»Er sucht eine Sekretärin!«

»Kommen Sie mir nicht so, Mädchen!« Dr. Schmitts gedunsenes Gesicht rötete sich. »Wir haben wirklich genug zu tun, genügend und vor allem fähige Kräfte für unser Haus zu finden! Sie wissen sehr wohl, daß die Herren Bezirksvertreter sich selbst um Leute kümmern müssen.«

»Natürlich weiß ich das, und Kurt Zwiesel weiß es auch. Er bittet ja nur!« Hertha Helferich sah ihren Chef beschwörend an. »Es könnte doch sein, daß Frau Hagen zufällig«, sie betonte das Wort, »rein zufällig jemanden weiß.«

Wally Hagen schüttelte den Kopf. »Tut mir leid, Frau Helferich, Sie wissen, wie knapp ich im Hauptsekretariat bin.«

»Ja, natürlich! Aber denken Sie doch wenigstens nach. Sie könnten doch zufällig eine Dame wissen, die drauf und dran ist abzuspringen und die für eine Karriere im Haupthaus nicht geeignet wäre!« Frau Helferich sprang auf. »Bitte, warten Sie noch einen Augenblick, ich will mal eben seinen Brief suchen.«

Mit Frau Hagen allein gelassen, erklärte Dr. Schmitt ergeben:

»Meine gute Helferich braucht so was nun mal von Zeit zu Zeit! Zur Selbstbestätigung.«

»Daß das geschieht, was *sie* will?«

»Genau.«

»Aber ich weiß wirklich nicht, ob ich helfen kann.«

»Tun Sie wenigstens so. Das hält sie bei Laune.«

»Sie haben viel Verständnis.«

»Muß ich das nicht als Personalchef? Und dann – ich und die gute Helferich arbeiten jetzt seit mehr als, lassen Sie mich rechnen, seit sage und schreibe neunzehn Jahren zusammen! Da lernt man sich schon sehr gut kennen und entwickelt Verständnis. Anders ginge es ja gar nicht.«

Frau Helferich kam, ein Schreiben in der Hand, zurück. »Er sucht eine ältere, zuverlässige und tüchtige Kraft, also keines von diesen anmaßenden jungen Gänschen. Haben Sie da niemanden?«

Frau Wally Hagen saß ein paar Sekunden ganz still da. »Doch«, sagte sie dann, »vielleicht doch.«

Frau Helferich beugte sich vor. »An wen denken Sie?«

»Helga Gruber. Sie möchte aufsteigen, aber mit ihren siebenundzwanzig Jahren ist sie als Anfangssekretärin für unsere Herren wohl doch . . .«

Frau Helferich brachte nicht die Geduld auf, Wally Hagen aussprechen zu lassen. »Aber sie ist verheiratet!« rief sie.

»Nicht mehr«, stellte Frau Hagen richtig. »Sie lebt in Scheidung, und gerade deshalb könnte ich mir vorstellen, daß sie einen Ortswechsel begrüßen würde.«

»Ausgerechnet Helga Gruber!« monierte Dr. Schmitt. »Die tüchtigste Kraft im Hauptsekretariat!«

»Sie arbeitet für zwei«, gab Wally Hagen zu, »aber ich habe so ein Gefühl, daß sie ohnehin nicht mehr lange zu halten sein wird.«

»Sprechen Sie mit ihr«, bat Frau Helferich. »Kurt Zwiesel ist wirklich nett.«

»Das hören wir nun schon zum zehntenmal!« behauptete ihr Chef.

»Man kann's nicht oft genug betonen«, verteidigte sich die Helferich, »denn wer will schon gern von München weg?«

»Auch wieder wahr«, stimmte Frau Hagen ihr gutmütig zu, »also geben Sie mir mal den Brief.« Sie nahm Frau Helferich das Schreiben aus den Fingern. »Ich werde sehen, was ich machen kann.«

»Und ich muß mich um eine weitere Kraft mehr für das Hauptsekretariat bemühen!« stöhnte Dr. Schmitt.

Wally Hagen stand auf. »Das schaffen Sie doch spielend! Die Zeiten haben sich geändert. Es gibt Mädchen genug, die einen sauberen Job suchen.«

Aber Frau Hagen sollte nicht mehr dazu kommen, Helga Gruber auf das Stellenangebot aus Stuttgart aufmerksam zu machen. Kaum daß sie in den Schreibsaal kam, legte die Phonotypistin den Ohrclip ab, stellte das Tonband aus und eilte nach vorn.

»Ich möchte zum nächsten Termin kündigen«, erklärte sie mit gedämpfter Stimme, um die anderen nicht zu stören.

Frau Hagen ließ sich ihre Überraschung nicht anmerken. »Sie sagen das so strahlend?«

»Ja, stellen Sie sich vor, ich hab' was Besseres gefunden! Eine Stellung als Sekretärin in einer Anwaltskanzlei, und noch dazu gleich bei mir um die Ecke.«

»Dann kann ich ja nur noch gratulieren«, sagte Frau Hagen lächelnd.

Auch wenn Helga Gruber weniger begeistert gewesen wäre, hätte die Abteilungsleiterin darauf verzichtet, ihr das Angebot des Bezirksstellenvertreters zu unterbreiten, auch dann nicht, wenn es das bessere gewesen wäre. Aus langjähriger Erfahrung wußte sie, daß es sich selten gut auf die spätere Arbeitsmoral auswirkte, wenn die Mädchen vor eine schwierige Entscheidung zwischen verschiedenen Stellungen gestellt wurden. Zu leicht kam der Eindruck auf, daß ihnen alle Türen offen standen und sie nur zu wählen brauchten. Hatten sie ihren Entschluß gefällt, brachte die erste Enttäuschung oft die Reue mit sich: »Hätte ich das andere Angebot gewählt, wäre mir der Ärger hier erspart geblieben!« Das aber war, jedenfalls in den Augen von Frau Hagen, eine falsche, ja eine gefährliche Einstellung.

»Ich werde die Personalabteilung verständigen«, erklärte sie deshalb nur, »oder möchten Sie selber?«

»Nein, nein, ich bin ja dankbar, wenn Sie das für mich erledigen! Ich sehe lieber zu, daß ich wenigstens noch die Norm erreiche.«

Helga Gruber lief zu ihrem Platz zurück.

Betty Troll hatte, obwohl die beiden Frauen bewußt leise gesprochen hatten, mitgekriegt, um was es in dem Gespräch gegangen war.

»Sie müssen einen ausgeben!« rief sie Helga Gruber zu. »Bilden Sie sich bloß nicht ein, daß Sie sich darum drücken können.«

»Will ich ja gar nicht!« gab Helga Gruber zurück. »Ihr sollt eure Cocktails haben. Das ist mir die Sache wert.«

Frau Hagen zog die Augenbrauen zusammen. Die Mädchen, die schon auf dem Sprung waren, das Hauptsekretariat zu verlassen, ließen sich besonders schwierig dirigieren. Selten machten sie aus ihrer Freude fortzukommen ein Hehl. Das wirkte beunruhigend auf den Geist im Schreibsaal. Es gab den anderen Anlaß, sich zu fragen, wie lange sie selber die Fron noch ertragen mußten, andererseits aber auch wieder die Hoffnung, daß die Zeit im Hauptsekretariat eben doch nur ein Übergang war und sie eines Tages doch auch einen Zipfel Glück erwischen würden.

Ein wenig schmeichelte es Frau Hagen, daß sie Helga Gruber so gut beurteilt hatte. Noch vor wenigen Minuten hatte sie erklärt, daß die junge Frau nicht mehr lange zu halten sein würde – und schon war ihre Kündigung da. Das war für Frau Hagen Grund genug, sich einmal mehr etwas auf ihre Menschenkenntnis zugute zu halten.

Sie hatte den Telefonhörer schon in der Hand und stand im Begriff, Frau Helferich über die neue Entwicklung zu informieren, da besann sie sich anders.

Alma Möhner war gerade aufgestanden, um sich zu einer ihrer allzu zahlreichen Pausen in den Erholungsraum zurückzuziehen; sie wirkte abgehetzt, obwohl sie wirklich noch nicht viel geleistet hatte.

Die Abteilungsleiterin stand auf und folgte ihr. Im Vorbeigehen sah sie, daß ihr Papierkorb voll begonnener und vertippter Bogen war. Ohne sich dessen bewußt zu werden, schüttelte sie den Kopf.

Im Erholungsraum war außer Alma Möhner kein Mensch; aus den unsichtbaren Lautsprechern erklang leise Instrumentalmusik. Wally Hagen erkannte die Melodie: »Schön war die Zeit, da wir uns so geliebt . . .« – Es war lange her, seit sie mit ihrem verstorbenen Mann danach getanzt hatte. Ein seltener Anflug von Melancholie überfiel sie, aber sie verscheuchte ihn sofort wieder.

Alma Möhner lag hingegossen, die Beine weit von sich gestreckt, in einem der bequemen Sessel. »Ich habe rasende Kopfschmerzen!« verteidigte sie sich, noch ehe die Chefin ein Wort gesagt hatte.

Wally Hagen setzte sich zu ihr. »Ich mache dir ja gar keinen Vorwurf.

»Tust du nicht? Na, danke. Du hast anscheinend keine Ahnung, wie du mich ansiehst.«

»Ich mache mir Sorgen um dich, und das weißt du.«

»Es wäre mir lieber, du würdest mich in Ruhe lassen. Nur fünf Minuten, dann könnte ich wieder . . .« Sie legte sich die Hand auf die Stirn und ließ den begonnenen Satz unbeendet.

»Alma, vielleicht habe ich etwas für dich«, begann Frau Hagen vorsichtig.

Die Möhner war sofort alarmiert. »Was?« fragte sie und setzte sich kerzengerade.

»Ich kann dir nichts versprechen, aber . . .« Frau Hagen reichte ihr das Schreiben aus Stuttgart.

Das Papier zitterte zwischen Alma Möhners Fingern. »Eine zuverlässige, umsichtige, erfahrene ältere Kraft . . . das bin ich!« Sie wirkte von einer Sekunde zur anderen jünger und spannkräftiger. »Wally, das trifft genau auf mich zu!«

»Deshalb habe ich auch gleich an dich gedacht.«

»Du, ich danke dir!«

»Allerdings, die Bezeichnung ›ältere‹ ist ein recht dehnbarer

Begriff. Was sich genau dieser Herr Zwiesel darunter vorstellt, weiß ich auch nicht.«

»Jemanden wie mich! Nicht mehr jung, aber noch nicht alt!«

»Hoffen wir's.«

Alma Möhner sprang auf. »Gleich heute abend werde ich meinen Lebenslauf und meine Referenzen losschicken!«

»Lieber nicht, Alma.«

»Wieso?«

»Ich an deiner Stelle würde selber hinfahren, und zwar gleich morgen früh.« Wally Hagen warf einen Blick auf ihre elegante Armbanduhr. »Jetzt ist es elf. Da ist es für heute leider schon zu spät. Vor vier bist du nicht in Stuttgart, und ehe du die Adresse gefunden hast . . . nein, fahr morgen. Ich werde Herrn Zwiesel gleich anrufen und dich avisieren.« Noch während sie es sagte, bedauerte Wally Hagen es, nicht zuerst mit Zwiesel über Alma Möhner gesprochen zu haben. Aber vielleicht war es doch besser, wenn er nicht von vornherein über ihr Alter informiert war, so hatte Alma Möhner noch eine echte Chance. Das Risiko einer Enttäuschung mußte sie auf sich nehmen.

Alma Möhner fuhr sich mit beiden Händen in ihr braun getöntes Haar. »Ich muß unbedingt noch heute zum Friseur.«

»Ja, tu das. Mach dich so schön wie möglich.« Wally Hagen stand auf und legte kurz die Hand auf den Arm der ehemaligen Kollegin. »Ich wünsche dir alles Glück, das weißt du!«

»Und dir, daß du mich los wirst!«

»Sei nicht so bitter, Alma. Du gehörst nun mal nicht in das Hauptsekretariat. Kannst du mir ernsthaft einen Vorwurf daraus machen, daß ich mir darüber klar bin?«

»Natürlich nicht.«

»Na also.«

An diesem Abend kam Alma Möhner erst kurz vor sieben Uhr nach Hause. Dennoch war es in ihrer Wohnung in der Richard-Strauß-Straße noch erstickend warm. Sie hatte es nicht anders erwartet. Wegen des starken Verkehrs hatte ihre Mutter den Tag über kein Fenster aufgemacht.

Isabella Möhner, der Hitze wegen in ein leichtes Baumwollkleid gekleidet, das ihre sehr weißen und sehr schlaffen Arme preisgab, empfing sie mit einem Vorwurf. »Daß du jetzt erst kommst!«

Alma Möhner küßte sie auf die Schläfe. »Ich habe dich doch angerufen!«

»Warum mußtest du denn schon wieder zum Friseur? Das war das zweite Mal in dieser Woche!«

»Weil ich morgen etwas Besonderes vorhabe, Mutter!«

»Davon weiß ich ja gar nichts!«

»Bisher hatte ich ja auch noch keine Gelegenheit, dir davon zu erzählen!« Alma Möhner hing ihren leichten Mantel, den sie trotz des hochsommerlichen Wetters getragen hatte, über den Bügel in der kleinen Flurgarderobe und musterte dabei ihr Gesicht und das frisch getönte Haar mit Befriedigung im Spiegel – doch, sie sah sehr gut aus, stellte sie fest; wenn sie nur entsprechend aufgemacht war, konnte sie niemand für älter als vierzig halten, vielleicht sogar für neununddreißig.

Ohne auf die neugierigen Fragen der alten Dame einzugehen, ging sie weiter in die Küche und öffnete die Tür zum Balkon; die Luft, die von draußen hereinkam, war zwar auch warm, aber nicht so stickig wie drinnen.

»Ah, so ist es besser!« rief sie. »Wollen wir heute nicht mal draußen zu Abend essen?«

»Auf dem Küchenbalkon!? Aber, Kind, wir sind doch keine Proleten!«

Alma Möhner seufzte und holte sich eine Flasche Bier aus dem Eisschrank; sie schenkte sich ein Glas ein, obwohl sie wußte, daß die Erfrischung nur kurz sein und sie gleich darauf noch mehr schwitzen würde.

»Kommst du nicht endlich zum Essen?« rief Isabella Möhner aus dem Wohnzimmer.

»Tut mir leid, ich hab' gar keinen Hunger!«

»Man ißt nicht, weil man Hunger hat, sondern man setzt sich zu Tisch, wenn die Stunde der Mahlzeit gekommen ist. Wie oft muß ich dir das sagen. Du bist doch schließlich kein kleines Kind mehr.«

»Wenn du dir das nur öfters klarmachen würdest!«

»Was hast du gesagt?« rief die alte Dame, die es sich zur Gewohnheit gemacht hatte, unliebsame Bemerkungen zu überhören.

Auch diesmal wiederholte Alma Möhner ihren schwachen Protest nicht, statt dessen rief sie: »Ich will's mir nur erst ein bißchen bequemer machen!« Noch im Gehen streifte sie die Schuhe von den Füßen, hob sie auf und stellte sie auf den Balkon.

In dem geräumigen Doppelschlafzimmer, das sie mit ihrer Mutter teilte, schlüpfte sie aus ihrem Kleid, der Strumpfhose und dem Büstenhalter und zog sich ein leichtes Nachthemd über. Am liebsten hätte sie es dabei belassen, aber um ihre Mutter nicht zu reizen, entschloß sie sich, ihren hellblauen Morgenmantel überzuziehen, und fischte sich auch Pantoffeln aus dem Nachttisch.

»So, jetzt geht's mir besser«, erklärte sie, als sie kurz darauf, die halb geleerte Bierflasche und das Glas in der Hand, in das Wohnzimmer trat.

»Bier?« fragte Isabella Möhner indigniert. »Ich dachte, du hättest Tee aufgebrüht. Ich hatte dir alles zurechtgestellt.«

»Wenn du willst, mache ich das gerne. Für dich. Ich selber bleibe beim Bier. Mir ist es zu heiß für Tee.«

Sie wollte, sie hätte das nicht gesagt. Denn nun mußte sie sich einen ihr schon allzu vertrauten Vortrag der alten Dame darüber anhören, daß gerade an heißen Tagen nur heiße Getränke eine Erfrischung brächten.

»Schon gut, schon gut, ich weiß ja, du hast recht. Aber mir war nun mal nach Bier zumute. Willst du nun Tee oder nicht?«

»Ich will, daß du dich endlich hinsetzt und mir erzählst, was mit dir los ist.« Die sehr lebendigen Augen in dem kleinen verrunzelten Gesicht funkelten. »Ich habe ja schon lange einen Verdacht.«

»Was?«

»Ja, da staunst du. Aber mir kann man so leicht nichts vormachen. Du schreibst auf Heiratsinserate!« die alte Dame sagte es triumphierend.

»Nein!« rief Alma Möhner und Röte schoß ihr vom Hals her in das Gesicht. »Das ist nicht wahr, Mutter! Ich schwöre dir!«

»Das kannst du dir ersparen. Ich weiß Bescheid. Du hältst dich wohl für eine wer weiß wie gute Schauspielerin, was? Aber ich merke schon, wenn du was vor mir verbirgst, Briefe vor mir versteckst!«

»Es ist alles ganz anders, Mutter, ich werde es dir erklären. Es hat mit meinem Beruf zu tun!«

Isabella Möhner hatte sich bis heute beharrlich geweigert, den Niedergang ihrer Tochter in der European Insurance Company zur Kenntnis zu nehmen, und versuchte es auch heute wieder. »Wenn man mal ein bißchen Ärger mit dem Chef hat, ist das noch lange kein Grund . . .«

Alma Möhner atmete tief durch. »Ich habe keinen Chef mehr, Mutter, schon seit langem nicht mehr!

Sofort wich ihre Mutter aus. »Du wolltest mir sagen, was mit den geheimnisvollen Briefen ist.«

»Es hat damit zu tun, Mutter! Ich suche keinen Mann, sondern verzweiflungsvoll eine neue Stellung!«

»Nach all den Jahren? Das halte ich aber nicht für gut. Du darfst dich nicht von deinen Stimmungen leiten lassen, Kind!«

»Ich bin todunglücklich in der Company, ob du es nun wahrhaben willst oder nicht, Mutter, und ich willl da raus. Ich will es, und ich werde es, ob es dir nun paßt oder nicht!«

Das Lächeln der alten Dame war ungetrübt. »Ach, Kind, wie oft habe ich so was Ähnliches schon zu hören bekommen! Wann wirst du denn endlich vernünftig werden!«

»Ich bin es, Mutter, ich bin vernünftiger als du! Ich sehe wenigstens, wenn ich in einer beschissenen . . .«

»Alma!«

». . . Situation stecke! Ich mache mir nichts vor! Aber du, du tust so, als ob alles in Butter wäre, seit Jahr und Tag tust du schon so, bloß weil du dich mit meinen Sorgen nicht belasten willst! Du bist rücksichtslos und egoistisch, ja, das bist du!« Alma Möhner hatte nach diesem Ausbruch selber das Gefühl, zu weit gegangen zu sein, und hielt über sich selber erschrocken inne.

Aber ihre Mutter blieb ganz ungerührt. »Vielleicht solltest du mir jetzt doch einen Tee machen«, sagte sie nur.

»Mutter!« schrie Alma Möhner.

»Ist was?«

Sie waren jetzt an jenen Punkt ihrer Aussprachen gelangt, an dem Alma Möhner aufzugeben pflegte, und auch diesmal war sie fast wieder soweit, sie fürchtete, die alte Dame schlagen zu müssen, wenn sie nicht Schluß machte.

Aber sie zwang sich, mit geballten Fäusten, die Nägel in den Handteller gegraben, weiterzureden. »Ja, es ist was, Mutter! Und du tätest gut daran, es dir anzuhören, denn es betrifft auch dich. Ich fahre morgen nach Stuttgart und stelle mich dort vor. Wenn es klappt und man mich nimmt – und ich hoffe es zu Gott, denn sonst wüßte ich wirklich nicht mehr weiter –, werde ich nach Stuttgart ziehen. Du kannst dir dann überlegen, ob du hier bleibst oder mit mir kommen willst.« Sie stand auf. »Ich werde mich jetzt um deinen Tee kümmern.«

»Nein, nein, bleib!« Isabella Möhner hielt sie an ihrem Hausmantel fest. »Setz dich! Weißt du, ich glaube, ich hab' dich endlich verstanden. Es gefällt dir nicht mehr bei der Company. Warum hast du mir das nicht eher gesagt?«

»Aber, Mutter! Ich habe es doch wieder und wieder versucht!«

»Eben nur versucht! Du hättest deutlich mit mir reden sollen!«

»Heute war ich wohl deutlich genug.«

»Ja, endlich also. Oh, ich verstehe dich sehr gut. Damals, als dein Chef gestorben ist, hättest du schon gehen sollen. Ich habe eigentlich gar nicht verstanden, was dich danach noch in der Company hielt.«

»Mein gutes Gehalt, Mutter. Aber das ist ja jetzt auch ganz egal. Hauptsache, du hast begriffen, daß ich so nicht weitermachen kann.«

»Du willst also fort! Gut und schön. Aber warum denn ausgerechnet nach Stuttgart?« Ehe Alma noch antworten konnte, fuhr sie hastig fort. »Wahrscheinlich hast du hier in München Absagen bekommen, aber das besagt doch nichts. Nein, wirklich, Kind, ich weiß nicht, warum du in allem so extrem sein mußt. Ausgerechnet Stuttgart! Tu dich noch eine Weile hier um.«

»Nein, Mutter! Ich werde mich morgen in Stuttgart vorstellen, und wenn sie einverstanden sind, werde ich mit Kußhand zusagen!«

»Und unsere schöne Wohnung hier? Was soll aus der werden?«

»Die lösen wir auf und ziehen nach Stuttgart.«

Die alte Dame verzog schmollend den Mund. »Ja, für dich ist das alles ganz einfach, aber ich bin dreiundsiebzig. Ich kann mich nicht mehr an eine neue Umgebung gewöhnen. Denk doch nur mal: Zwanzig Jahre wohnen wir jetzt hier ... und zusammen! Ich finde, du müßtest doch auch ein bißchen Rücksicht auf mich nehmen!«

»Als wenn ich je etwas anderes getan hätte! Deinetwegen bin ich unverheiratet geblieben ...« Alma Möhner unterbrach sich; kaum daß sie es ausgesprochen hatte, erkannte sie, daß es ein Fehler gewesen war.

»Dich hat doch niemand haben wollen«, erklärte ihre Mutter denn auch prompt, fast genüßlich, »außer diesem Itaker, und der hatte es ja auch bloß auf deine Ersparnisse abgesehen!«

»Danke! Du bist wirklich sehr liebenswürdig, Mutter!«

»Ich weiß, daß du das nicht gerne hörst, Kind, aber es ist eben die Wahrheit. Wenn ich nicht gewesen wäre, hättest du dich in eine Dummheit nach der anderen gestürzt. Und jetzt wieder das mit Stuttgart! Ich möchte nur wissen, was du dir davon versprichst!«

»Ein menschenwürdiges Leben!«

»Deshalb brauchst du doch nicht so zu schreien. Du weißt, ich höre sehr gut! Wie lange soll ich denn noch auf meinen Tee warten?«

Ohne ein weiteres Wort verließ Alma Möhner das Zimmer. In der Küche brauchte sie einige Minuten, um sich zu fassen, ehe sie imstande war, den Wasserkessel aufzusetzen, so sehr hatte die Auseinandersetzung sie aufgeregt.

Als sie, die Teekanne in der Hand, in den Wohnraum zurückkehrte, war ihre Mutter in aller Seelenruhe dabei, sich gekochten Schinken auf eine Scheibe Toast zu drapieren. Alma Möhner schenkte ihr ein.

»Danke, Kind«, sagte die alte Dame friedfertig und blinzelte zu ihr auf, »tut mir leid, daß ich mit dir gezankt habe. Das war nicht schön von mir. Und so unnötig.« Zierlich schnitt sie sich mit Messer und Gabel eine Ecke Toast ab und zerbiß ihn krachend.

»Ich hätte nicht davon anfangen sollen«, sagte Alma Möhner, »nicht schon heute.«

»Genau das meine ich ja«, stimmte ihre Mutter zu, »wer weiß, ob sie dich überhaupt nehmen.«

»Wenn nicht«, erklärte Alma Möhner, »hänge ich mich auf!« Und dann brach sie, ganz gegen ihren Willen, in bittere Tränen aus.

Carola Anders hatte sich vorgenommen, sofort mit Michael über die Entlarvung Peter Karpenters zu sprechen, hatte es aber dann doch nicht getan; es war nicht angenehm, zugeben zu müssen, hereingelegt worden zu sein. Sie kam sich selber ein wenig lächerlich vor und hatte Angst, in den Augen Michaels dadurch an Wert zu verlieren.

Aber es fiel ihm von selber auf, daß sie sich verändert hatte.

Es war ein warmer Sommerabend. Sie saßen in einem Straßencafé im Herzen Schwabings, beobachteten die Passanten – Mädchen und Männer, die fast alle künstlerisch angehaucht wirkten, alle jedenfalls sehr originell oder sehr modisch gekleidet waren, und ältere Playboys, die darauf aus waren, Bekanntschaften zu machen oder auch nur ihr Auge an der zur Schau gebotenen Jugend und Schönheit zu weiden –, löffelten Eis und plauderten miteinander.

Da erklärte er unvermittelt: »Du, komisch, wann hast du eigentlich das letzte Mal von deinem Schwarm gesprochen?«

»Das Thema ist inzwischen gammelig«, behauptete sie und warf ihre lange rote Mähne in den Nacken; sie war froh, daß er in dem bunten Licht nicht sehen konnte, daß sie rot wurde.

»Auf einmal?«

»Allmählich.«

Er nahm ihre Hand und spielte mit ihren Fingern. »Aber du denkst noch an ihn?«

»Nur noch mit einem Bauch voll Wut.«

»Rolly, sag das noch mal!« Er setzte sich gerade auf. »Du hast ihn wiedergesehen?«

Sie nickte.

»Nun erzähl schon! Mach's nicht so spannend!«

Flehend blickte sie ihn an. »Nur wenn du mich nicht auslachst!«

»Wo werd' ich denn! Wenn ich lache, dann bloß aus Glück, daß du diese Geschichte endlich überwunden hast! Das hast du doch, oder?«

»Und wie! Überwundener geht's gar nicht!« Sie erzählte, was ihr mit Peter Karpenter passiert war.

Michael blieb ernst. »Da wart ihr also betrogene Betrüger sozusagen, alle beide«, sagte er, als sie geendet hatte, »aber ich finde, er hat sich doch noch ganz anständig aus der Affäre gezogen.«

»Anständig nennst du das?!«

»Immerhin.«

»Nein, das finde ich ganz und gar nicht.« Sie entzog ihm die Hand. »Er hätte mir die Wahrheit sagen müssen, spätestens, als er wußte, wer ich bin!«

»Ja, das hätte er können. Aber hast du nie daran gedacht, daß er es wahrscheinlich mit Rücksicht auf dich nicht getan hat?«

»Nein, und das glaube ich auch nicht. Ich glaube, du denkst immer nur von allen Menschen das Beste, weil du selber ein netter Mensch bist!«

»Danke.« Er gab ihr einen raschen Kuß. »Ich bin froh, daß du eine so gute Meinung von mir hast. Trotzdem – ich will diesen Filou gar nicht in Schutz nehmen, warum sollte ich denn auch – bin ich überzeugt, daß er deinetwegen geschwiegen hat. Er wollte dir nicht weh tun. Sicher hat er damit gerechnet, daß du erst noch eine Weile auf ihn warten und ihn dann vergessen würdest. Wie konnte er auch wissen, daß du dich so in ihn vernarrt hattest.«

»Das hätte er schon merken können!«

»Zugegeben. Ich habe mich falsch ausgedrückt. Er hat nicht angenommen, daß dein Gefühl für ihn von solcher Dauer sein würde, sagen wir mal so. Daß es dich ganz heftig erwischt hatte, mußte er wissen, und gerade deshalb . . .«

»Quatsch!«

»Nein, wirklich, denk doch mal nach! Nehmen wir an, er hätte dir auf den Kopf zugesagt, daß er auch bei der Company arbeitet und deshalb Schluß sein muß.«

»Es hätte ja nicht Schluß sein müssen!«

»Doch! Da er den Standpunkt vertritt, sich prinzipiell mit keinem Mädchen aus der Firma einzulassen – und dieser Standpunkt hat, ob du's nun einsiehst oder nicht, unbedingt was für sich –, mußte es zwischen euch aus sein. Du hättest es aber natürlich genauso wenig oder noch weniger eingesehen als jetzt, es wäre zu Tränen und Szenen gekommen, du hättest vielleicht sogar versucht, im Betrieb Verbindung mit ihm aufzunehmen, worauf er dich noch grober hätte anpacken müssen.«

»Da irrst du dich!« rief sie dazwischen. »Nachgelaufen wäre ich ihm nicht!«

»Entschuldige, da hast du recht. Nachgelaufen bist du ihm ja tatsächlich nicht. Aber das konnte er nicht wissen. Wissen aber konnte er mit ziemlicher Sicherheit, daß dir durch diese unglückliche Liebesgeschichte die Arbeit in der Company verleidet worden wäre. Ist es nicht so? Überleg mal: Mit welchen Gefühlen wärst du täglich zur Arbeit gegangen? Die Begriffe ›Company‹ und ›Liebesenttäuschung‹ wären für dich verschmolzen. Mit Sicherheit hättest du über kurz oder lang gekündigt.« Er schwieg und wartete ab, was sie zu seiner Auslegung sagen würde.

Aber sie erwiderte zunächst nichts, sondern malte mit dem langen, rotlackierten Nagel ihres Zeigefingers Kreise auf das Tischtuch. »Das ist es, was ich mir auch jetzt noch überlege«, gab sie endlich zu, »kann ich unter diesen Umständen überhaupt noch in der Company bleiben?«

»Du bist also immer noch nicht drüber weg.« Michael konnte seine Enttäuschung nicht verbergen.

»Das ist es nicht«, widersprach sie, »sondern ich bin doch durch Protektion in den Verwaltungsservice gekommen. Deine Mutter hat mir das übrigens schon seinerzeit unter die Nase gerieben, nur hab' ich's nicht verstanden, weil ich die Zusammenhänge nicht kannte. Aber jetzt, wo ich's weiß . . .« Sie sah ihn fragend an.

»Du hast also Skrupel? Das spricht für dich. Aber ich finde, du solltest die Dinge realistischer sehen. Ich habe doch den Eindruck, daß dir deine Arbeit Spaß macht.«

»O ja! Sehr viel mehr als im Hauptsekretariat.«

»Glaubst du, daß du eine ähnliche Stellung auch in einer anderen Firma finden kannst?«

»Ich hab' ja nicht mal Handelsschule.«

»Also nein. Dann würde ich an deiner Stelle alle Skrupel beiseite fegen und bleiben. Du hast ja nicht mit ihm geschlafen, um protegiert zu werden. Und selbst wenn . . . das wäre doch auch entschuldbar.«

»Du bist sehr großzügig«, sagte sie, ein wenig überrascht.

»Ich kann das einfach verstehen. Frauen haben es schwer, nach oben zu kommen. Wenn eine alle ihre Mittel einsetzt, so läßt sich eigentlich nichts dagegen sagen, zumal wenn der Partner annehmbar ist.«

»So eine bin ich nicht.«

»Du tust es nur aus Liebe, ich weiß.« Michael lächelte sie an. »Jedenfalls steht fest, daß du dich durch deine Beziehungen zu diesem Herrn Karpenter auf keinen Fall in der Firma unmöglich gemacht hast. Also sehe ich auch keinen Grund zu kündigen. Aber apropos Liebe . . . wie wär's, wenn wir beide nächstes Wochenende zusammen verreisen würden?«

»O ja! Wohin?«

»Paris ist zwar jetzt im August ziemlich überlaufen . . .«

Sie fiel ihm strahlend ins Wort. »Nach Paris, das wäre wunderbar! Ich war noch nie in Paris. Bitte, laß uns nach Paris fliegen! Ich kann das alles arrangieren, das habe ich schließlich gelernt! Und außerdem ist nächstes Wochenende ja auch schon September.«

»Kluges Kind!« Er freute sich über ihre Begeisterung.

Bald danach brachen sie auf und schlenderten, Hand in Hand, durch den warmen Sommerabend in Richtung Ainmillerstraße; immer noch herrschte ein lebhaftes Hin und Her.

»Was für eine wunderbare Nacht!« schwärmte Carola. »Eigentlich viel zu schade, schon schlafen zu gehen!«

»Aber du mußt morgen ausgeschlafen sein, um dich deines Protektors würdig zu erweisen«, neckte er sie.

»Du bist gemein!« Carola stampfte mit dem Fuß auf. »Wie kannst du mich wegen dieser schrecklichen Geschichte auch noch aufziehn?«

»Um dich zornig zu sehen! Du bist immer bezaubernd, Rolly, aber wenn du wütend wirst, bist du geradezu hinreißend!«

»Das kann ja was Schönes mit uns zweien werden!«

Er wurde ernst und nahm ihre beiden Hände. »Es wird was sehr Schönes, Rolly! Habe ich dir eigentlich schon mal gesagt, daß ich dich liebe?«

»Tust du das? Ehrlich?«

»Ja, du bedeutest mir sehr viel. Du hast mir damals – erinnerst du dich noch, im Prinzregentenbad – auf Anhieb gefallen, aber inzwischen ist viel, viel mehr daraus geworden. Jetzt weiß ich nämlich, daß du nicht nur süß aussiehst, sondern überhaupt ein ganz prächtiges Mädchen bist!«

Sie küßten sich selbstvergessen, ohne sich darum zu kümmern, daß die anderen einen Bogen um sie machen mußten.

»Ich liebe dich auch, Michael«, bekannte sie.

»Du hast dazu lange gebraucht!«

»Weil ich ein Brett vor dem Kopf hatte! Weißt du eigentlich, daß ich wie erlöst war, als ich diesem Schuft von Karpenter endlich die Meinung gesagt hatte? Wie von einem Alpdruck befreit.«

»Ich kann es mir vorstellen.«

Arm in Arm schlenderten sie weiter.

*

Alma Möhner zog sich am nächsten Morgen mit äußerster Sorgfalt an. Es versprach wieder ein heißer Tag zu werden, aber da sie zu den Frauen gehörte, denen es peinlich ist, in einem leichten Sommerkleid über die Straße zu gehen – schon der Anblick anderer Frauen in einem solchen Aufzug war ihr peinlich –, und ihr der Regenmantel, den sie gewöhnlich trug, für den heutigen Anlaß nicht angemessen schien, entschied sie sich für ein hellbeiges Trevirakostüm. Zuerst zog sie eine weiße Bluse dazu an, gefiel sich nicht darin, hielt sich eine hellgrüne vor und blieb dann doch bei der weißen. Gerne hätte sie einen ihrer Hüte aufgesetzt, denn sie liebte Hüte, und sie standen ihr, aber da es sich bei einer Vorstellung ja nicht um ein gesellschaftliches Ereignis handelte, hätte es vielleicht zu aufgedonnert gewirkt. Außerdem war ihr Haar frisch getönt, kein graues Strähnchen war sichtbar, und wohl frisiert, ein Grund mehr, auf einen Hut zu verzichten. Statt dessen benützte sie reichlich festigendes Haarspray.

Lange und umständlich schminkte sie sich, bis sie endlich beinahe den Eindruck erzielte, den sie hatte erreichen wollen: kaum angemalt, aber frisch auszusehen.

Um munter zu werden, hatte sie zwei Tassen starken Kaffee getrunken. Jetzt bereute sie es, denn er ließ ihr Herz schneller schlagen. Vielleicht kam das auch von ihrer Aufregung; jedenfalls hatte der Kaffee ihre Nervosität noch gesteigert. Bevor sie das Haus verließ, schluckte sie zur Beruhigung zwei Valium.

Für die Fahrt nach Stuttgart kaufte sie sich auf dem Hauptbahnhof ein Taschenbuch, einen heiteren Liebesroman. Aber sie kam nicht über die ersten Zeilen hinaus. Sie war so angespannt, daß es ihr unmöglich war, sich abzulenken. Dabei würde es doch so wichtig sein, daß sie bei der Vorstellung sicher und gelassen wirkte.

Sie preßte die Hände zusammen und wünschte sich inständig, daß alles gut werden, daß sie Kurt Zwiesel gefallen und er sie einstellen würde. Nichts hielt sie mehr in München, und nichts lag ihr mehr an der Wohnung in der Richard-Strauß-Straße, deren Verkehrslärm sie jeden Tag wieder aufs neue verwünschte; längst würde sie sie aufgegeben haben, hätte sie nicht so nahe der

Company gelegen. Wenn ihre Mutter dort wohnen bleiben wollte, bitte. Vielleicht würde es sogar so das beste sein. Sie konnte sie ja jedes Wochenende besuchen.

Aber noch während sie sich diese Trennung ausmalte, wußte sie schon, daß sie sie nicht durchhalten würde. Allein die Vorstellung, Abend für Abend verlassen in einer fremden Stadt zu verbringen, ließ sie erschaudern. Nein, für ein solches Leben war sie nicht geschaffen. Früher, ja, da hatte sie immer wieder versucht auszubrechen, aber heute war es für sie längst zu spät. Sie durfte keine neue Wende mehr in ihrem Leben erwarten. Wenn sie die nächsten Jahre in Ruhe und Ordnung verbringen konnte, wenn sie wieder eine Stellung bekam, wo sie wie ein Mensch behandelt wurde, und ein gemütliches Heim mit der Mutter, in das sie sich abends zurückziehen konnte, dann hatte sie alles erreicht, was das Schicksal ihr noch zu bieten hatte.

So liefen Alma Möhners Gedanken im Kreis, um unweigerlich wieder zu ihrem Ausgangspunkt zurückzukehren: Wenn sie nur die Stellung in Stuttgart bekam!

Inständig hoffte sie, daß Wally Hagen nichts Abträgliches über sie gesagt hatte; sie mißtraute der ehemaligen Kollegin zutiefst, obwohl sie wußte, daß dafür kein Grund bestand. Sie wurde, trotz aller Freundlichkeit der Abteilungsleiterin – Katzenfreundlichkeit, wie sie sie bei sich selber nannte – das Gefühl nicht los, daß die Hagen sie nicht mochte.

Aber das war doch egal, versuchte sie sich zu beruhigen, fest stand auf jeden Fall, daß die Hagen kein Interesse hatte, sie zu halten. Also mußte sie sich doch bemühen, sie fortzuloben.

Als der Zug auf dem Hauptbahnhof Stuttgart einfuhr, schluckte sie noch eine Beruhigungstablette; das war auch so eine Angewohnheit, mit der sie erst begonnen hatte, seit sie im Hauptsekretariat gelandet war. Wenn sie erst eine andere Stellung hatte, versprach sie sich selber, würde sie damit aufhören.

Auf dem von Menschen und Fahrzeugen wimmelnden Vorplatz winkte sie ein Taxi herbei und gab dem Fahrer die Adresse der schwäbischen Bezirksvertretung der European Insurance Company. In ihrem kleinen runden Taschenspiegel prüfte sie noch ein letztes Mal ihr Aussehen und legte neues Rouge auf. Mit Befriedigung stellte sie fest, daß sich aus ihrer Frisur kein Härchen gelöst hatte.

Das Auto hielt genau vor dem Eingang der Bezirksvertretung. Alma Möhner stieg aus und entlohnte den Fahrer. Das Gebäude war modern und ansprechend, wenn es auch keinen Vergleich mit dem Sitz des Unternehmens in München aushielt. Außerdem gehörte es auch nicht, wie Alma Möhner aus den zahlreichen Geschäftsschildern neben der Haustür schloß, der Company, die nur das vierte Stockwerk einnahm. Aber das machte ihr nichts aus, im Gegenteil, die Vorstellung, daß es hier keinen Schreibsaal geben konnte, erleichterte sie.

Mit dem Lift – einem sehr eleganten Lift, wenn man davon absah, daß irgendwelche Barbaren es nicht hatten unterlassen können, Buchstaben und Symbole in die Mahagoniauskleidung zu schnitzen – fuhr sie nach oben. Sie klingelte und drückte die Tür auf, als der Summton ihr verriet, daß das Schloß geöffnet worden war. Ein rechteckiger Raum, von dem einige beschriftete Türen und ein langer Gang führten, nahm sie auf. In einer Art unverglaster Pförtnerloge saß ein Mädchen mit Brille hinter einer Schreibmaschine, auf der sie gerade getippt zu haben schien. Das Mädchen wirkte, ungeschminkt mit kurzgeschnittenem Haar, sehr brav, stellte Alma Möhner fest, ganz anders als die kecken jungen Dinger in der Münchner Zentrale.

Sie erwiderte artig Alma Möhners Gruß und fragte: »Sie wünschen bitte?«

»Zu Herrn Kurt Zwiesel. Ich möchte mich vorstellen.«

»Da gehen Sie den Gang entlang bis zur letzten Tür rechts ganz hinten. Moment noch, ich melde Sie an.« Das Vorzimmermädchen hatte den Hörer schon in der Hand. »Wie war doch Ihr Name?«

»Alma Möhner.«

Die Kleine murmelte ein paar Worte ins Telefon und erklärte dann: »Herr Zwiesel erwartet Sie, Frau Möhner. Soll ich Sie begleiten, oder werden Sie's finden? Sein Name steht an der Tür.«

Alma Möhner machte sich auf den Weg, fand das Zimmer, das

nicht zu verfehlen war, und klopfte an.

Fast im gleichen Augenblick wurde die Tür von innen geöffnet, und Alma Möhner sah sich einem blonden jungen Mann – jung wohl nur in ihren Augen, denn etwa fünfunddreißig mochte er sein – gegenüber. Einen guten Kopf größer als sie, lächelte er auf sie herunter.

Aber es gelang ihr nicht, sein Lächeln zu erwidern, sie dachte nur: »O mein Gott, mit dem kann ich nicht zusammenarbeiten!« Er war genau jener drahtige, energische Typ, der sie seinerzeit als Sekretärin abserviert hatte. Nur mühsam konnte sie einen Gruß stammeln.

Der junge Mann sagte, während er sie eintreten ließ, über die Schulter zurück. »Ich werde das sofort erledigen, Herr Zwiesel.«

Er war es also gar nicht selber, sondern nur ein Assistent aus der Bezirksvertretung. Erst jetzt sah Alma Möhner auch, daß er einen Schnellhefter unter den Arm geklemmt hatte. Er ließ sie vorbei und gab ihr den Blick frei. Die Tür schlug hinter ihm ins Schloß.

Kurt Zwiesel saß hinter seinem Schreibtisch, ein Mann um die fünfzig, mit einem runden, rosigen Gesicht, und Alma Möhner begriff sofort, warum die Helferich ihn so betont als nett bezeichnet hatte. Sein dichtes, dunkelblondes Haar, das er in einer Tolle aus der Stirn gekämmt hatte, verlieh ihm etwas anziehend Jungenhaftes. Anders als die Herren in München trug er zur Arbeit keinen gepflegten grauen Anzug, sondern braune Hose mit karierter Jacke, auf deren Ellbogen, wie Alma Möhner später entdecken sollte, Lederherzen genäht waren.

»Immer nur hereinspaziert, meine Dame!« dröhnte er.

Alma Möhner fand ihn sympathisch, entschied aber gleichzeitig, daß er, so wie er war und wie er auftrat, im Haupthaus nie hätte Karriere machen können; möglicherweise hatte er das aber ja auch nie angestrebt.

»Ich nehme an, daß Frau Hagen mit Ihnen gesprochen hat«, sagte Alma Möhner unsicher.

»Hat sie, hat sie! Nun setzen Sie sich erst mal.«

Um das Zittern ihrer Hände zu verbergen, verkrampfte Alma

Möhner sie um ihre Handtasche; es wurde ihr klar, daß es ihr nicht gelingen würde, forsch, sicher und tüchtig aufzutreten, und plötzlich beschloß sie, alles auf eine Karte zu setzen. »Herr Zwiesel, es würde mir furchtbar viel daran liegen, die Stelle hier bei Ihnen zu bekommen. Ich möchte aus München weg.«

»Eine unglückliche Liebesgeschichte?«

»Nein, o nein, ich ... ich habe überhaupt keine Liebesgeschichten!«

»Das hört man gerne.«

»Es ist nur so ... Ich weiß nicht, was Frau Hagen Ihnen über mich erzählt hat ...«

»Daß Sie eine sehr tüchtige Dame sind.« Herr Zwiesel nahm eine Pfeife von einem Ständer, schraubte sie auseinander und war in der nachfolgenden Unterhaltung damit beschäftigt, sie mit verschiedenen Drähten und Werken sauber zu machen, wobei er zwischendurch immer wieder einen prüfenden Blick auf Alma Möhner warf.

Sie erzählte ihm offen, wie es ihr in den letzten Jahren in der European Insurance Company ergangen war. »Und deshalb will ich fort«, schloß sie, »ich kann nicht mit den jungen Dingern konkurrieren, das geistlose Abschreiben dauernd wechselnder Diktate macht mich wahnsinnig. Aber ich weiß, daß ich in einem anderen Rahmen, in einem festen, abgesteckten Verantwortungsbereich, noch viel leisten kann. Ich kenne ja das Versicherungsgeschäft in- und auswendig. Achtzehn Jahre lang war ich Chefsekretärin. Ich könnte Ihnen eine große Stütze sein.«

»Das glaube ich auch, Frau Möhner«, sagte er zögernd.

»Aber?« fragte sie bänglich.

»Ich hab' hier nicht sehr viel zu sagen!« Sein Lachen klang gezwungen.

»Das verstehe ich nicht! Hier in Stuttgart sind Sie doch der Chef!«

»Ich habe noch eine Chefin über mir – meine Frau.« Endlich legte er die Pfeife aus der Hand; sein Gesicht nahm einen besorgten Ausdruck an. »Sie waren ehrlich zu mir, ich will es auch sein. Meine Frau ist eifersüchtig. Vielleicht meinen Sie jetzt ... also wirklich nein! Es liegt nicht an mir!«

»Also so ist das!« erklärte Alma Möhner. »Deshalb suchen Sie eine ältere Sekretärin. Nicht weil Sie eine zuverlässige Kraft brauchen, sondern weil Ihre Frau . . .«

»Auch weil meine Frau«, verbesserte er mit einer Verlegenheit, die auf die meisten Frauen sympathisch gewirkt hätte.

Aber Alma Möhner war im Moment zu schockiert, um seine Reaktion überhaupt zu bemerken. »Und älter braucht sie also auch gar nicht zu sein, sondern nur mies. Darauf kommt es Ihnen an!«

»Aber, aber, liebe Dame, nun übertreiben Sie aber! Wenn ich, wie Sie es auszudrücken belieben, eine miese Person suchte, dann kämen Sie ja von vornherein für den Posten gar nicht in Frage. Sie sehen doch ausgesprochen gut aus.«

Ihre Stimmung schlug um; sie errötete sogar, so geschmeichelt fühlte sie sich. »Meinen Sie das im Ernst?«

»Aber ja doch. Das war mein erster Eindruck, als Sie eben reinkamen! ›Die sieht aber fabelhaft aus‹, habe ich gedacht.«

»Ich . . . ich habe mich auch sehr sorgfältig zurechtgemacht«, gestand sie.

»Na eben. Hoffentlich glaubt meine Frau nun nicht, Sie haben was mit mir vor. Sie ist so eine, wirklich, mißtrauisch bis dort hinaus.«

»Wenn das alles ist . . .« Alma Möhner war jetzt ganz eifrig und gelöst. »Ich kann mir ja das Gesicht waschen, das ganze Make-up wegwischen, das Haar ausbürsten!« Sie fuhr sich mit der Hand in ihre gepflegte Frisur, die hart vom Spray geworden war. »Die Farbe ist auch gar nicht echt, ich bin längst grau!«

»Es wäre vielleicht ganz gut, wenn Sie das meiner Frau erzählten. Ich hoffe doch, Sie haben's nicht eilig?«

»Natürlich nicht!«

»Dann werde ich uns gleich mal bei ihr anmelden!« Er nahm den Telefonhörer ab und ließ sich mit seiner Frau verbinden. »Hallo, Mausi«, sagte er mit überbetonter Herzlichkeit, »ich hoffe, dir geht es gut? Das kannst du mir später alles ausführlich erzählen. Ich fahre jetzt los und bringe einen Gast mit. Nein,

nein, keinen großen Herrn, meine neue Sekretärin . . . falls sie dir gefällt, heißt das natürlich . . . Es macht dir doch nichts aus, noch ein Schnitzel in die Pfanne zu werfen? Fein, in einer halben Stunde sind wir bei dir . . . Gruß und Kuß!« Er legte den Hörer zurück und stand auf.

»Aber ich möchte Ihnen doch keine Umstände machen«, protestierte Alma Möhner schwach.

»Tun Sie gar nicht. Was man auch gegen meine Frau sagen kann, als Hausfrau ist sie einmalig. Und sie beweist es gern!«

Während der Fahrt zum Killesberg empfand Alma Möhner eine angenehme, lange nicht mehr gekannte Aufregung. Sie wußte, daß sie bei der Gegenüberstellung mit Frau Zwiesel nur gewinnen konnte. Falls sie die Stellung nicht bekam, gewann sie den Triumph, in den Augen einer anderen gefährlich zu sein. Fast wünschte sie es sich.

Doch als Frau Zwiesel sie dann auf der Terrasse ihres hübschen spitzgiebeligen Einfamilienhauses empfing, wußte sie sofort, daß sie akzeptiert werden würde. Frau Zwiesel war, anders als sie sich vorgestellt hatte, mindestens zwanzig Jahre jünger als ihr Mann, und sie war attraktiv mit ihrem hellen Haar, den sehr blauen Augen und der glatten, sonnenbraunen Haut. Wahrscheinlich handelte es sich um die zweite Ehe des Bezirksvertreters.

Nachdem sie ihren Mann mit einem Kuß begrüßt und die ersten Worte mit Alma Möhner gesprochen hatte, in einer sehr freundlichen, ruhigen Art, begann die Möhner zu zweifeln, ob ihre Eifersucht denn wirklich krankhaft war oder ob der nette Herr Zwiesel, obwohl er so gute, kräftige Kost zu Hause hatte, nicht doch dazu neigte, gelegentlich von fremden Tellern zu naschen.

Aber das ging sie nichts an. Sie konnte sich freuen, daß sie die Stellung bekam und auch darüber, daß sie in ihrem Leben niemals einem Mann voll vertraut hatte; sonst wäre es ihr bestimmt nicht besser ergangen als der sympathischen Helene Zwiesel und Millionen anderen Frauen.

Alma Möhner war wieder mit ihrem Schicksal versöhnt.

*

Noch vor fünf war Alma Möhner in München zurück, und wieder leistete sie sich ein Taxi, diesmal, um noch rechtzeitig vor Büroschluß in die European Insurance Company zu kommen. Das Hauptsekretariat hatte schon begonnen sich zu leeren, als sie hereinstürmte.

»Hallo, Alma!« begrüßte Wally Hagen sie lächelnd. »Dich braucht man gar nicht erst zu fragen, ob es geklappt hat!«

»Ich habe die Stellung! Ist das nicht wunderbar?!«

»Ich freue mich für dich!«

Die meisten Phonotypistinnen hatten es eilig, nach Hause zu kommen, aber einige liefen doch zusammen, um zu erfahren, was geschehen war.

Alma Möhner genoß ihren Triumph. »Herr Zwiesel ist wirklich nett«, erzählte sie, »und seine Frau ist ganz reizend. Sie haben mich gleich zum Mittagessen eingeladen! Selbstgemachte Spätzle gab es, und nach einer schönen ruhigen Wohnung für Mutter und mich wollen sie sich auch umtun!«

Die anderen beglückwünschten sie.

Nur Betty Troll sagte: »Na, Stuttgart, das wär' nichts für mich! Keine zehn Pferde kriegten mich aus München weg!«

»Wieso Pferde?« neckte eine Kollegin sie. »Ich wette, ein einziger schicker Mann würde genügen, und du würdest lostraben wie ein Esel, dem man ein Heubündel vor die Nase gebunden hat!«

»Ach, ihr könnt mich doch mal! Wann steigt der Cocktail?«

»Am Freitag«, versprach Alma Möhner. »Aber jetzt muß ich rasch noch zur Personalabteilung rauf und denen Bescheid sagen!«

»Laß nur«, sagte Wally Hagen, »ich werde deine Kündigung schon weiterreichen!«

»Aber in ein paar Tagen ist schon der Erste, und Herr Zwiesel will mich gleich haben. Er ist augenblicklich ganz ohne, und den Umzug muß ich auch noch in die Wege leiten . . . Ich kann die Kündigungsfrist unmöglich einhalten!«

Frau Hagen wußte, daß niemand daran denken würde, die Möhner aufzuhalten, aber sie verstand auch, daß sie ihre begreifliche Aufregung abreagieren wollte. »Vielleicht hast du recht«, sagte sie deshalb, »ich halte dir Däumchen!« Mit einem leisen Lächeln sah sie ihr nach, wie sie geradezu jugendlich aus dem Saal wirbelte.

Alma Möhner fuhr mit dem Lift nach oben und stürmte, vollkommen mit sich selbst und ihren Zukunftsplänen beschäftigt, in das Vorzimmer des Personalleiters. »Ich muß Doktor Schmitt sprechen!« verlangte sie ohne zu grüßen.

Frau Helferich war damit beschäftigt, Karteikarten zu bearbeiten. »Um was geht es?« fragte sie kurzangebunden.

»Das möchte ich dem Personalleiter persönlich sagen!«

»Tut mir leid, Doktor Schmitt ist besetzt.«

»Dann werde ich hier warten!« Ostentativ nahm Alma Möhner Platz.

Die Helferich änderte ihre Taktik. »Liebe Frau Möhner, es ist fünf Uhr vorbei! Wäre es nicht besser, Sie würden nach Hause gehen und mich versuchen lassen, für einen der nächsten Tage einen Termin für Sie zu finden?«

»Dann ist es zu spät!«

»Ich kann mir wirklich nichts, aber gar nichts vorstellen, was so eilig wäre!«

»Ich will fort! Schon am Ersten!«

»Das geht aber eigentlich nicht«, behauptete die Helferich, weniger aus Überzeugung als um es der anderen nur nicht zu leicht zu machen.

»Ich weiß, aber es ist wirklich ungemein dringend! Wenn Sie mich nicht lassen, werde ich einfach krank, und dann können Sie gar nichts machen!«

»Das sind ja feine Töne! Und das, nachdem Sie – wieviel Jahre bei uns waren?«

»Länger als Sie jedenfalls!«

»Ich habe es nicht nötig, mich mit Ihnen herumzustreiten.« Die Helferich holte ein Formular aus der linken Schreibtischschublade. »Unterschreiben Sie das . . . eine Erklärung, daß die Company allen ihren Verpflichtungen Ihnen gegenüber nachgekommen ist und daß Sie keinerlei Ansprüche mehr stellen werden.«

Sie schob das Formular Alma Möhner zu und reichte ihr einen Kugelschreiber.

»Und dann kann ich gehen?«

»Zum Ersten. Sie bekommen Ihr Gehalt über die Bank, nicht wahr? Ich werde sofort die Lohnbuchhaltung anrufen . . .«

Mitten im Satz wurde sie von einem schrecklichen Laut unterbrochen; es klang wie ein Wort, das aber völlig unverständlich war, und ging in ein geradezu tierisches Stöhnen über.

Die beiden Frauen starrten sich entsetzt und verständnislos an.

Das Stöhnen wurde zu einem dumpfen Schrei, der das Zimmer erfüllte.

Erst jetzt erkannte Frau Helferich, daß an der Sprechanlage das Signal aufleuchtete. »Es ist der Chef!« rief sie, sprang auf und riß die Doppeltür zum Raum von Dr. Schmitt auf.

Ohne zu überlegten, folgte ihr Alma Möhner.

Dr. Schmitt war über seinem Schreibtisch zusammengebrochen.

»Er ist tot«, stammelte die Helferich, »o Gott, das darf nicht wahr sein. Er ist tot!«

»Aber hören Sie denn nicht, wie er atmet?« Alma Möhner trat vor und bemühte sich, den schweren Kopf zu heben, damit sie einen Blick in sein Gesicht tun konnte; es war leichenblaß und von feinem Schweiß überzogen. »Hat er so etwas schon mal gehabt?« fragte sie und tastete nach seinem Puls.

»Nicht so schlimm. Wir . . . wir konnten es geheim halten. Ein Herzinfarkt. Sie dürfen zu niemandem etwas davon sagen.«

»Sie müssen verrückt sein, so etwas von mir zu verlangen.« Alma Möhner hob den Telefonhörer ab.

»Was wollen Sie tun?«

»Den Rettungsdienst anrufen!«

»Aber dann weiß es morgen die ganze Firma, dann ist er erledigt!«

»Wenn er stirbt, werden es auch alle erfahren, und Sie sind erledigt. Er muß in ärztliche Behandlung, begreifen Sie das denn nicht!?«

»Er würde es nicht wollen!« Frau Helferich war total verstört. Ihre rot geschminkten Lippen wirkten unpassend in dem fahlen Gesicht, die Augen lagen tief in den Höhlen, und das Haar wirkte glanzlos und stumpf. Zum erstenmal sah sie so alt aus, wie sie wirklich war: über vierzig Jahre. »Wenn das herauskommt . . .«

Ohne weiter mit ihr zu diskutieren, begann Alma Möhner die Nummer des Rettungsdienstes zu wählen; auch sie war entsetzt gewesen, aber jetzt begann sie die Situation, in der sie der Helferich überlegen war, fast zu genießen.

Frau Helferich schlug auf die Telefongabel.

»Sie sind verrückt!« rief Alma Möhner. »Sie wissen anscheinend nicht mehr, was Sie tun!«

»Ich lasse es nicht zu, daß Sie anrufen!« rief die Helferich außer sich.

»Dann suche ich mir eben einen anderen Apparat!« Kurzentschlossen wandte Alma Möhner sich zur Tür.

Eine Sekunde sah es so aus, als wollte die Helferich sich auf sie stürzen. Aber Alma Möhner hob ihre Handtasche und sah so kampfbereit aus, daß sie es doch nicht wagte. Statt dessen rang sie die Hände.

»Sie werden ihn entlassen!« rief sie mit versagender Stimme. »Er wird es mir nie verzeihen.«

Alma Möhner stieß sie mit dem Ellbogen zur Seite. »Hier geht es um Leben und Tod. Und bestimmt ist es ihm lieber, pensioniert zu sein als tot.«

»Aber was soll aus mir werden, wenn er nicht mehr zurückkommt? Was wird aus mir?«

Das Mitleid, das Alma Möhner überkommen wollte, verging, ehe es sie recht ergriffen hatte. Es fiel ihr nicht schwer, sich in die Rolle der Verzweifelten zu versetzen, aber sie tat ihr dennoch nicht leid. In den vergangenen Jahren hatte die Helferich nie einen Finger gerührt, um ihr zu helfen.

»Das kann ich Ihnen auch nicht sagen«, erwiderte sie kalt.

Aber sie wußte es genau. Der Nachfolger Dr. Schmitts würde viel jünger sein, und er würde die Helferich nicht behalten wollen. Wenn sie nicht rasch den Absprung fand, würde sie im Haus herumgestoßen werden wie sie selber, und niemand würde versuchen, es ihr leichter zu machen. Sie war immer nur für Dr. Schmitt dagewesen und hatte sich bei keiner ihrer Kolleginnen beliebt gemacht.

Frau Helferich schlug die Hände vor das Gesicht und begann zu schluchzen.

Als Alma Möhner erkannte, daß von ihr kein Widerspruch zu erwarten war, trat sie ans Telefon zurück und benachrichtigte den Rettungsdienst.

Noch während sie telefonierte, dachte sie daran, daß ihr Abschiedscocktail ein Erfolg werden würde. Der Zusammenbruch des Personalleiters würde in den nächsten Tagen das Gesprächsthema Numero eins in der Company sein, und sie war dabeigewesen. So wurde ihr die Genugtuung zuteil, nach Jahren der Demütigung doch noch einen großen Abgang zu haben. Daß diese Genugtuung allerdings reichlich makaber war – dieser Gedanke kam ihr erst gar nicht. Dazu hatte sie zuviel einstecken müssen.

Die Maschine der Air France landete am Samstagvormittag mit Carola Anders und Michael Hagen an Bord auf dem Flughafen »Charles de Gaulle«. Ein Bus brachte sie zum Gare du Nord.

»Sieh nicht hinaus«, warnte Michael während der Fahrt, »dies ist hier zwar auch Paris, aber es hat mit dem Paris unserer Träume nichts zu tun.«

Die Satellitenstädte, häßliche Hochhäuser inmitten zerstörter Landschaft, boten tatsächlich keinen erfreulichen Anblick.

»Trotzdem kann man sicher auch hier glücklich sein«, meinte Carola, »wenn man ein junges Paar ist, zum Beispiel. Dann ist man froh über die eigenen vier Wände, egal, wie es rundherum aussieht.«

Er drückte ihre Hand.

Vom Bahnhof nahmen sie ein Taxi, das sie auf die linke Seite der Seine brachte. Carola hatte für sie in einem kleinen Hotel nahe bei Saint-Germain-des-Prés zwei Zimmer reservieren lassen.

»Zwei?« fragte Michael, als sie die Schlüssel bekamen. »Soll das heißen, daß du nicht mit mir schlafen willst?«

»Doch«, gestand sie und wurde rot, »ich wußte nur nicht, wie ich es anders arrangieren sollte.«

Er lachte. »Du brauchst dich nicht zu genieren, ich wollte dich ja nur necken.«

In Begleitung eines Pagen, der ihr Gepäck trug, fuhren sie hinauf und trennten sich auf dem Gang. Carolas Zimmer war ein quadratisch geschnittener Raum, mit Fenstern, die fast auf den Boden reichten, einer geblümten Tapete und einem überbreiten Bett. Im warmen Licht der Septembersonne wirkte es fast anheimelnd. Rasch packte sie aus und machte sich frisch.

Während sie in Höschen und BH noch ihre rote Mähne bürstete, wurde an die Tür geklopft, und sie sagte: »Entrez!«

Michael trat ein. »Sehr leichtsinnig von dir«, tadelte er, »du hast den Schlüssel stecken lassen. Wenn es nun der Zimmerkellner gewesen wäre!«

»Na und?«

Zärtlich streichelte er ihre nackte Schulter. »Auch der Zimmerkellner ist ein Mann!« Er küßte sie lange.

»Nur keine Bange«, versicherte sie, als sie wieder zu Atem kam, »gegen Männer, die mir nichts bedeuten, kann ich mich sehr gut zur Wehr setzen.« Sie befreite sich aus seiner Umarmung.

»Was ist los?« fragte er irritiert.

Sie tippte ihm mit dem Zeigefinger auf die Nase. »Ich will nur deinem Rat folgen und den Schlüssel reinholen!«

»Das mach ich lieber selber!« Er hängte vorsichtshalber auch die Papptafel mit der roten Seite und der vielsprachigen Aufschrift, die besagte, daß der Gast nicht gestört zu werden wünschte, nach draußen.

Als das erledigt war, hatte Carola schon die Überdecke zurückgeschlagen und war in das breite Bett geschlüpft. Er nahm seine Brille ab, kam zu ihr, und sie liebten sich mit der leidenschaftlichen Zärtlichkeit, die sie füreinander empfanden.

Nachher lagen sie noch eine Weile ganz entspannt nebeneinander; sie hatte den Kopf an seine Brust gelegt.

»Hast du Vergleiche angestellt?« fragte er.

Zuerst wußte sie gar nicht, worauf er hinauswollte. »Vergleiche?« fragte sie verständnislos.

»Mit deinem Traummann?«

»Ach so.« Sie streichelte seine nackte Brust. »Nein, das habe ich nicht getan, aber wenn du verlangst, daß ich darüber nachdenke . . .« Sie machte eine Pause. »Man vergißt so was anscheinend komischerweise, das heißt, man kann es sich nicht mehr richtig vorstellen, was man dabei empfunden hat.«

»Kann schon sein«, gab er zu.

»Jetzt jedenfalls kommt es mir vor, als ob er doch nur ein alter Knacker gewesen wäre, aber damals habe ich ihn bestimmt ganz anders gesehen.«

»Ich liebe dich.«

»Warum sagst du das gerade jetzt?«

»Weil du entwaffnend ehrlich bist.«

»Bin ich, wenn es sich irgend machen läßt!« Sie richtete sich auf. »Aber jetzt habe ich Hunger!«

»Das ist das erlösende Wort!«

Rasch zogen sie sich an. Carola wollte noch das Bett in Ordnung bringen, aber er zog sie mit sich fort.

»Laß nur, in Paris ist so was keine Schande.«

Unten gaben sie ihre Schlüssel ab und liefen Hand in Hand auf die Straße, befreit wie Kinder, deren Ferien begonnen haben. In einem Bistro verschlangen sie Dutzende von Austern, aßen in Butter geröstetes Weißbrot dazu und tranken einen prickelnden, herben Landwein.

Danach machten sie sich an die Eroberung der Stadt. Sie waren beschwingt und hatten das Bedürfnis, endlos zu laufen. Hand in Hand gingen sie zur Seine, stöberten in den Beständen der Bouquinisten, bewunderten Notre Dame, den wunderbaren Dom, in dem sich aus romanischen Anfängen die Hochform der Gotik entwickelt hat, verließen die Insel und schlenderten auf dem rechten Ufer der Seine bis zum Louvre und weiter durch den Jardin des Tuileries, dessen Rasenflächen immer noch im sommerlichen Grün prangten. Auf dem kleinen See ließen Kinder Schiffe segeln.

»Das möchte ich auch«, gestand Carola.

»Kannst du haben.« Er suchte ein besonders schönes Boot bei dem alten Mann aus, der sie verlieh; mit viel Gelächter und Eifer ließen sie es zu Wasser und freuten sich an seiner eleganten Fahrt auf dem See.

»Du wirst lachen«, sagte sie, als sie weitergingen, »so was habe ich mir immer schon gewünscht.«

»Wer nicht?«

Carolas Wangen hatten sich gerötet, und sie sah reizend aus in einem hellrosa Kostüm, dessen weit geschnittener Rock um ihre schlanken Beine schwang. Sie konnte es mit jeder Pariserin aufnehmen, und er war stolz auf sie.

»Da rechts ist das ›Jeu de Paume‹«, zeigte er ihr, »da müssen wir morgen unbedingt rein.«

»Ich verstehe immer nur Bahnhof.«

»Jeu de Paume heißt zu deutsch Ballhaus. Früher wurde da Federball gespielt. Jetzt ist ein Museum drin.«

»Museum? Schreck laß nach!«

»Die wunderbarste Sammlung impressionistischer Gemälde auf der ganzen Welt. Die wird sogar einer kleinen Banausin wie dir gefallen.«

Schon von weitem hatten sie den Obelisk auf der Place de la Concorde gesehen, der Carola beeindruckte, weil sie ihn von Ansichtspostkarten her kannte. Hinter ihm erstreckten sich die Champs-Elysées, und sie liefen bis zum Arc de Triomphe hinunter, vorbei an den Straßencafés, eleganten Geschäften, Restaurants, Kinos und Autosalons.

Michael hatte die Idee, den Arc de Triomphe zu besteigen, und sie kletterten die vielen, vielen Stufen hinauf und gerieten endlich doch außer Atem. Aber es hatte sich gelohnt. Als sie auf dem flachen Dach mit der niedrigen Brüstung standen, bot sich ihnen das prachtvolle Bild der von der Place de l'Etoile sternförmig auseinanderlaufenden Straßen. Da gab es die baumbestandene Avenue Foch, in der die ganz reichen Leute ihre Villen oder wenigstens Eigentumswohnungen haben und die sich bis zum Bois de Boulogne erstreckt, dessen Grün sie in der Ferne aufleuchten sahen.

Auch die Champs-Elysées übersahen sie bis zum Obelisken, und die Straße gegenüber, die Avenue de la Grande-Armée bis zum UNO-Gebäude. Im ganzen waren es zwölf Straßen, Carola machte sich den Spaß, sie zu zählen, manche groß und bedeutend, andere wieder nur schmal und rasch endend. Diese faszinierende Sicht bot sich ihnen im wechselnden Licht des Septembernachmittags, an dem dicke weiße Wolken die Sonne immer wieder halb verdeckten, bis sie sich strahlend frei gekämpft hatte.

Carola wäre danach gern die andere Seite der Champs-Elysées hinuntergelaufen, aber sie war auch einverstanden, als Michael vorschlug, die Avenue Kléber bis zur Place du Trocadéro zu nehmen. Das etwas pompöse Palais de Chaillot gefiel ihnen nicht, um so besser die hinter ihm liegenden Jardins du Trocadéro mit ihren grünen Rasenflächen, den letzten Rosen und den sprudelnden Fontänen.

Jenseits der Seine tauchte der Eiffelturm vor ihnen auf, und zu dem mußten sie natürlich unbedingt noch hin. Sie fuhren bis zur Spitze hinauf und hatten von hier einen Überblick über ganz Paris, nicht so beeindruckend allerdings wie vom Arc de Triomphe, weil die Stadt spielzeughaft klein wirkte und sie sich ihr nicht mehr so nahe fühlen konnten wie eben noch. Aber es war hübsch anzusehen, wie hie und da die ersten Lichter angingen und das Blau des Himmels sich verdunkelte.

»Und was jetzt?« fragte Michael und legte den Arm um ihre Schultern.

»Wenn ich ehrlich sein soll«, gestand sie, »bin ich ziemlich geschafft.«

»Wen wundert's! Zu Hause können wir mal auf dem Stadtplan nachmessen, wieviel Kilometer wir gelatscht sind.«

»Die Stufen nicht zu vergessen!«

»Also nehmen wir ein Taxi. Fragt sich bloß, wohin. Willst du nach Saint-Germain-des-Prés, wo es gemütlich ist? Oder auf deine geliebten Champs-Elysées?«

»Erst Champs-Elysées und später Saint-Germain«, entschied sie.

Sie aßen im Café de Paris, einem Restaurant, das sich, in kleine

Chambres séparées unterteilt, mitten in einer Passage befand, umgeben also von Passanten und Schaufenstern, sehr pariserisch zu Abend. Danach gingen sie, erholt, bis zum Arc de Triomphe zurück, weil Carola sich unbedingt ihren Wunsch erfüllen wollte, die Seite der Straße, die sie noch nicht kannte, von oben nach unten hinunter abzulaufen.

Erst am Obelisk nahmen sie ein Taxi.

»Suchen wir uns ein nettes Bistro?« schlug er vor. »Oder lieber eine Diskothek?«

»Ja, das können wir. Aber eigentlich habe ich für heute genug gesehen. Ich muß das alles erst mal verdauen.«

»Also zurück zum Hotel?«

»Wenn es dir nichts ausmacht.«

»Im Gegenteil: Du sprichst mir aus der Seele!«

In der Abgeschiedenheit ihres hübschen kleinen Raumes flogen sie sich in die Arme und liebten sich, als könnte es für sie keine Müdigkeit geben.

Später bestellte er eine Flasche Champagner beim Etagenkellner, und als sie die geleert hatten, schliefen sie tief und glücklich, einander in den Armen haltend, ein.

Als Carola am nächsten Morgen aus dem Bad kam, frisch, rosig und duftend, die rote Mähne hochgesteckt, das dicke weiße Badetuch wie eine Toga um sich drapiert, erklärte sie: »Paris ist herrlich . . . nicht nur Paris! Aber eines ärgert mich . . .«

»Ich weiß! Daß wir zwei Zimmer bezahlen müssen, wo wir doch nur eines benutzen!«

»Das hast du toll geraten!«

»War nicht schwer, ich habe ja auch darüber nachgedacht. Wir sollten das abstellen.«

»Aber wie?«

»Höchst einfach: mit einem Ja auf dem Standesamt.«

»Jetzt wirst du zynisch! Man kann doch nicht nur deshalb heiraten, um . . .«

»Wir tun es ja auch nicht nur deshalb. Sondern weil wir uns lieben. Das ist doch so kein Zustand. Du in deinem Wohnheim, wo kein Mann auf dein Zimmer darf, und ich bei meiner Mutter, die von Damenbesuchen auch alles andere als begeistert wäre.«

»Eigentlich hast du recht.« Sie setzte sich auf die Bettkante. »Und dabei verdienen wir genug, um uns was Nettes leisten zu können. Besonders wenn wir zusammenwerfen.«

»Also einverstanden?«

»Meinen Heiratsantrag habe ich mir eigentlich anders vorgestellt!«

»Nun denn, es sei!« Er sprang aus dem Bett und kniete sich, nur mit seiner Pyjamahose bekleidet, vor ihr auf den Boden und preßte sich die linke Hand auf das Herz: »Carola, du meine heiß und innig Geliebte, kaum wage ich es zu fragen . . . Willst du meine Frau werden?«

»Ja, du alberner Pinsel!«

Sie gab ihm einen Stoß, so daß er das Gleichgewicht verlor, er riß sie zu sich herab, und übermütig rollten sie sich auf dem Teppichboden.

Michael Hagen benutzte die nächste Gelegenheit, um mit der Mutter über seine Zukunftspläne zu sprechen. Sie aßen zusammen zu Abend, und Wally Hagen hatte ihrem Sohn Pommes frites zu seinem Steak gemacht, während sie das ihre nur mit Salat aß.

»Schmeckt prima«, lobte er sie, »aber du verwöhnst mich zu sehr!«

»Wo du doch nur noch so selten zum Essen da bist.«

»Gerade darüber wollte ich mit dir sprechen.«

Sie war sofort alarmiert. Seit dem Tod ihres Mannes hatte sie sich vor der Zeit gefürchtet, da ihr Sohn sie verlassen würde; immer wieder hatte sie sich eingeredet, daß sie imstande wäre, diesen Schlag mit Fassung hinzunehmen, aber jetzt spürte sie, daß sie es nicht konnte. »Doch nicht jetzt beim Essen«, bat sie mit dem kläglichen Versuch, wenigstens noch eine Gnadenfrist herauszuschinden, und wenn sie noch so kurz war.

»Warum denn nicht?« entgegnete er. »Ich kann sehr gut gleichzeitig reden und essen.«

»Mit vollem Mund!«

»Ich werde zuerst runterschlucken. Also, es geht um folgendes: Ich habe vor, mir eine eigene Wohnung zu suchen!«

Jetzt war Wally Hagen, wenigstens äußerlich, ganz ruhig. »Paßt es dir nicht mehr bei mir?«

»Was für eine Frage! Natürlich paßt es mir. Aber ich bin vierundzwanzig . . . entschieden zu alt, um noch an Mutters Schürzenzipfel zu hängen.«

»Warum redest du nicht offen mit mir? Da steht doch eine Frau dahinter.«

Er lachte. »Wie du mich durchschaust! Ja, es stimmt, ich habe mich verliebt, und ich hätte es dir auch so gesagt. Ich wollte es dir nur schonend beibringen.«

Jetzt lachte auch sie, aber es klang gezwungen. »Du tust gerade so, als müßte das für mich eine Hiobsbotschaft sein.«

»Ist es das nicht?«

»Nein. Es ist doch das Natürlichste von der Welt, daß ein erwachsener Mann heiraten will . . . du willst doch heiraten, nicht wahr?«

»Ja.«

»Wer ist es?«

»Du kennst sie.« Es wurde ihm bewußt, daß er jetzt doch das Essen vergessen hatte, und er schob sich eine Gabel voll Pommes frites in den Mund.

»Tatsächlich?«

»Ja. Moment.« Er trank einen Schluck Bier nach. »Sie arbeitet in deinem Schreibsaal.«

Blitzschnell ließ Wally Hagen die Mädchen und Frauen aus dem Hauptsekretariat, die für ihren Sohn in Frage kommen könnten, vor ihrem inneren Auge Revue passieren. In Betracht kam ihrer Meinung nach nur eine einzige: Betty Troll. Ihr fiel ein, daß die Kleine sich in letzter Zeit gemausert hatte. Ihre Pickel waren verschwunden, und auch ihre Redensarten waren nicht mehr ganz so keß wie früher. Ohne Zweifel würde auch aus Betty Troll noch eine vernünftige, liebenswerte Person werden.

»Das heißt, sie arbeitete«, verbesserte sich Michael. »Inzwischen ist sie eine Stufe hinaufgefallen. In den Verwaltungsservice.«

»Carola Anders?« Wally Hagen fragte es tonlos, voller Entsetzen.

»Ja! Was ist los mit dir? Ist dir nicht gut?«

Wally Hagen schob den halb geleerten Teller von sich. »Doch nicht Carola Anders! Jede . . . nur nicht die!«

Michael blieb gelassen. »Sie sagte mir schon, daß du ein Vorurteil gegen sie hast, aber daß es . . .«

Seine Mutter fiel ihm ins Wort. »Vorurteil!? Ich kenne sie durch und durch.«

»Das bildest du dir doch nur ein.«

»Ein Mädchen, das mehr als ein halbes Jahr unter meinen Augen gearbeitet hat . . .«

». . . und mit der du hin und wieder ein paar oberflächliche Worte gewechselt hast! Na und? Das heißt doch nicht, einen Menschen kennen.«

»Du glaubst wohl, daß sie durch meine Empfehlung in den Verwaltungsservice gekommen ist . . .«

»Nein, keineswegs!«

Sie war zu aufgeregt, um seinen Zwischenruf zur Kenntnis zu nehmen. ». . . aber so war das nicht! Ihre Arbeitsleistung war wirklich nicht so, daß sie eine Beförderung verdient hätte.«

Er ließ sie reden und aß weiter, ruhig, fast ostentativ, bis sie sich selber unterbrach.

»Ach, Michael, warum glaubst du mir denn nicht? Sie ist nicht das richtige Mädchen für dich, ich weiß es. Bitte, Junge!« Sie legte ihm die Hand auf den Arm. »Es ist Jahre her, daß ich dich um etwas gebeten habe!«

»Komm mir nur nicht auf die Tour«, erklärte er mit vollem Mund.

Sie zog ihre Hand zurück und begann nervös an der Tischdecke zu zupfen. »Die Wahrheit ist, Carola Anders genießt Protektion von oben. Verstehst du jetzt?«

»Was gibt es da zu verstehen? Einer der leitenden Herren hat Interesse daran, daß sie vorankommt.«

»So was ist bei uns eigentlich ganz unüblich, aber . . . Bitte,

Michael, zwinge mich nicht, es auszusprechen!«

»Was?«

»Sie muß mit jemandem aus der Direktion ein Verhältnis haben!«

Er hob den Kopf. »Da sieh mal einer an, meine gute, hochanständige Frau Mama, und eine Phantasie wie ein . . . na, ich will es lieber nicht sagen. Eine andere Erklärung ist dir also nicht eingefallen? Dann muß ich dir wohl auf die Sprünge helfen. Carola ist doch ein Mädchen aus gut bürgerlichem Hause.«

»Ihre Eltern sind geschieden.«

»Trotzdem könnte doch ihr Vater Beziehungen zur Company haben. Oder etwa nicht? Er könnte doch jemanden in der Spitze auf seine Tochter aufmerksam gemacht, ihn gebeten haben, etwas für sie zu tun.«

»Hat sie das etwa behauptet?«

»Beantworte erst mal meine Frage. Könnte es sein oder nicht?«

»Das wäre zumindest . . . ungewöhnlich.«

»Auch nicht ungewöhnlicher als deine Version.«

»Michael, ich versuche doch nur, dir klarzumachen, daß Carola kein Mädchen ist, das zu dir paßt.«

»Woher willst du das denn wissen? Bildest du dir etwa ein, ich lege Wert darauf, eine Jungfrau zu heiraten? Das tut doch heute kein Mensch mehr. Das war einmal, die Zeiten sind vorbei.«

»Es macht dir also auch nichts aus, eine Frau zu heiraten, von der du weißt, daß sie ein fortdauerndes Verhältnis mit . . .«

»Mutter! Das geht jetzt doch entschieden zu weit.« Er stand auf.

»Michael, ich wollte doch nicht . . .«

Aber du hast. Du bist auf bloße Vermutungen hin über ein Mädchen hergezogen, von der du wissen mußtest, daß sie mehr als jeder andere Mensch auf der Welt mir bedeutet. Wenn das deine sogenannte Liebe ist, dann pfeife ich darauf.«

Mit großen Schritten verließ er das Zimmer, und wenig später hörte sie die Wohnungstür hinter ihm zufallen.

Sie saß wie erstarrt. Es war nicht mehr die Tatsache, daß ihr

Sohn ein Mädchen heiraten wollte, das sie ablehnte, die sie so erschütterte, sondern die Erkenntnis, daß sie, wenn es um ihr eigenes Schicksal ging, auch nicht klüger und geschickter war als die anderen Frauen, auf die sie bisher immer ein bißchen herabgesehen hatte. Sie hatte genauso dumm und emotionell reagiert, wie es jede von ihnen getan haben würde. Ihre Überlegenheit hatte immer nur darin bestanden, daß sie persönlich von den Problemen ihrer Untergebenen ungerührt geblieben war. Da hatte sich leicht raten lassen.

Wäre eine zu ihr gekommen und hätte ihr geklagt, daß ihr Sohn ein Mädchen heiraten wollte, die sie für ein Flittchen hielt, wie weise hätte sie da gesprochen.

Sie konnte es sich ausmalen. »Sind Sie denn ganz sicher, daß das Mädchen nichts taugt?« hätte sie gefragt.

»Nun, ganz sicher nicht. Wer kann schon in einen anderen Menschen hineinschauen?«

»Na, sehen Sie! Ich meine, Sie sollten doch Vertrauen in Ihren Sohn haben. Er wird doch auch eine gewisse Menschenkenntnis besitzen, nicht wahr?«

»Ja, aber wenn man blind verliebt ist . . .«

»Dann kann es schon mal passieren, daß man an die Falsche gerät, zugegeben. Aber dann werden Sie ihm nicht die Augen öffnen können, darüber müssen Sie sich ganz klar sein. Ausreden läßt sich so eine Verliebtheit nicht.«

»Aber was soll ich sonst tun?«

»Nichts. Ihr Sohn ist erwachsen, er muß seinen eigenen Weg gehen. Ob Sie seine Frau mögen oder nicht, versuchen Sie, sich gut zu ihr zu stellen. Schon mancher Mann ist im Kampf zwischen seiner Frau und seiner Mutter aufgerieben worden. Das sollten Sie Ihrem Sohn ersparen. Wenn Sie sich gegen die Verbindung stemmen, kann es Ihnen außerdem leicht passieren, daß Sie nicht Ihre Schwiegertochter loswerden, sondern Ihren Sohn verlieren.«

Mit einem tiefen Seufzer öffnete Wally Hagen die Augen. Sie hatte erkannt, daß ihr nichts anderes übrigblieb, als sich mit Michaels Wahl abzufinden. Es tat weh, sehr weh. Dafür hatte sie nun vierundzwanzig Jahre um ihn gebangt und für ihn gesorgt.

Sie mußte alles daransetzen, ihn ihre bösen Worte vergessen zu lassen, wenn sie nicht sehr einsam werden wollte.

Zum erstenmal spürte Wally Hagen, daß das Alter nicht mehr fern war. Was blieb zu wünschen? Daß sie so lange wie möglich ihren Posten in der Company ausfüllen konnte, hie und da ein Besuch von Michael, vielleicht Enkelkinder.

Wally Hagen stand auf. Nur nicht resignieren, dachte sie, noch war sie nicht zu alt, ihrem Leben einen neuen Sinn zu geben.

Helga Gruber hatte ihre ersten Tage in der Kanzlei von Rechtsanwalt Dr. Schütz schon hinter sich. Die Arbeit war so interessant, wie sie erwartet hatte, und es stellte sich heraus, daß sie außergewöhnlich fähig war, die langen, oft verschachtelten juristischen Abhandlungen fehlerfrei und ohne zu radieren vom Tonband ins reine zu übertragen. Was ihr noch wichtiger war: Endlich wurde nicht nur ihre Fingerfertigkeit, sondern auch ihre Intelligenz gefordert. Um noch tiefer in die Materie einzudringen, hatte sie sich in einen Rechtshilfekurs an der Volkshochschule eingeschrieben, der zweimal in der Woche abends stattfand; das waren die einzigen Abende, an denen sie sich beeilte fortzukommen. Normalerweise war nie vor sieben, halb acht Uhr Feierabend, und es war ihr gerade recht so. Statt Whisky hatte sie sich angewöhnt, Milch zu trinken, anders wäre es ihr auch nicht möglich gewesen, abends noch für ihren Kurs zu arbeiten.

Als sie am Donnerstag die Treppen zu ihrer Dachwohnung hinaufstieg, war es für ihre neuen Verhältnisse noch ziemlich früh, gegen sieben. Aber die Abende hatten schon begonnen kürzer zu werden, und so war es fast dämmrig. Sie erschrak, als sie eine große Gestalt auf der obersten Stufe sitzen sah; erst im zweiten Augenblick erkannte sie ihren Mann.

Thomas Gruber sah gut aus; seine braungebrannte Haut bildete einen auffallenden Kontrast zu seinem blonden, von der Sonne – oder auch von chemischen Mitteln – ausgebleichtem Haar. »Na endlich«, sagte er mit leichtem Vorwurf und richtete sich auf, »da bist du ja. Ich war schon bei der Company und wollte dich abholen.«

»Ich arbeite nicht mehr dort.«

»Das hab' ich inzwischen erfahren.«

Sie wollte schon an ihm vorbei und die Tür aufschließen, da fiel ihr die Warnung des Rechtsanwalts ein, und sie blieb stehen. »Was willst du?«

»Herrgott, bist du cool! Ich reise von Rom an, um dich wiederzusehen . . .« Er nahm sie in die Arme. »Sag mal, du bist mir doch nicht etwa immer noch böse?«

»Laß mich los! Aber sofort!«

Er gehorchte. »Helga! Also, wenn ich das gewußt hätte . . .«

»Ich habe die Scheidungsklage eingereicht.«

»Das kannst du doch nicht machen!«

»Du wirst staunen, was ich alles kann! Wir haben uns getrennt, und diese Trennung ist für mich endgültig.«

»Das nehme ich zur Kenntnis. Aber du wirst zugeben, daß es da doch noch einige Dinge gibt, die zu besprechen sind. Willst du das etwa im Treppenhaus aushandeln?«

»Ich wüßte nicht, was es zwischen uns zu handeln geben könnte. Aber bitte, gehen wir ins ›Roma‹, wenn dir das lieber ist.« Sie warf einen Blick auf ihre Armbanduhr. »Ich habe genau eine halbe Stunde Zeit für dich.«

»Und meine Koffer?«

Erst jetzt bemerkte sie, daß er zwei Koffer, die reichlich ramponiert aussahen, neben der Wohnungstür abgestellt hatte. »Nimm sie mit!«

»Also wirklich! Ich kann meine Koffer doch nicht quer durch die halbe Stadt schleppen!«

»Dann laß sie eben hier stehen. Wertgegenstände werden wohl sowieso kaum drin sein.«

Er ließ sich durch ihren kalten Ton nicht entmutigen. »Du, ich habe dir was mitgebracht! Du wirst dich freuen.« Er machte Anstalten, sich niederzuknien und den größeren der beiden Koffer zu öffnen.

»Nein, danke«, lehnte sie eisig ab, »ich möchte kein Geschenk von dir.«

»Aber warum denn nicht?!«

»Weil ich aus Erfahrung weiß, daß ich es viel zu teuer bezahlen muß. Komm jetzt!« Sie drehte sich um und lief die Treppen hinunter.

Draußen auf der Maximilianstraße war es heller als drinnen; noch brannten die Laternen nicht.

»Du ahnst nicht, wie schön es ist, wieder zu Hause zu sein!« Er schob seine Hand unter ihren Ellbogen.

Sie ließ es geschehen und wunderte sich, daß es ihr nicht einmal unangenehm war. »Wo wirst du wohnen?«

»Nun, ich dachte natürlich . . .«

»Bei mir nicht. Aber du hast doch Freunde.«

»Ich hätte nie gedacht, daß du so unerbittlich sein könntest!«

»Dann hast du dich in mir getäuscht. Also zu wem willst du ziehen? Ich hätte nämlich gern deine Adresse.«

»Das muß ich mir noch überlegen.«

»Tu das.«

Eine Weile gingen sie schweigend nebeneinander her.

»Na, wie war's in Rom?« fragte sie endlich, weil sie meinte, ein wenig Interesse zu zeigen wäre das mindeste, was sie für ihn tun könnte.

»Es hat sich sehr gut angelassen. Ich habe einen Film gemacht.«

»Das ist ja wunderbar!«

»Natürlich nicht die Hauptrolle, aber immerhin. Alle haben mir eine große Karriere vorausgesagt.«

»Und dann?«

»Dann stellte sich heraus, daß ich zuviel Ähnlichkeit mit Helmut Berger habe.«

»Aber das kann ich nicht finden!«

»Du nicht, aber Berger und sein Produzent. Die haben mich fertiggemacht.«

Helga Gruber wußte aus Erfahrung, daß er sich mit Vorliebe in die Rolle des vom Schicksal Verfolgten versetzte, aber sie nahm es ihm nicht übel. »Und was wirst du jetzt tun?«

»Was schon? Mich wieder in Deutschland umsehn.«

»Wenn ich dir einen Rat geben darf . . .«, begann sie zögernd.

»Nur los! Du weißt, ich habe immer auf dich gehört!«

»Dann solltest du dir einen Ruck geben und die Schauspielerei an den Nagel hängen!«

Er ließ sie los und blieb stehen. »Wie stellst du dir das vor?«

»Höchst einfach. Du gehst zum Arbeitsamt und erkundigst dich, wo man einen Mann wie dich brauchen kann. Du hast doch sogar eine kaufmännische Lehre.«

»Im Büro würde ich eingehen.«

»Es braucht ja nicht unbedingt ein Büro zu sein. Ich habe an etwas Schillernderes gedacht . . . Autoverkäufer, Reisender, vielleicht auch Dreßman.«

»Mich auf so etwas einzulassen, habe ich bisher immer abgelehnt.«

»Das war wahrscheinlich dein Fehler.«

»Helga!« Er packte sie bei den Schultern. »Willst du mir nicht noch eine Chance geben?«

»Dich wieder mal 'ne Weile über Wasser halten? Nein. Kommt gar nicht in Frage.«

»Aber ich brauche dich!«

»Nicht mich, Thomas, sei ehrlich. Was du haben möchtest, ist meine Wohnung und mein sicheres Einkommen. Doch, das ist die Wahrheit. Jetzt hör mich mal an. Ich habe lange über uns beide nachgedacht. Unsere Beziehungen sind von Anfang an falsch gelaufen, und es war meine Schuld so sehr wie deine. Ich habe gedacht, ich täte dir was Gutes, indem ich dich verwöhnte. Aber das war falsch. Ein Mann muß kämpfen, sonst kann nichts aus ihm werden.«

»Du verdrehst alles! Du willst alles verdrehen! Das Wichtigste hast du nämlich bei all deinen Berechnungen vergessen: daß ich dich liebe, Helga! Nur dich! Das hat mit meinen kleinen Abenteuern gar nichts zu tun. Du stehst auf einer ganze anderen Stufe als diese Pipimädchen, und deshalb hast du auch gar keinen Grund eifersüchtig zu sein. Du bist einsame Klasse!« Er wollte sie in die Arme nehmen.

Sie stemmte die Hände gegen seine Brust. »Schön, daß du so gut von mir denkst. Ein Grund mehr, dich mal wirklich zu bemühen, was aus deinem Leben zu machen.«

»Was habe ich denn bisher getan?«

»Offensichtlich das Verkehrte, denn sonst hättest du doch irgendwas auf die Beine bringen müssen.« Sie wandte sich ab und ging mit energischen Schritten weiter.

Schon von weitem leuchteten ihnen die Lichter des an der Ecke gelegenen »Café Roma« entgegen; Helga Gruber verspürte Lust auf eine Tasse Kaffee, aber stärker noch war ihr Wunsch, das unerquickliche Gespräch zu beenden.

Sie blieb stehen. »Das wär's doch eigentlich«, stellte sie fest, »ich kann mir nicht denken, daß du mir sonst noch was zu sagen hättest.«

»Du willst mich loswerden!«

»Ich hasse Redereien, bei denen nichts herauskommen kann! Und für dich wär's besser, du würdest was unternehmen . . . herumtelefonieren zum Beispiel, wo du heute nacht bleiben kannst.«

Er packte sie beim Arm. »Ist das dein letztes Wort?«

»Nun sei nicht so dramatisch. Wozu? Da du jetzt wieder in München bist, werden wir uns bestimmt gelegentlich sehen. Ruf mich an, sobald du eine feste Adresse hast. Nach acht Uhr abends bin ich meist zu erreichen. Außer dienstags und donnerstags. Also . . . mach's gut.«

»Bitte, Helga, gib mir noch eine Chance!«

»Die hast du ja. Unbedingt. Es liegt ganz an dir, ob es dir gelingt, festen Boden unter die Füße zu kriegen. Ich werde dir Däumchen halten. Da kommt meine Bahn!«

Helga Gruber spurtete los und erreichte die Straßenbahn an der Haltestelle. Sie war erleichtert, die unvermeidliche Begegnung hinter sich zu haben, ohne daß ihr Mann sie angepumpt hatte. Von Anfang an hatte sie das Gefühl gehabt, daß er das eigentlich wollte. Es sprach für ihn, daß er davor zurückgeschreckt war. Vielleicht konnte doch noch etwas aus ihm werden.

Wollte sie ihn dann wieder zurückhaben? Sie wußte es nicht.

Sie wußte nicht einmal, ob er kommen würde, wenn er ihre Unterstützung nicht mehr brauchte. Vielleicht würde er dann seine Freiheit oder ein anderes Mädchen vorziehen.

Aber es war zu früh, sich Gedanken darüber zu machen. Das waren Dinge, die noch in den Sternen lagen.

Montag, den 15. September, startete Sibylle Kern endlich zu ihrer Geschäftsreise mit Dr. Alexander Grummet nach London; sie hatte sich eigens für diesen Zweck von Kopf bis Fuß mit neuer Garderobe eingedeckt.

Aber die Reise begann mit einer Enttäuschung. Dr. Grummet war nicht am Flughafen, er kam auch nicht mit Verspätung, und Sibylle, die mit steigender Nervosität gewartet hatte, entschloß sich endlich, in der Company anzurufen.

Edna Scharp erklärte ihr – mit einer gewissen Schadenfreude, wie es Sibylle schien –, daß der Chef sich entschlossen hatte, schon am Sonntag zu fliegen und deshalb umgebucht hatte.

Sibylle mußte sich beeilen mitzukommen, denn ihre Maschine war inzwischen schon das zweite Mal aufgerufen worden.

»Na endlich«, sagte die Stewardeß, die sie auf dem Luftsteig ließ, »wir dachten schon, wir müßten Sie suchen!«

Es war Sibylles erster Flug, doch sie war zu nervös, um ihn zu genießen. Ihre Gedanken kreisten unentwegt um den Mann, für den sie schwärmte. Bisher war sie ihm, dank Edna Scharps ständiger Aufpasserei, noch nicht einen Schritt nähergekommen. Das hatte sie nicht bedrückt, denn ihr Beisammensein mit ihm in London und damit die große Chance hatte leuchtend vor ihr gelegen.

Daß er es aber vorgezogen hatte, einen Tag früher zu fliegen, brachte alle ihre Pläne ins Schwanken. Es war nicht so sehr die Tatsache, daß er nicht soviel Wert darauf zu legen schien, mit ihr zusammenzusein, wie sie sich eingebildet hatte, als die Angst, daß es in London eine andere Frau geben könnte, die auf ihn wartete. Das lag nur zu nahe. Die Abteilungsleiter kamen mehrmals im Jahr in die Zentrale nach London zu irgendwelchen Besprechungen. Eine Geliebte in London zu haben, wäre für Alexander

Grummet also ganz praktisch gewesen.

»Ich werde sie ausstechen«, nahm Sibylle sich vor und ballte die Fäuste.

Aber sie war ihrer Sache gar nicht mehr so sicher. Es war ein anderes Ding, ob man sich vornahm, gegen eine Ehefrau anzutreten – eine Mutter von vier Kindern noch dazu, die, wie es das silbergerahmte Foto auf seinem Schreibtisch deutlich zeigte, niemals schön gewesen war –, oder ob man gleichzeitig den Kampf mit einer Favoritin aufnehmen mußte.

Sibylles Blick schweifte über die weiße Wolkendecke unter sich, ohne etwas wahrzunehmen.

Ein schrecklicher Gedanke war ihr gekommen: Wenn Dr. Alexander Grummet in London eine Geliebte hatte, dann wohnte er vielleicht gar nicht im Hotel, sondern bei ihr!

Aber diese Enttäuschung blieb ihr erspart. Dr. Grummet war im Hotel abgestiegen, und zwar im gleichen Hotel wie sie selber, im vornehmen »Savoy« in der Nähe von Piccadilly, in der die Tagung stattfand. Das bestätigte man ihr gleich bei ihrer Ankunft am Empfang. Schon in der Eingangshalle wiesen Schilder zu den Konferenzsälen und gab es Anschläge für die Mitglieder der European Insurance Company.

Sibylles Zimmer hatte, außer der Adresse, nichts Vornehmes an sich – ein kleiner Raum, karg möbliert und ohne Bad. Später erfuhr sie, daß es zu den Zimmern gehörte, in denen in früheren Zeiten die Zofen, die ihre Herrinnen begleiteten, untergebracht worden waren. Aber die bescheidene Behausung konnte Sibylle nicht erschüttern. Obwohl sie wußte, daß die erste Besprechung erst am frühen Nachmittag stattfand, machte sie sich mit Sorgfalt frisch, um dann gleich hinunter zu eilen. Es blieb ihr noch eine Stunde Zeit, und es kam ihr die Idee, sich ein bißchen draußen umzutun. Aber sie wollte nicht Gefahr laufen, den geliebten Chef zu verpassen.

Er kam erst fünf Minuten vor Beginn der Tagung herunter und begrüßte sie mit seinem hinreißenden Lächeln. »Hallo, Fräulein Kern! Einen guten Flug gehabt?«

»Ja, danke, Herr Doktor!«

»Sie wissen, was Sie zu tun haben?«

»Fräulein Scharp hat mir alles erklärt.«

»Sie werden sich sehr konzentrieren müssen.«

»Oh, ich habe eine gute Auffassungsgabe.«

»Das weiß ich.« Das Grübchen in seinem Kinn vertiefte sich. »Ich bin nur nicht sicher, ob Ihr Englisch auch so gut ist.«

»Englisch?« fragte Sibylle und kam sich selber töricht vor.

»Ja, sicher. Die Verhandlungssprache ist natürlich Englisch.«

Daran hatte Sibylle nicht gedacht, und Edna Scharp hatte auch vergessen, sie darauf aufmerksam zu machen – vielleicht hatte sie auch bewußt davon abgesehen, sie zu warnen. Sibylle begriff, daß ihr eine knochenharte Arbeit bevorstand.

So wurde es auch. Mit äußerster Konzentration mußte sie Referaten und Diskussionen lauschen und sich dabei bemühen, wenigstens die wichtigsten Punkte festzuhalten. Aber damit war es nicht getan. Abend für Abend hockte sie auf ihrem Zimmerchen, kämpfte darum, ihre Notizen zu entziffern, Worte, die sie nicht verstanden hatte, zu übersetzen und so etwas wie eine Unterlage für Dr. Grummets eigenes Memorandum fertigzustellen.

Nichts war es mit dem Bummeln durch Londons Nachtklubs, von denen sie geträumt hatte, nichts mit den traulichen Stunden zu zweit, dem Händchenhalten und den langsamen Walzern.

Zu allem Überfluß mußte sie mit anhören, wie die anderen Mädchen, die auf dem gleichen Stockwerk untergebracht waren, spätestens um neun mit den Türen klappten, kichernd und flüsternd von Zimmer zu Zimmer huschten, bis es wenig später sehr ruhig wurde: Die Vögelchen waren ausgeflogen. Sie alle waren perfekt in Englisch und in weniger der Hälfte der Zeit mit ihren Arbeiten fertig. Vielleicht, tröstete sich Sibylle, die verbissen tippte, nahmen sie es aber auch nicht so ernst wie sie.

Beim Abschlußcocktail endlich nahm Dr. Grummet wieder Notiz von ihrer Anwesenheit. Bisher hatte er immer nur mit einem höflichen Dank ihre Niederschrift entgegengenommen, ihr im Höchstfall ein Lächeln geschenkt, sich ansonsten aber ausschließlich mit den anderen Herren befaßt. Sie war noch nicht einmal dahintergekommen, ob er seine Abende im Hotel, in

Männergesellschaft oder vielleicht trotz allem mit einer Freundin verbrachte.

»Jetzt hätten wir's fast hinter uns«, sagte er, während er, sein Glas in der Hand, an der Bar lehnte, mindestens so elegant wie Cary Grant, »Sie werden froh sein, wie?«

»Es war riesig interessant für mich!«

»Aber auch strapaziös, geben Sie's zu!«

»Auf alle Fälle ist mir klar geworden, daß ich noch eine Menge an meinem Englisch tun muß!«

»Ihren Aufzeichnungen hat man's nicht angemerkt. Ich bin sehr zufrieden.«

»Oh ... danke!« Sibylle wurde rot vor Freude.

Inmitten der vielen seriösen Männer und der hübschen Mädchen, dem Stimmengewirr der munteren, vom Alkohol gelösten Zungen, dem Hintergrund von rotem Plüsch, Glas und Mahagoni war es für sie fast das London, von dem sie geträumt hatte.

»Bringen Sie mir Ihre Notizen vom Schlußtag heute abend noch runter, ja?«

»Leider brauche ich immer ziemlich lange damit.«

»Macht nichts. Ich werde in meinem Zimmer auf Sie warten.« Er wandte sich ab und schlenderte auf eine Gruppe Herren zu.

Verwirrt blickte Sibylle ihm nach. Vergebens versuchte sie zu enträtseln, ob er etwas anderes von ihr wollte als lediglich die Unterlagen, oder ob er sich nichts dabei dachte, sie spätabends auf seinem Zimmer zu empfangen.

Eine ähnliche Situation hatte sie noch nie erlebt, aber sie empfand sie als prickelnd. Vielleicht endete London doch mit einem Happy-End.

An diesem Abend versuchte sie sich mit der Niederschrift möglichst zu beeilen, aber da sie sich kaum konzentrieren konnte, fiel es ihr schwer. Immer wieder flog ein angefangenes Blatt in den Papierkorb. So kam es, daß sie auch nicht früher fertig wurde als gewöhnlich: gegen elf Uhr.

Schon raffte sie ihre Papiere zusammen und wollte hinunter, als ihr eine Idee kam. Sie holte ihr wunderschönes neues Abendkleid aus dem Schrank; es stammte aus einem italienischen Modehaus, und sie hatte es sich eigens für London angeschafft. Mochte Alexander Grummet von ihr denken, was er wollte, jetzt würde sie es anziehen.

Sorgfältig tuschte sie ihre hellen Wimpern und legte dunkle Lidschatten auf, die ihre großen braunen Augen noch ausdrucksvoller erscheinen ließen. Für die Lippen wählte sie ein ganz zartes helles Rot, das zu den Pastelltönen ihres Chiffonkleides paßte. Als sie hineinschlüpfte, fühlte sie sich verwandelt. Leider konnte sie in dem kleinen Spiegel über dem Waschbecken sich kaum betrachten, aber sie wußte, daß sie schön war.

Ein Handtuch über die Schulter gelegt, kämmte sie ihr glattes, helles Haar. Dann schlüpfte sie in ihre goldenen Sandaletten, tat Taschentuch, Lippenstift und ein paar Pfundnoten in ihre kleine goldene Abendtasche, nahm den dünnen Stoß DIN-A-4-Bogen und verließ das Zimmer.

Fünf Minuten später klopfte sie an Alexander Grummets Tür, und er öffnete ihr. Auch in dem braunseidenen Hausmantel, den er über dem Pyjama trug, wirkte er seriös; um den Hals hatte er sich einen gelben Schal geschlungen.

Bei ihrem Anblick hob er die Augenbrauen. »Donnerwetter, Sie scheinen ja noch was vorzuhaben!«

»Ich will nur noch auf einen Sprung runter«, erklärte sie und drehte sich leicht, um den Schwung ihres weiten Rockes zur Geltung zu bringen, »in den Night-Club.«

»Verstehe ich gut. Armes Kind, Sie haben sehr wenig von London gehabt.«

»Das läßt sich sicher nachholen.« Sie lächelte und zeigte dabei ihre regelmäßigen, etwas zu kleinen Zähne.

»Nehmen Sie erst mal einen Schluck zum Anwärmen.« Er schenkte ihr Whisky in ein bereitstehendes Glas und tat aus einer Schale einige schon halb aufgelöste Eisstücke dazu. »Sie mögen doch Whisky?«

»Ja, sehr.«

Sie trank, und eine angenehme Wärme breitete sich von ihrem Magen her im ganzen Körper aus. Er hatte sie nicht aufgefordert, Platz zu nehmen, sondern war vor ihr stehen geblieben. Jetzt nahm er ihr das Glas aus der Hand und stellte es auf den Tisch. Mit seinem weißen Taschentuch wischte er ihr das Rot von den Lippen. Sie fand es albern, brachte aber nicht einmal ein Lächeln zustande, sondern ließ es, wie hypnotisiert, mit sich geschehen.

Er küßte sie, erst zart, dann immer fordernder. »Muß es denn der Night-Club sein?« fragte er endlich.

Sie konnte nur stumm den Kopf schütteln.

Seine warmen, trockenen Finger fanden die Öse ihres Reißverschlusses. Er zog ihn herunter, streifte ihr die Ärmel von den Schultern, und sie stand, schmal und jung und nur mit einem Slip bekleidet, vor ihm. Seine Lippen berührten ihre kleinen festen Brüste, er hob sie aus der bunten Wolke von Chiffon und trug sie zu seinem Bett.

Sie selber bemühte sich, aus ihrem Höschen zu kommen, und warf es von ihrem großen Zeh aus weit ins Zimmer, während er sich auszog. Ihn unauffällig unter ihren getuschten Wimpern her beobachtend, stellte sie fest, daß er einen Körper hatte, der sich sehen lassen konnte. Kein Gramm überflüssiges Fett hatte sich um Bauch und Hüften angesetzt.

»Wahrscheinlich betreibt er ein Fitneßtraning«, schoß es ihr sehr unromantisch durch den Kopf.

Dann war er bei ihr, und er nahm sie mit einer Kraft, die sie nicht in ihm vermutet hatte. Sie mußte einen Schrei unterdrücken, und ihr Aufstöhnen war echt.

»Das war es doch, auf das du aus warst!« sagte er. »Das hattest du doch erwartet, was?«

Aber sie hatte nur das Rauschen ihrer eigenen Lust in den Ohren und hörte ihn nicht.

Als es vorüber war, stand er rasch auf, raffte Pyjama und Seidenmantel an sich und verschwand im Bad. Sie blieb liegen, träge und glücklich, und hatte nicht einmal den Wunsch, sich zu bedekken.

»Und ich dachte«, rief sie ihm durch die geöffnete Tür nach, »du hättest eine Freundin in London!«

Als er zurückkam, war er schon wieder angezogen, hatte das braune Haar gebürstet und sogar die dunkle Hornbrille aufgesetzt; er beugte sich zu ihr herab und gab ihr einen sanften Klaps. »Du bist ein süßes Ding, aber jetzt solltest du verschwinden!«

»Schon? Aber ich habe ja noch nicht mal meinen Whisky ausgetrunken.«

»Den kannst du mitnehmen, ich gebe dir noch einen Schluck dazu.«

»Sieht ganz so aus, als wenn du mich loswerden wolltest.«

»Stimmt auffallend.« Er klopfte auf die Papiere, die sie ihm mitgebracht hatte. »Ich muß das hier noch durcharbeiten, und wir beide müssen morgen früh raus.«

»Schade.« Sie war klug genug, jetzt nicht die Beleidigte zu spielen, sondern sprang aus dem Bett, schlüpfte in ihr Kleid, angelte nach den Sandalen und ihrem Höschen.

Er hatte ihr noch Whisky eingeschenkt und drückte ihr jetzt das Glas in die Hand. »Schlaf gut, Kleines!«

»Das werde ich bestimmt!« Sie reckte sich auf die Zehen und küßte ihn auf den Mund.

Sanft, aber bestimmt, schob er sie aus dem Zimmer.

Aber das änderte nichts an ihrer Stimmung; der Fisch hatte angebissen, der große, starke Fisch, jetzt galt es, ihn mit Kraft und Geduld an Land zu ziehen.

Vergnügt und munter kam Sibylle am nächsten Morgen hinunter. Es war noch sehr früh, und Dr. Alexander Grummet war der einzige Gast im Frühstückszimmer. Er las die »Herald Tribune«.

Mit federndem Schritt eilte Sibylle zu ihm hin, beugte sich zu ihm und wollte ihm einen raschen Kuß auf die Stirn geben. »Hallo, Liebling.«

Er zuckte zurück. »Sibylle, was fällt Ihnen ein?!«

»Entschuldige, aber ich verstehe nicht . . .«

»Wir sind hier an einem öffentlichen Ort!«

»Aber es ist doch niemand da«, stammelte sie, »niemand von der Company.«

»Das schließt doch nicht aus, daß jeden Augenblick jemand kommen könnte! Bitte, setzen Sie sich und beeilen Sie sich mit dem Frühstück.« Er verschanzte sich hinter seiner Zeitung.

Tränen waren ihr in die Augen geschossen, Tränen der Wut und der Enttäuschung. Das langweilige Continental Breakfast, Kaffee, Weißbrot, Butter und Marmelade, schmeckte ihr noch fader als sonst.

Als er aufstand, folgte sie seinem Beispiel, obwohl sie kaum etwas heruntergebracht hatte. Er legte eine Münze als Trinkgeld auf den Tisch. Die Rechnungen wurden von der Company bezahlt, die Koffer und Sibylles Schreibmaschine standen schon in der Halle, und das Taxi war in Sekundenschnelle da.

Versöhnlich legte sie ihre Hand auf seinen Arm, als sie nebeneinander im Fond des Autos saßen. »Es tut mir leid, Alexander!«

»Sie sind doch kein Kind mehr«, entgegnete er kalt, »ich hätte nicht gedacht, daß man Ihnen die einfachsten Dinge erklären muß.«

»Ich hatte wirklich nicht vor, dich . . .« Sie verbesserte sich: ». . . Sie zu kompromittieren, aber ich dachte . . . daß wir im Ausland . . . und wir waren doch ganz allein im Raum . . .«

»Auch das sollte Sie keineswegs zu Intimitäten ermutigen!«

Jetzt wurde sie wütend. »Intimitäten nennen Sie das? Einen Kuß auf die Stirn?«

»Ist in aller Öffentlichkeit schon viel zuviel. Mein liebes Kind, wenn Sie Wert darauf legen, daß unsere Beziehungen eine gewisse Dauer haben, dann werden Sie in Zukunft mich entscheiden lassen müssen, wann wir privat und wann wir offiziell miteinander verkehren.«

»Das heißt also, du erwartest von mir, daß ich im Büro und vor den Leuten mit ›Bitte, Herr Doktor‹ und ›Aber gerne, Herr Doktor‹, um dich herumtanzen soll? Und ansonsten abwarten muß, wann der verehrte Herr Doktor mal wieder Lust auf ein schwaches Stündchen hat?«

»Genau das, und darüber hinaus, daß Sie mir keine Szenen vor Fremden machen, auch wenn es englische Taxifahrer sind, denn das besagt nicht unbedingt, daß sie kein Deutsch verstehen.«

»Du Heuchler, du elender, scheinheiliger Heuchler!« schrie sie, fügte aber gleich darauf, erschrocken über ihre eigene Kühnheit, ein zerknirschtes »Verzeihung!« hinzu.

Er öffnete seine Zeitung und beachtete sie nicht weiter, weder auf der Fahrt durch die Stadt noch auf dem Flughafen Heathrow oder in der Maschine.

Sibylle blieb Zeit über ihr Verhalten nachzudenken, und sie begriff, was sie falsch gemacht hatte. Die vertrauliche Begrüßung im Frühstückszimmer war ein Fehler gewesen, wenn sie auch immer noch der Meinung war, daß er sich blödsinnig dabei benommen hatte. Aber sie hätte seine Einstellung zur Kenntnis nehmen und sich entschuldigen müssen. Alles wäre noch so leicht einzurenken gewesen. Zu ihrem Ausbruch im Taxi hätte es aber auf keinen Fall kommen dürfen. Sie hatte Grund gehabt, gekränkt zu sein, aber sie hätte es sich nicht anmerken lassen und ihn nicht beschimpfen sollen. Was hatte sie denn von ihm erwartet? Es war doch klar gewesen, daß er in der Öffentlichkeit Distanz wahren würde, eine Distanz, die zu verringern, es Zeit und Fingerspitzengefühl bedurfte. Aber anstatt sich zurückhaltend und taktvoll zu geben, war sie hochgegangen wie eine Rakete.

Der Grund war, daß er für sie nicht einfach nur ein Jagdobjekt war, wie sie sich vorzumachen versucht hatte, sondern daß er ihr mehr, viel mehr bedeutete. Deshalb schmerzte seine kalte, abweisende Haltung sie so sehr, daß sie es kaum ertragen konnte.

Es würde schrecklich sein, ihm jetzt Tag für Tag zu begegnen und sich wie eine Fremde benehmen zu müssen. Ihre Kehle schnürte sich zusammen, wenn sie nur daran dachte. Aber sie mußte es durchstehen, und sie würde es durchstehen.

Sibylle schielte zu Dr. Grummet hinüber. Alles hätte sie darum gegeben, wenn er ihr zugelächelt hätte. Aber er schenkte ihr nicht einmal einen Blick, und so hatte sie nicht den Mut, ihn anzureden.

In München-Riem verabschiedete er sich von ihr mit einem kurzen Tippen an den Hut.

Mit Mühe brachte sie heraus: »Bis morgen, Herr Doktor!«

Ihre Wege trennten sich. Er fuhr in die Firma, während sie einen freien Tag hatte. Aber sie fand, daß er sie trotzdem hätte fragen müssen, ob er sie ein Stück mitnehmen könne.

Er war böse auf sie, und er wollte es ihr zeigen. Sibylle zwang sich, den Kopf hoch zu tragen. Es wäre dumm gewesen, die ganze Affäre tragisch zu nehmen. Es würde sich schon alles wieder einrenken.

Am nächsten Morgen erschien Sibylle Kern frisch und adrett im Vorzimmer Dr. Alexander Grummets. Zu ihrer Überraschung war Edna Scharp schon da.

»Nanu?« rief Sibylle. »So früh heute? Sie kommen doch sonst immer . . .«

Die Sekretärin fiel ihr ins Wort. »Sibylle, ich muß mit Ihnen reden.«

Sibylle erschrak, fragte aber dennoch munter: »Warum so feierlich?«

»Bitte, setzen Sie sich!« Edna Scharp wies ihr ihren Platz an der Schmalseite ihres eigenen Schreibtisches zu. »Sie wissen, daß ich sehr zufrieden mit Ihnen war und große Stücke auf Sie gehalten habe.«

»Sie waren immer nett zu mir!«

»Kunststück. Ich mag Sie wirklich gern. Deshalb ist es mir auch äußerst unangenehm, daß ich Ihnen eine sehr schlechte Neuigkeit bringen muß.« Die Scharp zündete sich eine Zigarette an und sagte, ohne Sibylle anzusehen: »Sie sind für den Posten hier nicht geeignet.«

»Was!?« Sibylle fuhr hoch.

»Dr. Grummet bat mich, es Ihnen mitzuteilen.«

»Sie wollen mich wieder ins Hauptsekretariat zurückschicken? Aber das können Sie mit mir nicht machen!«

»Doch, das können wir. Sie waren ja nur auf Probe hier.«

Sibylle sank wieder auf ihren Stuhl. »Aber warum? Warum? Was habe ich falsch gemacht?«

»Das wissen Sie selber bestimmt am besten.«

»Ich meine . . . was hat er gesagt? Was hat er als Grund angegeben?«

»Nichts. Das braucht er ja auch nicht. Er möchte Sie nicht als Sekretärin haben.«

»So eine Gemeinheit!« Tränen schossen in Sibylles Augen.

»Ich weiß, daß es höchst ärgerlich für Sie ist«, sagte die Scharp verständnisvoll, »für mich ja auch. Sie wissen, ich wollte Ende des Monats aufhören. Das ist jetzt unmöglich. Ich habe mich ja verpflichtet zu bleiben, bis eine neue Mitarbeiterin eingearbeitet ist.«

»Was kann Ihnen das schon ausmachen! Ob einen Monat später oder früher, am Ende werden Sie doch heiraten! Aber was soll ich machen? Ich kann nicht zurück in den Schreibsaal! Wie stände ich denn da? Nein, lieber kündige ich!«

Die Scharp blies den Zigarettenrauch durch die Nasenlöcher. »Davon möchte ich Ihnen nicht einmal abraten. Sie fürchten jetzt die Schadenfreude. Aber da kämen Sie drüber weg. Es ist etwas anderes. Nach dem Reinfall hier können Sie im Haus kaum noch Karriere machen. Selbst wenn Frau Hagen ein ganzes Jahr verfließen läßt, bevor sie Sie wieder empfiehlt. Die Herren würden doch denken, daß irgendwo ein Haken bei Ihnen sein muß, wenn Doktor Grummet Sie nicht behalten hat. So was spricht sich ja rum.« Sie drückte die Zigarette sorgfältig aus, wickelte den Stummel in ein Stückchen Papier und ließ ihn in ihrer Handtasche verschwinden; Dr. Grummet liebte es nicht, wenn in seiner Umgebung geraucht wurde, und deshalb tat Edna Scharp es nur sehr selten.

Sibylle machte das Fenster auf und wedelte frische Luft herein; ihre Augen brannten. »Ich habe in diesem Jahr noch keinen Urlaub gehabt, wenn . . .«

»Sehr schön. Dann nehmen Sie den am besten. Dann brauchen Sie nicht mehr ins Hauptsekretariat zurück und können sich gleich nach einer neuen Stelle umsehen.« Die Scharp lächelte Sibylle ermutigend zu. »Oder auch in die Ferien fahren! September ist dafür die beste Zeit. Keine Schulkinder unterwegs.«

Sibylle trat zum Schrank und begann ihre persönliche Habe – Tempos, Deo-Spray, Kopfschmerztabletten und dergleichen – aus einem der Fächer zu nehmen; sie steckte alles in eine Plastiktasche. »Das werde ich mir noch überlegen.«

»Der neue Personalleiter soll ja riesig nett sein. Mit dem werden Sie schon zurechtkommen, auch wenn ein oder zwei Tage fehlen sollten.«

Sibylle hatte ihre Habseligkeiten verpackt. »Also dann . . .«, sagte sie mit einem schiefen Lächeln.

Edna Scharp reichte ihr die Hand. »Nehmen Sie's nicht tragisch, Sibylle! Sie sind ja noch hundejung. Und es gibt nicht nur die Company!«

Es fiel Sibylle schwer, den Rücken gerade zu halten, als sie durch den vertrauten Gang zum Lift schritt. Sie hatte sich immer für so tüchtig gehalten; jetzt mußte sie einsehen, daß sie sich alles versiebt hatte. Hans Kiesewetter hatte sie verloren, Alexander Grummet nicht gewonnen, und ihren Aufstieg hatte sie sich auch verbaut.

Um ihre jungen Lippen grub sich ein Zug von Bitterkeit.

Carola Anders und Michael Hagen hatten mit der gemeinsamen Zukunft Ernst gemacht. Sie hatten zwar auf eine offizielle Verlobung verzichtet, aber Carola hatte ihrer Mutter wegen ihrer Papiere geschrieben; es hatte ihr Genugtuung bereitet, von ihrer bevorstehenden Heirat mit einem angehenden jungen Studienrat zu berichten.

Jeden Nachmittag waren die beiden jetzt unterwegs, um eine passende Wohnung zu finden. Es reizte sie nicht, auswärts oder gar in einer Satellitenstadt zu leben; sie waren sich darüber einig, daß sie in der City bleiben wollten. Da sie hartnäckig genug waren, hatten sie endlich Glück. Sie stießen auf eine Altbauwohnung in Schwabing, vier große Zimmer, Küche und Bad, die ihre Ansprüche sogar noch übertraf. Allerdings würde sie erst im Frühjahr frei werden, wenn die augenblicklichen Mieter in ihr eigenes Haus zogen. Aber sie lag so ideal, daß sie sich entschlossen zu warten.

In der Übergangszeit wollten sie in ein möbliertes Appartement ziehen.

Obwohl Carola sich bemühte, ihre Arbeit im Verwaltungsdienst fehlerlos zu erledigen, bewirkte doch die Hochstimmung, in der sie sich befand, daß sie sich nicht wie früher konzentrieren konnte und ihr hie und da eine Panne unterlief. Deshalb erwartete sie, als Frau Hermes sie eines Morgens zu sich rief, nichts anderes als einen Rüffel, ohne daß sie diese Aussicht allerdings erschüttern konnte. Aber die Abteilungsleiterin bat sie dann mit so freundlichem Gesicht, Platz zu nehmen, daß sich das leichte Unbehagen sofort verflüchtigte.

Sie stellte die schlanken Beine brav nebeneinander und setzte ein aufmerksames Schulmädchengesicht auf. »Ja, bitte?«

»Fräulein Anders, mir ist aufgefallen, daß Sie einiges an Ihrem Englisch getan haben.«

»O ja!« Carola wurde rot vor Freude. »Ich nehme Privatstunden!«

»Also habe ich mich nicht geirrt.« Frau Hermes nahm ein Schreiben zur Hand. »Ich kann Ihnen heute eine sehr erfreuliche Mitteilung machen: Sie gehen nach London.«

Das kam so überraschend, daß Carola die Abteilungsleiterin nur mit offenem Mund anstarren konnte.

»Das verschlägt Ihnen die Sprache, nicht wahr? Ich habe Sie schon vor ein paar Wochen vorgeschlagen, aber ich wollte nicht vorher mit Ihnen darüber sprechen, um Ihnen nicht womöglich falsche Hoffnungen zu machen.«

»Ist das auch wahr?« fragte Carola.

»Aber ja.«

»Ich meine . . . waren Sie es, die mich vorgeschlagen hat?«

»Wer denn sonst?«

»Entschuldigen Sie, das war wahrscheinlich eine dumme Frage.« Carola schlug die Augen nieder. »Ich dachte nur, weil ich doch noch gar nicht so lange bei Ihnen bin.«

»Ich habe sofort gemerkt, was in Ihnen steckt.«

Carola atmete tief durch. »Frau Hermes, das ist natürlich sehr schmeichelhaft und eine große Ehre für mich. Ich weiß das zu schätzen. Aber ich möchte nicht aus München weg.«

»Wie soll ich das verstehen?«

»Private Gründe.«

»Mein liebes Fräulein Anders, ich glaube, Sie sind sich nicht ganz klar über das, was Sie da sagen. Es handelt sich um eine Vergünstigung, um die sich die meisten Mädchen in der Company vergeblich bemühen. Damit haben Sie den ersten Fuß auf der Leiter nach oben.«

»Das weiß ich ja«, sagte Carola gequält.

»Und das kann Sie nicht locken?«

»Doch, aber . . .«

»Fräulein Anders, wahrscheinlich kommt Ihnen diese Chance einfach zu überraschend. Überlegen Sie es sich bis morgen oder übermorgen, und dann sprechen wir noch einmal darüber.«

Carola stand auf. »Ich glaube wirklich nicht, daß ich . . .«

»Sie brauchen jetzt keine Entscheidung zu treffen. Überlegen Sie es sich in Ruhe!«

Damit war Carola entlassen, und sie konnte wieder an ihren Schreibtisch zurückkehren. Sie war völlig durcheinander. Noch vor einem Monat wäre sie in die Luft gesprungen vor Begeisterung, wenn man ihr gesagt hätte, daß sie nach London dürfe. London, das bedeutete: Halbtagsarbeit in der Zentrale und daneben Unterricht in englischer Sprache und englischer Stenographie. Sie hatte immer gewußt, daß es diese Chance in der Company gab, aber nie zu hoffen gewagt, daß sie selbst jemals zu den Glücklichen gehören würde. Nur zwei Mädchen von den Hunderten, die in den verschiedenen Abteilungen des Hauses arbeiteten, wurden jährlich dafür ausgewählt. Auch jetzt noch klopfte ihr das Herz, wenn sie an London dachte.

Aber da war Michael, den sie liebte und der sie heiraten wollte. Sie konnte ihn nicht allein lassen, und sie wollte es auch nicht. Nicht einmal eine Fahrt auf einem Luxusdampfer oder ein Aufenthalt auf der sagenhaften Insel Skorpios hätte sie reizen können, wenn Michael nicht dabei war.

Carola war fest entschlossen abzusagen. Es galt nur noch zu überlegen, wie sie ihre Entscheidung formulieren konnte, ohne Frau Hermes zu kränken und ohne wie ein Mädchen dazustehen, die kein wirkliches Interesse an ihrem Beruf hatte. Denn vorwärtskommen wollte sie. Michael und sie wünschten sich in den nächsten Jahren noch keine Kinder, sondern hatten vor, ihre Freiheit zu zweit zu genießen, und dafür brauchten sie Geld.

Obwohl Carola sich vorgenommen hatte, Michael von dem Angebot der Firma nichts wissen zu lassen, denn sie hatte ihre Entscheidung ja schon gefällt und wollte bei ihr bleiben, überlegte sie es sich dann doch anders. Eine so wichtige Angelegenheit vor ihm geheimzuhalten, wäre ihr wie eine Lüge vorgekommen.

Michael hatte sie in seinem Renault 4 abgeholt, um sie in ihr Wohnheim zu bringen. Es war ein unfreundlicher Herbstabend, und der Regen klopfte auf das Dach und gegen die Windschutzscheibe, über die der Wischer eifrig hin und her fuhr.

»Leider wird's heute nichts mit Kino«, erklärte er ihr, »ich muß Hefte korrigieren.«

»Schade.«

Er warf ihr einen raschen Seitenblick zu. »Aber du siehst gar nicht traurig aus.«

»Bin ich auch nicht! Erstens finde ich es fabelhaft, daß du mich abholen kommst, und zweitens habe ich heute einen ganz großen Erfolg gehabt!« Sie erzählte ihm von ihrem Gespräch mit Frau Hermes. »Selbstverständlich habe ich sofort abgesagt«, schloß sie.

Eine Weile dachte er schweigend nach. »Aus Liebe?« fragte er dann.

»Ja.«

»Das finde ich wunderbar von dir.«

»Endlich habe ich einen Zipfel vom Glück erwischt. Da will ich es doch nicht gleich wieder aufs Spiel setzen.«

»Und du glaubst, du tätest es, wenn du nach London gingest?«

»Ja.«

»Wem von uns beiden traust du denn nicht? Mir oder dir?«

»Hör mal, Michael, jetzt verstehe ich dich nicht!«

»Dann sag mal, wie lange soll dieser Londoner Aufenthalt denn dauern?« Er fand eine Parklücke, fuhr hinein und stellte den Motor ab.

»Ein halbes Jahr.«

»Ein halbes Jahr! Und du glaubst, daß unsere Liebe ein halbes Jahr nicht überdauern würde?« Er legte den Arm um ihre

Schultern.

»Das habe ich nicht gesagt! Aber ich will nicht ein halbes Jahr ohne dich sein!«

»Hast du vergessen, daß es Flugzeuge gibt? Von München nach London dauert's nicht länger als eine Stunde, und wenn du die Wartezeiten dazu rechnest, höchstens drei.«

Sie sah ihn aus großen Augen an. »Du meinst also, ich soll annehmen?«

»Ich meine, du solltest das Angebot nicht unseretwegen ausschlagen. Wir beide gehören zusammen, das heißt aber doch nicht, daß wir aneinander kleben müssen. Gibt es für dich noch einen anderen Grund?«

»Nein.«

»Fürchtest du dich etwa vor der Riesenstadt? Hast du Angst vor der Einsamkeit? Oder daß du den Anforderungen nicht gewachsen sein könntest?«

»Nein, nein.«

»Dann, meine ich, solltest du annehmen.«

Einen Augenblick schwieg sie. »Ist es vielleicht wegen deiner Mutter?«

»Überhaupt nicht. Ich ziehe von zu Hause weg, auf Biegen oder Brechen. Sie scheint zwar eingesehen zu haben, daß sie sich falsch benommen hat. Aber jetzt muß mal ein scharfer Schnitt sein. Später werden wir uns schon wieder näher kommen.«

»Aber dann . . .«

»Sieh mal, Rolly, dieser Aufenthalt in London, das ist doch eine tolle Chance für dich. Du kannst was lernen und wirst noch dafür bezahlt. Da kann man nicht einfach nein sagen.«

Sie legte ihren Kopf an seine Schulter. »Ich möchte aber viel lieber bei dir bleiben.«

»Und ich würde dich viel lieber hier haben. Aber es ist ja nur für ein halbes Jahr. Wenn du wiederkommst, ist die Wohnung in Ordnung, und wir können einziehen.« Er küßte sie zärtlich. »Wir haben ja noch ein ganzes Leben vor uns.«

»Ist es denn so wichtig, daß ich perfekt Englisch kann?« Ihre grünen Augen glänzten vor Tränen.

»Jeder Mensch soll so viel wie möglich aus seinem Leben machen, das ist nun mal mein Standpunkt. Wenn die Ehe zur Fessel wird, dann ist das nicht in Ordnung.«

»Aber wir sind ja noch gar nicht verheiratet.«

»Wenn es nur das ist, dann heiraten wir eben vorher!«

»Würdest du das tun?«

»Aber ja, natürlich!«

Carola schlang ihre Arme um ihn und küßte ihn heftig. »Verzeih mir, Michael, ich bin eine dumme Gans. Ich dachte wirklich schon, du wolltest mich lossein!«

»So was Zauberhaftes wie dich kriege ich doch nie wieder!« Wieder küßten sie sich lange.

»Das mit dem Heiraten ist natürlich Quatsch!« erklärte sie, als sie wieder zu Atem kam. »Es ist lieb, daß du's mir angeboten hast, aber geheiratet wird erst nach London . . . falls du mich dann noch haben willst!«

»Immer!« versprach er, und sie wußte, daß er sie nie belügen würde.